LA FEMME RÉVÉLÉE

DE LA MÊME AUTEURE

L'Ancre des rêves, Paris, Éditions Robert Laffont, 2007 ; Pocket, 2011 ; LGF, 2017, prix Encre Marine 2007.

La Part des flammes, Éditions Héloïse d'Ormesson, 2015, LGF 2016, prix des Lecteurs du Livre de Poche 2016.

Légende d'un dormeur éveillé, Éditions Héloïse d'Ormesson, 2017 ; LGF, 2018 – prix des Libraires 2018.

GAËLLE NOHANT

LA FEMME RÉVÉLÉE

roman

BERNARD GRASSET
PARIS

Photo de la jaquette : Saul Leiter, *Sunday Morning at the Cloister*, c. 1947
© Saul Leiter Foundation, courtesy Howard Greenberg Gallery

ISBN 978-2-246-81931-8

À ma mère,
et à ma fille.

PREMIÈRE PARTIE

« La quête de liberté de l'exilé volontaire est insé-
parable de sa nostalgie de la terre natale. Plus ou
moins enfoui dans l'inconscient, cet écartèlement
dure toute la vie. »

Susha GUPPY, *A Girl in Paris*

Au réveil, elle a oublié l'enchaînement des événements qui l'ont conduite dans cet hôtel miteux où elle s'efforce de se rendre invisible. Un bruit incongru la tire du sommeil, ou une odeur inexplicable. Elle se tourne sous le drap rêche, se cogne contre un mur. Que fait-il là, ce mur ? Elle ouvre les paupières, acclimatant sa vue à la pénombre, striée par les tranches de jour qui entrent par les vieilles persiennes. Le papier peint défraîchi la frappe comme une anomalie, réveille sa mémoire. Remontent tous les détails de sa fuite, le temps étiré, suspendu, précipité dans les battements du sang. Les veilles enroulée dans son imperméable, ses pieds brisés par les longues stations dans les escarpins, cette application à fuir les regards, donner le change, paraître savoir où elle allait.

Eliza Bergman, née trente et un ans plus tôt par une nuit de chaos, s'est évanouie dans les brumes du lac Michigan, qui escamotent les cadavres et les charognes. Tout ce qu'il est préférable de cacher.

11

Elle a longtemps différé sa fuite, tergiversé, dressant des arguments objectifs et des peurs irrationnelles contre son instinct. Elle a attendu de n'avoir plus le choix pour s'armer de courage, descendre dans les soubassements de la ville, affronter ceux qui pouvaient l'aider. Le genre d'amis qu'on préfère ne pas cultiver, qui font payer cher leurs services et ne vous laissent jamais quitte. Elle le savait déjà, à l'instant où le petit voyou italien lui a tendu le passeport au-dessus du comptoir d'un bistrot borgne. Elle l'a ouvert et étudié en silence, frappée par la ressemblance physique.

La propriétaire du passeport s'appelait Violet Lee. Elle était née le 11 mars 1919 à Chicago, quelques mois avant qu'Eliza ajoute son premier cri à ceux d'une ville à feu et à sang. Sur la photo, Violet a des yeux marron-vert, des cheveux châtains aux épaules : elles pourraient être jumelles. Pas très grande : un centimètre de plus qu'elle. Le passeport ne mentionne pas sa fin prématurée. Eliza ignore tout de celle dont elle porte le nom. Jusqu'aux circonstances d'une mort qui l'a frappée en pleine jeunesse, si tant est que ce mot ait eu un sens pour elle. Durant sa brève existence, Violet Lee devait ressembler à ces pauvres filles que la ville avale en bâillant, sans y prendre garde. Une gentille paumée accrochée à un rêve hors d'atteinte, ou qui ne rêvait pas plus loin qu'une paire de chaussures neuves, un prince de comptoir qui la traiterait un peu mieux que les autres. A-t-elle fini poignardée dans une ruelle du South Side, au coin d'un de ces rades où des truands minables échangent leurs dernières combines ?

12

Étranglée par un amant de fortune? L'a-t-on tuée pour quelques dollars, ou pour la violer plus commodément? Pour ce qu'elle en sait, Violet Lee est peut-être morte de froid sur un banc de Jackson Park, ou d'une dose de trop pour survivre à la nuit. Son fantôme accapare les pensées d'Eliza. Comme si usurper son identité l'avait chargée d'une responsabilité à son égard, d'un mystérieux devoir qu'il lui incombe d'élucider.

Si elles s'étaient croisées par hasard, qu'auraient-elles pensé l'une de l'autre? Violet Lee aurait sans doute envié son allure, celle d'une femme dont le moindre accessoire représentait deux mois de salaire d'une vendeuse de chez Marshall Field. Au premier coup d'œil, elle aurait mesuré la distance entre leurs mondes: l'abîme qui sépare les manoirs de la Gold Coast des meublés crasseux de Wicker Park.

«Si tu me voyais maintenant, Violet…», sourit Eliza du fond de son refuge aux murs lézardés. «En héritant ton nom, j'ai dû hériter la vie qui va avec…»

Désormais, elle doit oublier jusqu'à son prénom. Sans se retourner, trancher les émotions et les souvenirs qui s'y rattachent.

Au pied du lit étroit, son imperméable froissé témoigne du chemin parcouru. Le cuir de ses escarpins est marqué de cicatrices. Mais dans le double-fond de sa valise dorment des bijoux que peu de fugueuses peuvent s'offrir.

De quoi tenir un temps, si elle arrive à les revendre. Pour l'instant, ils constituent un butin encombrant pour une femme qui ne doit pas se faire remarquer. Sur la table, un Rolleiflex l'observe de ses yeux éteints. Son bien le plus précieux, avec la photo de son fils.

C'est étrange, pendant des années elle a rêvé que la maison prenait feu, qu'elle devait fuir, décider en quelques secondes de ce qu'elle emportait. Elle se précipitait dans la chambre de l'enfant et l'arrachait au sommeil, trésor brûlant contre sa poitrine. Mais toujours elle revenait sur ses pas dans le couloir aveuglé de fumée, au risque de rester prisonnière, retournait dans sa chambre et tâtonnait à la recherche de son appareil photo.

Elle ne l'a pas oublié dans sa fuite, mais elle a laissé le petit derrière elle. Cette pensée lui coupe le souffle et les jambes. Il faut la repousser tout de suite le plus loin possible. Respirer.

Ou la laisser tout incendier, et ne plus jamais dormir.

Chapitre un

À la réception de l'hôtel, la patronne au regard de fouine est en grande conversation avec un livreur de primeurs. Elle a forcé sur le maquillage, comme on repeindrait un immeuble en train de s'effondrer. Le rouge à lèvres qui bave aux commissures de ses lèvres sans chair, les boucles d'oreilles et les sourcils redessinés au crayon trahissent un souci des apparences qu'elle n'applique pas à son hôtel. Elle attrape la clef que je lui tends et l'accroche au tableau. Tout est poisseux ici, les meubles et les gens. Je lui demande la direction de la place de la Madeleine. Même s'il y a longtemps que je parle et lis le français, mon accent du Midwest chahute les syllabes et bute sur le genre des noms. Quand la gérante me répond, elle avale la moitié des consonnes et je dois déployer une concentration épuisante pour la comprendre. Pendant qu'elle m'indique la direction à grand renfort de gestes, le livreur à la casquette enfoncée sur les yeux lui lance :

— Dis-moi, la Petite Mère… tu loges des Amerloques maintenant ?

Elle répond en plissant les yeux que sa réputation a dû franchir l'Atlantique. Ils partent dans un fou rire. Le livreur enlève sa casquette pour nous saluer et repart, sa cargaison de légumes sous le bras, vers la gare Saint-Lazare.

Je suis soulagée de retrouver l'air libre et la rue. Je me retourne vers l'hôtel minable où j'ai pris une chambre, parce qu'il faut bien s'installer quelque part. Il transpire la crasse et l'avarice. Si j'y restais, je sens qu'il finirait par déteindre sur moi.

Hier, arrivant en train du Havre à la nuit tombée, j'étais brisée de fatigue. J'ai erré longtemps aux abords de la gare, dans ce mélange de faux clinquant et de sordide, et j'ai fini par décider de m'échouer ici. J'avais envie de pleurer. J'ai tendu quelques billets français à cette femme en échange d'un mauvais lit, d'une chambre aux murs de papier, d'un bidet et d'un lavabo sans eau chaude. Je me console en me disant que la dégringolade entre mon ancienne vie et ce lieu est si vertigineuse que ceux qui sont à mes trousses ne penseront pas à m'y chercher. Ce n'est qu'une étape de plus après les gares, le bateau, les heures d'attente sur des quais encombrés de valises et d'enfants. Ma première nuit a été aussi tumultueuse qu'une traversée en mer par gros temps. Réveillée en sursaut par le vacarme de mes voisins de palier, j'ai dormi par courtes redditions traversées de cauchemars où je ne cessais de perdre Tim dans une foule qui me bousculait sans m'entendre.

16

Au réveil, quand j'ai retraversé le couloir, le calme n'était troublé que par des ronflements irréguliers qui me rappelaient ceux d'Adam quand il avait trop bu.

Je me suis éloignée vers la Madeleine, rassérénée par l'air vif. Le soleil soulignait les arêtes des toits et redessinait les visages. Moi qui viens d'un monde si orgueilleusement vertical, j'observais ces façades alignées comme des vieilles dames prenant le thé, les lignes Art déco qui venaient rompre l'ensemble, et partout la pierre des musées, des églises et des monuments, patinée par les siècles. Ici, le passé se fait obsédant. Les plaques au-dessus des porches rappellent que tel poète ou tel homme politique a vécu là, les statues veillent sur les squares et les carrefours. Je me demande si tous ces bras de pierre ne finissent pas par vous ligoter. À Chicago c'est l'inverse, on ne courtise que le futur. Comme s'il fallait oublier le sang versé pour bâtir la ville, ce sang venu de tous les coins du monde se mêler à celui des abattoirs. On se hâte de détruire pour reconstruire de nouveaux symboles de fierté et de puissance, toujours plus hauts, plus arrogants. Le passé est cette boue qui s'accroche à nos chaussures, cet accent qui trahit notre origine. Ce sont ces souvenirs qui nous déchirent.

Sur les grands boulevards, je me laisse attendrir par une débauche de luxe et de soleil. Je longe les boutiques de haute couture et observe ces élégantes qui ressemblent à celle que j'étais, quand je m'appelais Eliza et que

17

j'arpentais State Street avec Dinah, tandis que Solly nous suivait en portant les paquets. Les avenues rectilignes, les tapis rouges et les voituriers, les élégantes attablées en terrasse sont un rêve d'Américaine fortunée. J'en connais, des grandes bourgeoises de la Gold Coast qui paient cher le privilège d'entrer chez Christian Dior deux fois par an avant d'aller dîner chez Maxim's et de s'endormir sous un baldaquin au raffinement démodé, un exemplaire du *Great Gatsby* sur la table de nuit. Elles s'enorgueillissent d'être à la pointe de la mode, se fournissent à Paris ou à New York et ont toujours la tenue adaptée à la circonstance, qu'il s'agisse de récolter des fonds pour les orphelins ou de bronzer sur le pont d'un voilier.

À l'époque, on pouvait nous confondre. Pourtant j'ai abandonné ces déguisements avec soulagement. Le jour où je me suis enfuie, j'ai rempli une valise de mes vêtements les plus discrets, ceux que je mettais pour aller à l'église ou offrir quelques heures de bénévolat aux œuvres du père Keegan. Je croise ma silhouette dans les vitrines : une fille en jupe gris pâle et imperméable qui trotte en escarpins, ses cheveux ramassés en chignon sur la nuque. Elle n'est pas laide mais elle n'attire pas l'œil, se fond aisément parmi les passants. La seule chose qui la distingue du flot, c'est le Rolleiflex à son cou. Mon Rollei. Depuis la fuite, il ne me quitte pas. Son poids, sa densité contre mon plexus solaire me font me sentir moins nue, moins perdue dans ces rues où je marche en étrangère. Malgré moi, mes yeux balaient la foule à la recherche d'un visage singulier, d'une scène à capturer

sur le vif. Une jeune femme coiffée d'un chapeau noir lit un roman policier à la terrasse d'une brasserie, une cigarette au coin des lèvres. J'aime sa posture détachée, comme si rien ne pouvait l'atteindre. Elle lève la tête au moment où je fais la mise au point sur son visage et fronce les sourcils. J'appuie sur le déclencheur et m'éloigne en pressant le pas.

Je m'étonne que mon choix, au moment de sauver ma peau, se soit porté sur cette ville où je n'avais jamais mis les pieds. Comme si l'esprit de mon père, qui me désertait depuis des années, m'avait adressé un signe à travers le brouillard. Il aimait tant Paris que son évocation toujours recommencée remplaçait les *bedtime stories*. Elle était ce havre des réfugiés et des artistes, cœur de la Bohème et de l'intelligence, capitale des droits de l'homme et de ces Français qui nous avaient offert *Lady Liberty,* pour éclairer de son faisceau bienveillant la porte de l'Amérique. Mon père a vécu ici des années insouciantes et enchantées. Il a continué à en chérir le souvenir à Chicago, d'abord pour adoucir la dureté de l'exil, puis pour conforter sa foi. Une foi humaniste dont les apôtres avaient pour noms Voltaire, Rousseau, Victor Hugo ou Émile Zola.

Un parfum d'été s'attarde dans cet après-midi de septembre et il me semble que Paris s'arrondit autour de moi, mais c'est un mirage trompeur. Je sais qu'aucune ville n'est accueillante à ceux qui ont tranché les amarres. Je n'ai pas oublié les taudis de Pilsen, de Bronzeville ou de

Cicero, ces hordes de mioches maigres et bondissants sur lesquels aboyaient des hommes et des femmes aux faces dures et marquées. Ils se rencognaient dans les plis de la ville, ces enclaves où résonnait leur langue. Se consolaient dans la promiscuité de ceux qui leur ressemblaient, aussi sales et démunis qu'eux. Y trouvaient la force de lutter, de survivre.

Bientôt, ce Paris de passants en bras de chemise et de jolies femmes me montrera les dents, se détournera de ma solitude. Je repousse cette pensée soufflée par l'angoisse, dépassant plusieurs bijouteries de luxe sans y proposer ce que j'ai à vendre. Je me méfie de ces établissements où l'on est escorté dès l'entrée par un personnel inquisiteur. Pourtant, je dois me défaire de ces souvenirs d'Adam. Le peu d'argent que j'ai pu emporter avec moi sera bientôt épuisé. Mon mari ne lésinait pas sur la dépense, il aimait se faire rapporter une pièce rare du bout du monde. Je redoute que ses cadeaux ressemblent à ces oiseaux bagués dont on peut retracer la provenance. Qu'ils ne mettent ceux qui me traquent sur ma piste.

Je finis par me décider pour le cabinet d'un courtier en joaillerie niché dans une rue tranquille derrière le boulevard Haussmann. Au troisième étage sur cour, un petit homme sec vient m'accueillir. Sa moustache fournie semble une revanche sur la calvitie.

— Eh bien chère Madame, que puis-je faire pour vous? m'interroge-t-il d'une voix flûtée.

Je lui mens. Je lui explique que mon mari vient de mourir, que le chagrin est un raz de marée. Que pour reprendre pied j'ai décidé de m'établir quelque temps à Paris, oui je suis américaine, cela s'entend? Je dois me séparer de quelques bijoux, c'est douloureux mais nécessaire. Il ne faut pas trop s'attacher à ces objets qui vous tirent vers la tombe, vous murmurant que votre vie a perdu sa boussole.

Le courtier hoche la tête avec une compassion distraite, il ne peut détacher les yeux du bracelet Art déco que j'ai exhumé de mon sac, hypnotisé par ses motifs géométriques sertis d'émeraudes et de minuscules diamants. Je l'autorise à l'examiner et je jurerais que son pouls s'accélère tandis qu'il l'observe sous toutes les coutures, évaluant la finesse de la monture, la qualité des pierres.

Ce bijou fait ressurgir une soirée heureuse au bord du lac Michigan, il y a neuf ans. Les bateaux à l'amarre, les lampions d'une fête saluant l'arrivée de la belle saison, les affiches patriotiques en soutien aux soldats qui partaient se battre en Europe. Des couples valsaient sur une piste en bois, les lueurs du bal faisaient danser les ridules sur l'eau noire. Le vent était doux et caressait l'échine. Et Adam Donnelley, cet homme habitué à se faire obéir, m'avait murmuré qu'il avait fallu que j'entre dans sa vie pour qu'il réalise qu'elle était vide de l'essentiel. «Avec vous, j'entrevois un monde d'émotions qui m'étaient fermées. Ne me laissez pas à la porte, Eliza. Je n'ai pas appris à ressentir les choses comme vous. Vous pouvez faire de

21

moi quelqu'un de différent. » Émue par l'humilité de cet aveu, j'avais accepté de le revoir. Il pouvait être appelé à tout moment pour le service. Cette menace nous donnait un sentiment d'urgence. Quelque chose était en train de finir. Il fallait nous hâter de vivre, d'aimer.

En repartant, il m'avait confié cette boîte enveloppée d'un papier de soie, comme si elle était de peu d'importance. Plus tard, dans le secret de ma chambre, j'avais découvert le bracelet. Le chatoiement discret des pierres, la délicatesse de l'or blanc sur ma peau. Pour moi, il symbolisait cet instant où Adam avait repoussé les diktats de sa pudeur et de son orgueil pour toucher mon cœur.

— C'est une belle pièce… murmure le courtier. Mais sans certificat d'authenticité, je ne vous cache pas que ce sera plus difficile… Je vais y réfléchir, ajoute-t-il, déchiffrant le désarroi sur mon visage. Je comprends que vous êtes pressée… Et dans ces cas-là, il y a toujours moyen de s'arranger, en y mettant un peu de bonne volonté. Revenez me voir dans deux jours. D'ici là, j'en aurai parlé à quelques bons clients.

À cet instant, j'aimerais le photographier. Immortaliser ce mélange de ruse et de calcul, la lueur qu'allume dans ses yeux la perspective d'une bonne affaire. Mes doigts pianotent sur le boîtier du Rolleiflex. Je m'en veux d'avoir laissé deviner mon urgence. Je sais déjà que je finirai par accepter son offre.

Un peu plus tard, quand je ressors de l'hôtel pour dîner après avoir chargé mon appareil d'une pellicule plus sensible, la réception est vide et la rue retentit d'un chahut inhabituel. Sur le trottoir, j'aperçois deux prostituées que la police est en train d'embarquer. La plus grande se débat comme une panthère. Elle a de longs cheveux écarlates et des épaules de catcheuse, ses biceps saillent sous sa peau blanche, ses yeux étincellent et de sa bouche jaillissent des injures que je ne comprends pas, ce doit être un genre d'argot, de *slang* parisien. L'autre est un bloc de colère froide, elle parlemente avec le policier qui veut l'entraîner vers la camionnette garée plus loin. Elle porte une perruque à la Louise Brooks et son regard brûlant me transperce. Je ne vois plus que cette crinière rouge dans la lumière blafarde, la pâleur de la peau sous les bas résille, la rage des corps qui s'affrontent. Je saisis mon Rolleiflex, je ne suis qu'à quelques mètres d'elle et mes yeux rivés sur l'objectif embrassent la violence et la rapidité de la scène. Déjà les flics poussent les prostituées vers le camion, celle aux cheveux rouges m'a vue et me toise avec animosité. Je déclenche la photo, réarme l'appareil et prends un autre cliché à l'instant où elle crache dans ma direction, avant de disparaître dans le fourgon.

Après leur départ, le silence se pose sur la rue de Provence le temps que la routine se réinstalle, le ballet des tapineuses et des clients, appels suggestifs, ombres chuchotantes, tractations et cigarettes.

J'espère que les photos seront bonnes. C'est toujours un pari, il n'y a pas de deuxième chance. Observant l'étrange faune qui se presse sur la chaussée, je me demande comment j'ai pu ne pas me rendre compte que j'étais dans une rue de prostitution, et que j'avais choisi un hôtel de passe. Ma mère y verrait la bouche de l'Enfer. Elle préférait ignorer tout ce qui se rapportait au *Near North Side* de Chicago. La seule évocation des artères mal famées de la ville lui faisait quitter la table. Étonnamment, je ne me sens ni choquée ni effrayée, plutôt fascinée par ce que je ne connais pas et que j'ai envie de comprendre. Je me réjouis d'avoir été là au bon moment pour capter l'affrontement, la révolte animale de la prostituée aux cheveux rouges et le charme magnétique de l'autre, la Louise Brooks de trottoir qui m'a observée tout du long de ses yeux imperturbables, sous les paupières cernées de khôl.

Chapitre deux

Les jours suivants, l'angoisse me saisit à la gorge et ne me quitte pas. Le sol vacille sous mes pas, je ne suis pas encore Violet et plus vraiment Eliza, je ne suis personne, le vertige me terrasse. Comme si je n'en finissais pas de tomber d'une falaise et qu'autour de moi le paysage s'estompait, me laissant pour seul repère cette chute interminable. La seule chose qui m'apaise, c'est cette chambre qui tangue sous les bruits de pas, les grincements de sommier, les gémissements. Il faut croire que j'ai fini par m'y habituer. Mon abri craque, vit et respire à l'heure où les gens honnêtes dorment et cela me rassure et me berce.

Je n'ai jamais su délimiter le territoire de l'angoisse. Enfant, elle me submergeait durant les absences de mon père. Notre quartier de Hyde Park m'était trop familier pour que je m'y sente en danger, même si les rumeurs de crimes et d'accidents étranges s'y propageaient aussi vite qu'ailleurs, engendrant leur part de frissons et d'inquiétudes. Pourtant, je tremblais pour mon père dès qu'il quittait la maison. J'avais peur qu'on l'assassine dans un

de ces coupe-gorges où le conduisait son travail. Ma mère et moi resterions dans l'incertitude jusqu'à ce qu'un policier vienne sonner à notre porte. Son ombre se dessinerait dans la lumière du porche et je saurais avant qu'il parle, je saurais et mon cœur se briserait.

J'avais huit ans lorsque mon père a évoqué devant moi les émeutes qui avaient marqué ma naissance. J'en garde le souvenir vivace. Nous nous promenions dans le ghetto de Bronzeville. Malgré l'opposition de ma mère, il m'y emmenait souvent. Je nous revois deviser tous les deux, lui grand et altier avec son collier de barbe bien taillé et son chapeau, moi minuscule dans mon manteau à col de fourrure, peinant à le suivre mais consciente d'un privilège auquel je n'aurais renoncé pour rien au monde.

Mon père estimait que je grandirais mieux s'il me montrait le monde comme il était. Il avait résolu de me parler dès l'enfance de certaines formes du mal, celles que mon jeune cerveau pouvait appréhender. Il me montrait les immeubles à deux étages que les propriétaires blancs laissaient se délabrer, les arrière-cours jonchées d'ordures que les éboueurs ne se donnaient pas la peine de ramasser. Les gamins habillés de vêtements troués, jamais à la bonne taille, les chiens pelés qui hurlaient à la mort. Je me souviens que j'avais beau raffoler de ce petit manteau, il me faisait honte en regardant ces gosses courir en chemise dans le vent glacial.

Dans l'Illinois, m'expliquait mon père de sa voix grave, aucune loi n'obligeait les Noirs à s'entasser dans le ghetto.

Officiellement, ils pouvaient s'installer où bon leur semblait. Pourtant chaque fois que l'un d'eux franchissait les limites de la *Black Belt*[1] pour emménager dans une rue voisine, il était châtié assez fort pour retenir le message. Une bombe réduisait son logement en poussière, des torches y mettaient le feu pendant que sa famille dormait. Le franchissement de ces lignes imaginaires provoquait des éruptions de violence et des émeutes. Ceux qui survivaient retournaient à l'abri du ghetto.

— L'été où tu es née, un gamin noir qui nageait dans le lac a dérivé dans les courants. S'éloignant de la plage réservée aux Noirs, il a franchi l'une de ces lignes invisibles. Il s'est fait caillasser par des gamins blancs et il s'est noyé. Alors la ville est devenue folle. L'émeute a duré plus de six jours. Des gangs de Blancs attaquaient les Noirs, mettaient le feu aux immeubles… En représailles, les Noirs allaient incendier les quartiers blancs. Il y avait tant de morts et de blessés qu'à l'hôpital, on devait allonger les blessés par terre, tous les lits étaient pris… Il a fallu l'intervention de la garde nationale pour que ça s'arrête enfin. C'est pourquoi je n'étais pas là au moment de ta naissance, ma tourterelle…

Médecin reconverti dans la recherche sociologique à l'université de Chicago, mon père avait repris du service pour venir en renfort aux internes noirs qui tenaient la permanence d'un hôpital déserté par le personnel blanc

---

1. Quartiers du South Side de Chicago où vivait la communauté afro-américaine de la ville au tournant du xxᵉ siècle.

au début de l'émeute. Il aimait à dire que la sociologie lui permettait de sonder les racines de la violence, de la maladie ou de la pauvreté. Par son travail, il espérait éclairer les consciences, faire tomber les préjugés. Il rêvait de prévenir les maux avant qu'ils ne déferlent aux urgences, corps criblés de balles ou de coups de couteau.

— Tant qu'on forcera ces gens à s'entasser sur quelques miles et qu'on leur déniera le droit de vivre où ils veulent, d'avoir les mêmes opportunités que les autres... ils voudront échapper à leur prison par tous les moyens, et peu importe s'il faut voler ou tuer pour y parvenir. C'est humain, tu vois, d'aspirer à la liberté, de ne pas supporter la cage.

Oui, c'est humain. Et c'est pour ça que je m'égare dans cette ville étrangère, même si je sens que je perds pied, que je peine à repousser la pensée obsédante de mon petit garçon qui me cherche dans la maison, me cherche et m'appelle. Je redoute qu'il n'ait reçu aucune réponse, et je redoute les réponses qu'on a pu lui fournir. La vérité est que j'ai choisi de me sauver avant Tim, parce que l'emmener avec moi était trop risqué. Cela va à l'encontre de tout ce qu'on nous apprend, que les mères sont faites pour se sacrifier, que c'est leur destin depuis le fond des âges. Je n'ai pas obéi à un postulat philosophique mais à l'instinct viscéral qui m'ordonnait de ne pas me retourner, de ne pas laisser l'amour me couper les jambes. C'était un samedi ensoleillé, sa grand-mère paternelle l'avait emmené à son cours de voile. Son père vaquait

à ses affaires dans une tour du Loop[1]. À leur retour, je n'étais plus là.

Je ne cesse de penser au message que j'ai laissé à Tim dans l'une de nos cachettes secrètes. J'espère qu'il l'a trouvé. Et même s'il n'est pas en âge de comprendre, qu'il a gravé dans son cœur que mon départ n'était pas un abandon ; que j'étais partie pour restaurer mes forces et que je reviendrais le chercher.

Depuis deux jours, je marche sans but dans la ville et frôle tous ces gens amarrés à une vie, un travail, une famille. Leur regard interroge mon expression absente et se rassure en voyant mes vêtements bien coupés, le Rolleiflex à mon cou. Je ne ressemble pas à ces vieilles clochardes qui errent dans leurs dépouilles flottantes et effraient les enfants. Ni à ces hommes d'affaires ruinés par le krach de 1929 qui vendaient des pommes sur les boulevards. On en parlait beaucoup quand j'étais petite, mais les seuls vendeurs de pommes que j'ai croisés à l'époque sur Michigan Avenue ressemblaient à des pauvres de toujours. Et je me demande si ces histoires de milliardaires défenestrés ou déguisés en vendeurs de pommes ne sont pas des légendes, colportées par ceux qui voulaient nous faire croire que nous n'étions pas les seuls à avoir tout perdu. Les as de la spéculation, les Joe Kennedy et les Samuel Insull s'en sont tirés sans égratignures. Un matelas confortable prévenait la possibilité de la chute, au pire

_____

1. Quartier des affaires de Chicago.

29

c'était l'exil avec une valise remplie de lingots, de longues vacances à contempler le coucher de soleil sur la mer.

Non, ce n'est pas à eux que je pense mais à mon père, qui avait investi toutes nos économies en Bourse pour faire plaisir à ma mère. En ce temps-là, tout le monde misait pour gagner. Même le marchand de tabac du coin de la 47e Rue boursicotait. Chacun connaissait quelqu'un dont le cousin paradait en limousine grâce à un coup de veine. «Mais Arthur, pourquoi hésiter? Tout le monde le fait! Mon oncle Miles travaille à Wall Street, il m'a promis de nous donner quelques tuyaux», disait Maman. Papa a rencontré l'oncle Miles à New York et a fini par se laisser convaincre. Je me souviens que le raz de marée du krach ne nous a pas atteints tout de suite. Le lundi noir, les actions General Electric et US Steel étaient en chute libre mais un esprit rationnel comme celui d'Arthur Bergman refusait de céder à la panique. Il répétait que les banquiers et le gouvernement trouveraient un moyen de limiter la casse. Peu à peu, il a réalisé que personne n'avait de solution pour atténuer la catastrophe. Il est resté plusieurs jours enfermé dans son bureau. Ma mère allait toquer à la porte à l'heure des repas, il répondait qu'il n'avait pas faim.

À présent, je sais ce qu'il éprouvait. Il ignorait comment faire face à l'écroulement de notre vie, comment nous dire qu'il avait failli à sa tâche et n'avait pas su nous protéger du vide. Il partait marcher seul pendant des heures, jusqu'à l'épuisement, pour trouver un sens à cette absurdité. Mais la vérité, c'est qu'il y a dans nos vies des

30

impasses dont on ne peut s'échapper qu'en détachant des morceaux de soi.

Le troisième soir, je retourne chez le courtier en joaillerie. Il m'interroge sur l'Amérique et je lui déroule la vie imaginaire de Violet Lee, mariée à un entrepreneur enrichi dans le bois de charpente. Une existence âpre et heureuse dans une petite ville du Midwest, plaines rasées par le vent, hivers glacials, étés caniculaires. Deux petites filles, des chiens et des chevaux. Je le laisse se figurer cette vie rythmée par la nature, les feux de bois et les anniversaires. Et soudain, le coup de téléphone qui annonce à Mrs Lee que son mari a fait un malaise cardiaque. L'hôpital, les heures d'attente avant de parler à un médecin qui la regarde comme s'il doutait qu'elle ait toutes ses facultés mentales, répète plusieurs fois : « Votre mari est décédé, l'ambulance est arrivée trop tard. » Ici mes yeux s'humidifient, la fiction réveille les souvenirs de la mort de mon père. Ils me déchirent toujours, les quinze années écoulées depuis ce matin d'avril n'y font rien.

Je vois trembler la moustache du courtier, je réalise qu'il n'est pas un mauvais homme, seulement il a du mal à voir les gens derrière les bijoux. Il se protège de leur histoire, de leurs malheurs. Nous sommes deux menteurs qui croisons le fer et au milieu de tous ces mensonges, nous nous retrouvons à partager un instant de sincérité que nous n'avons pas vu venir et dont nous ne savons que faire.

— La vie peut être cruelle, Madame... murmure-t-il avec embarras. Mais je vous regarde, vous êtes jeune et charmante, et je suis sûr qu'elle vous réserve de belles surprises. Laissez Paris vous consoler, vous inspirer. Vos compatriotes adorent cette ville, ils sont des milliers à s'y installer. Et Paris n'a jamais autant aimé les Américains, leurs GI's et leur plan Marshall!

Ensuite il me fait une offre qu'il juge «raisonnable et avantageuse». Il sous-entend avec tact qu'il s'est laissé fléchir par la compassion. L'offre est plus basse que ce que je redoutais, très en deçà de la valeur du bracelet. Mais je ne suis pas en position de refuser. Je signe le reçu en échange d'une enveloppe de billets français. Le joaillier m'annonce que le souvenir d'Adam brillera au poignet de la dernière conquête d'un client fortuné qui a deux faiblesses : les femmes et les pur-sang.

Lorsque le vieux renard me raccompagne à la porte, un crépuscule mauve glisse sur la ville et je sens que l'étau de l'angoisse s'est desserré. L'argent dans mon sac me redonne des forces. Je décide de m'arrêter au Café de la Paix, près de l'Opéra, aimantée par son faste Belle Époque. Un serveur en frac m'escorte dans une salle pleine à craquer de femmes élégantes et d'hommes d'affaires qui discutent en dégustant viandes saignantes et grands crus. Je commande le plat du jour que le serveur m'a conseillé et l'accompagne d'un saumur-champigny. La première blanquette de ma vie est fameuse. Je me fais servir un autre verre. J'en ai bu la moitié lorsque je me sens observée. Un inconnu me

fixe, installé au bar à quelques mètres de moi. Brun et sec, une cicatrice lui barre le menton. Quand je confronte son regard, je lis de l'amusement dans ses yeux d'encre. Il lève lentement son verre vers moi et ce geste me glace. Est-ce la cicatrice, le teint olivâtre ou cette assurance tranquille ? Je perds ma contenance et hèle le serveur d'une main tremblante. Au bar, l'homme ne me quitte pas des yeux. Un sourire s'élargit sur ses lèvres pleines.

— Quelque chose ne va pas, Madame ?

— Tout va bien mais je dois partir. L'addition, s'il vous plaît.

Il met un temps infini à revenir avec la note. Je lui tends un billet, il n'a pas assez de monnaie.

— Ce n'est pas grave, gardez tout, dis-je en me levant.

Je récupère mon Rolleiflex et quitte la brasserie sans me retourner, le plus calmement possible. Une fois dehors, je me mets à courir en direction de Saint-Lazare. Les pieds tordus dans mes escarpins, je fuis comme si une meute était à mes trousses. Ce n'est qu'à l'angle de la rue du Havre que je m'arrête, en nage. Mon cœur bat à exploser. Je me rencogne sous une porte cochère et j'attends, tous les sens en alerte. Autour de moi, je ne repère que la faune habituelle du quartier : clients au chapeau incliné sur les yeux, prostituées et rabatteuses, silhouettes équivoques.

Non que cela me rassure. Ceux qui me traquent savent se rendre invisibles. Ils savent aussi ne pas fondre trop vite sur une proie. Lui laisser le temps d'imaginer tous les guet-apens, toutes les ruses.

Chapitre trois

Quand je rentre à l'hôtel, l'ampoule a grillé au fond du couloir et ma porte est entrouverte. Je reste paralysée, persuadée que l'inconnu du Café de la Paix m'attend assis sur la chaise, jambes croisées et cigarette aux lèvres, l'ourlet de son pantalon retombant impeccablement sur ses chaussures lustrées. Ou bien ce sera le corps de Violet Lee, son corps jumeau dénudé sur mon lit, dans la blancheur duquel un poignard aura ouvert des canyons, des précipices. Ou le trou laissé dans sa tempe par une balle de revolver, le sang poissant ses cheveux tandis qu'elle aura l'air de dormir les yeux ouverts, comme les poupées.

Je ne peux rester suspendue à la possibilité de l'horreur. Je me résous à entrer. La chambre ressemble à un paysage dévasté par un typhon. Le double fond de ma valise gît sur le lit, éventré. Mes bijoux se sont envolés.

Pétrifiée, je contemple mes affaires éparpillées à travers la pièce, vêtements et photos, nécessaire à toilette et maquillage. Depuis le moment où j'ai refermé la porte de

notre maison du 17 East Goethe Street, c'est la première fois que je sens que je peux m'écrouler. Jusqu'ici, je ne sais ce qui m'a gardée debout. Sans doute un mélange de peur et d'adrénaline plus puissant qu'une drogue. Je suis partie, je me suis fondue dans l'ombre et tenue droite sur tous ces quais de gare. Sur le pont du paquebot de la United States Lines, j'ai rivé mon regard à l'horizon. Je me suis accrochée à la certitude que si j'étais restée, Tim m'aurait perdue à jamais. De cela je ne doute pas, même lorsque l'angoisse me réveille au milieu de la nuit. Mais comment aller plus loin sans argent, sans travail ? Maintenant que je n'ai plus rien à vendre, mes ressources ne tiendront pas longtemps. Je n'ai plus de forces, même pas celle de pleurer.

Ce qui me remet en mouvement, c'est le contact du Rolleiflex contre ma poitrine. D'une main anxieuse, je tâtonne à la recherche de mes photos et finis par les retrouver sous le lit avec le portrait de Tim. Je l'essuie, le défroisse. Sur ce cliché, mon fils me fixe avec un air sérieux, ses yeux gris m'interrogent. Il ne souriait pas ce jour-là, parce que je l'avais forcé à essayer son nouvel uniforme avant la rentrée scolaire et que son ami Paul l'attendait pour jouer au ballon dans le parc. Je lui avais expliqué qu'à l'aube de ses huit ans, quand on allait entrer en 3ᵉ grade, on était un grand garçon et que de nouveaux privilèges entraînaient certains devoirs. Il m'avait opposé cette gravité butée qu'il avait héritée de moi, qui m'impatientait autant que la mienne avait impatienté ma mère. Je fixe son image comme si j'avais le pouvoir

de m'adresser à lui, de lui dire de ne pas avoir peur, de me faire confiance. À le regarder, je sens un peu d'énergie me revenir. Je n'ai pas le droit de me laisser abattre, pas après ce que j'ai traversé.

Je descends à la réception, j'explique à la patronne qu'on m'a cambriolée. Mon infortune semble la navrer mais je détecte derrière sa compassion un sentiment moins altruiste : peut-être espère-t-elle que mon désarroi me mettra à sa merci ? Il y a toujours un arrangement possible, quand on n'est pas trop laide et que le Seigneur vous a placée à l'endroit adéquat. Ses yeux étroits veillent au grain, un mot gentil ne doit pas être dépensé en vain. De combien de filles en détresse a-t-elle ainsi profité ? Je lui demande si elle a entendu des bruits inhabituels ou vu monter des clients étrangers à l'hôtel, et réalise aussitôt la stupidité de ma question.

— Oh vous savez, ici, ça rentre, ça sort… me répond-elle avec un haussement d'épaules. S'il fallait surveiller tout le monde on n'en finirait plus ! Je ne peux pas être partout, moi ! ajoute-t-elle en montrant le panneau accroché au-dessus de la réception : « L'hôtel décline toute responsabilité en cas de vol ou de détérioration d'effets personnels. »

Pourtant je doute que quoi que ce soit lui échappe. La santé de son petit commerce en dépend. Elle me suggère d'aller porter plainte au commissariat le plus proche, rue Chauchat. À cette mention, mon hésitation me trahit. Elle ébauche un sourire de connivence. Je voudrais

le lui faire ravaler mais je suis coincée. Porter plainte m'exposerait à un danger plus grand, et trente ans à Chicago m'ont appris que la police est rarement un recours.

— Faut pas vous miner, ma petite… dit-elle avec la chaleur qu'elle doit réserver à ses clients fidèles. Si vous avez des problèmes d'argent, je peux vous faire crédit une semaine ou deux… En attendant, je vais demander à Pierrot de réparer votre porte. Ça sera du provisoire, mais au moins vous dormirez sur vos oreilles !

Avant de réfléchir à la nuit prochaine, j'ai besoin d'un verre. Quelque chose de fort et de bien tassé, un remède de marin secoué par la tempête.

En quittant l'hôtel, je tombe sur les deux prostituées raflées l'autre soir. Celle aux cheveux rouges me cueille par une tirade sibylline qui transpire l'animosité. Le sosie de Louise Brooks intervient et un dialogue tendu s'engage entre elles, dans cette langue argotique dont je n'arrive à saisir que quelques mots attrapés au vol. Je devine qu'elles parlent de moi. La grande baraquée n'a pas dû apprécier que je la photographie. Me voir rallume sa colère. À la fin, la petite brune m'interroge :

— Tu bosses pour les perdreaux ?

— Je ne comprends pas…

— T'es pas d'ici ?

— Je suis américaine…

— Allons bon… lâche-t-elle, désappointée. Les flics… La police, tu comprends ? Tu travailles pour eux ?

Je réalise qu'à leurs yeux, la photo relève du fichage policier. Ont-elles déjà été photographiées dans un autre contexte ? Je réponds que je ne travaille que pour moi et ne montre pas mes clichés. L'incompréhension flotte dans le regard de la fille aux cheveux rouges mais mon explication l'apaise. J'en profite pour m'excuser. Elle se détourne de moi d'un mouvement hautain.

— Ok, répond Louise Brooks de sa voix rauque. Maintenant, vu que c'est encore calme, tu me payes un verre.

Requête si inattendue que je lui emboîte le pas jusqu'au troquet qui fait l'angle de la rue de la Chaussée-d'Antin. Ici, on est loin du raffinement du Café de la Paix. Ça sent l'huile rancie et la vinasse, le carrelage est d'une couleur indéfinissable et le comptoir fait déjà le plein d'ivrognes. Nous nous installons au fond de la salle et Louise Brooks commande un pichet de «vin de la patronne» qui fleure bon la piquette. Je prends un whisky. Surprise, elle me demande d'où je viens, de quel coin d'Amérique. Je brûle de lui répondre que j'ai grandi au fin fond du Mississippi, que j'y tuais chaque matin un serpent à sonnette pour le frire au petit déjeuner.

— De New York, dis-je sans ciller.

Le mensonge est devenu un réflexe, une armure.

— New York ! siffle-t-elle. Moi je n'ai rien vu, à part ma province et Paris. On peut pas dire que j'ai voyagé loin.

Son visage me touche, derrière ce maquillage et cette coiffure qui la déguisent. Ses yeux noirs sont des sentinelles orgueilleuses. Elle est venue à moi. J'ignore

38

pourquoi nous sommes assises à boire de l'alcool frelaté derrière ces vitres embuées. Ce whisky rappellerait à Al Capone le bon vieux temps de la prohibition… Il ravage tout sur son passage et libère des sanglots.

— Ben qu'est-ce qui t'arrive, ça va pas? murmure Louise Brooks.

— On m'a cambriolée, lui dis-je, mortifiée de pleurer devant une inconnue.

— Dans ta piaule?… Enfin, ta chambre? Oh merde! J'espère que c'est pas un de mes mich… de mes clients, quoi, ce serait moche. J'en ai un mariolle en ce moment. Je m'en méfie comme de la syphilis. Syphilis, tu comprends? Mais oui, vous avez ça chez vous aussi! Ma pauvre, je comprends que t'aies le cafard! Tiens, la tournée c'est moi qui la paye. Garde ton argent, va.

Je bois plusieurs gorgées de whisky pour me ressaisir. Je cherche une diversion et un désir impérieux me vient de la photographier. Aguerrie par l'expérience, je demande la permission.

— Je ne sais pas, murmure-t-elle. D'abord, dis-moi pourquoi tu prends ces photos, dit-elle. Ça sert à quoi?

C'est une question difficile. Je pourrais évoquer le jour où mon père m'a offert mon premier appareil photo, quelques mois avant le Krach de 1929. J'avais dix ans, et je n'oublierai jamais la sensation de l'objet entre mes mains, la révélation de l'image. Très vite, il est devenu le prolongement de mon œil. Mon regard se faisait plus subtil, s'aiguisait. Après la fermeture

39

des banques, lorsque nous avons perdu notre relative aisance et avons dû quitter notre maison, ma mère a suggéré de le revendre. Mon père faisait mine de ne pas l'entendre. J'ai gardé mon appareil, dernier témoin d'une époque heureuse. Prendre des photos et les faire développer était devenu un luxe inaccessible. Mais Papa réussissait à se procurer une pellicule pour Noël qu'il m'offrait en cachette, car désormais nous vivions chez ma tante, où nos moindres faits et gestes étaient jugés sans appel. Depuis le jour où j'ai pris ma première photo, je n'ai jamais réussi à m'en passer. Je sais quand je tiens une image et alors il me la faut, rien d'autre ne compte. C'est un mélange d'instinct et d'urgence, une excitation très particulière. Mais je m'entends lui répondre :

— Les photos révèlent la beauté cachée. Celle qu'on ne voit pas tout de suite.

Elle m'oppose une moue dubitative :

— Tu trouves ça beau, une pute qui se fait ramasser par les flics ?…

Comment lui faire comprendre que la beauté dépasse l'esthétique ? Pour moi, elle est l'émotion qui naît d'une parcelle de vérité éphémère. Elle n'a pas d'âge, de couleur de peau, de classe sociale. Elle peut être marquée, tatouée, indéchiffrable.

— En un sens. Il faut apprendre à voir. Être attentif.

— Si tu le dis… Vas-y, prends-la ta photo. Mais après, je paye une autre tournée. Si si, je travaille bien en ce

moment. Et puis toi… comment on dit en anglais quand t'as plus un radis, plus d'argent, plus rien?

— *Broke*, dis-je, et elle répète le mot avec un accent inimitable, *You are broke*.

Je me lève et me concentre sur l'image que me renvoie l'objectif. La lumière du plafonnier est trop crue et souligne sans pitié les cernes de Louise Brooks. Je fais la mise au point sur son visage, ses yeux qui me défient. Je prends plusieurs clichés. J'aimerais qu'elle se rende mais elle ne lâche pas. C'est une guerrière qui protège ses secrets. Ses faux cils, son rouge à lèvres et son fard sont des peintures de guerre.

Quand je repose l'appareil, la détente lui arrache son premier sourire. Nous trinquons et je me présente sous le nom de Violet. Elle dit s'appeler Rosa mais précise que ce n'est pas son vrai nom:

— Le vrai, je l'ai enterré avec mon passé. C'est ce que j'avais de mieux à faire… Bon et toi Violet, qu'est-ce que tu fais là?

Sa question me désarçonne.

— T'inquiète, je vais pas te demander tes papiers! sourit-elle. Mais entre nous, t'as rien à faire là. C'est pas ta place. T'as l'air d'une bonne chrétienne…

Lorsque je lui réponds que je cherchais un hôtel discret, Rosa éclate de rire. Non sans détours, car l'argot lui vient plus facilement que le français châtié, elle me confie que l'hôtel est tellement discret qu'on peut y poignarder un client et aller le noyer dans la Seine sans que personne ne s'en émeuve. C'est arrivé il y a quelques

41

années. Un employé de commerce était tombé amoureux d'une des filles. Le proxénète de sa bien-aimée a fini par le larder de coups de couteau et le balancer dans le fleuve. Quand on l'a repêché, il était méconnaissable. L'enquête a fait long feu, d'autant qu'on était au printemps 1944 et qu'entre les bombardements alliés et les vendettas contre les collabos, la police avait d'autres priorités.

Je demande le sens du mot « collabos ». Rosa baisse la voix et m'explique que pendant la guerre, le gouvernement français a collaboré avec Hitler. Une partie des Français a suivi : des profiteurs de guerre, des enragés qui souhaitaient la victoire de l'Allemagne et des gens ordinaires qui survivaient à leur manière au nouvel ordre des choses : sans voir plus loin que leur assiette, sans héroïsme, souvent la trouille au ventre.

— Pour les voyous, c'était le bon temps, précise-t-elle. Ils obtenaient des passe-droits pour dévaliser Paris. Pendant quatre ans, ça a été Noël tous les jours ! À la Libération, certains ont dû se cacher mais ils ont gardé leurs petites habitudes… Avec la complicité des perdreaux, qui palpaient au passage.

Je hoche la tête. Paris n'est peut-être pas si différent de Chicago. La probité et la vertu sont une façade derrière laquelle s'affairent les ombres. L'intérêt de chacun bien compris. Je me demande de quel côté se tenait Rosa pendant cette guerre. J'observe ce visage buté qui s'interdit tout vacillement, beau et lisse comme un mensonge.

— Tout ça, c'est du passé, conclut brusquement Rosa. Mais toi, si t'es là, c'est que t'es dans les ennuis.

Mon silence vaut acquiescement.

— La patronne s'en doute, elle a sa petite idée derrière la tête… Il vaudrait mieux que tu déménages.

Les stratégies de la maquerelle me dégoûtent. Je revois ma porte fracturée, ma valise éventrée. Il faut partir, oui, mais pour aller où ? Je n'ai presque plus d'argent et je ne connais personne dans cette ville.

— J'ai peut-être une solution pour toi… réfléchit Rosa. Demain, retrouve-moi devant l'hôtel vers trois heures. Plus tôt c'est pas la peine, je roupille ! C'est que je travaille de nuit, moi…

Sur cet espoir ténu mais tangible, j'arriverai peut-être à dormir.

Je regagne le chaos de ma chambre, dont le dénommé Pierrot a rafistolé la porte. L'angoisse me submerge à nouveau. Je me laisse tomber sur le lit, me force à respirer calmement.

Dans sa violence, le destin m'envoie un signe : c'est ici et maintenant que je dois trouver les ressources de ma survie. Elle ne devra rien à Adam, hormis l'argent du bracelet offert au temps où il ne ménageait pas ses efforts pour m'apprivoiser. Je ne pouvais le porter sans penser à tout ce qui s'était défait, et qui n'avait peut-être existé que dans l'esprit d'une gamine naïve et impatiente d'aimer. La froideur du métal reflétait celle de mon mari : une main glacée retenant mon poignet.

Avant de tout ranger, je photographie le carnage. Je veux en garder la trace. La destruction de mon abri provisoire fait monter d'autres larmes. Je les laisse couler.

Derrière l'objectif, cette nature morte recèle l'étrange beauté des ruines.

Chapitre quatre

Réveillée tôt, j'ai fait ma valise avec soulagement. Mes pensées allaient à Rosa dont l'avenir se cognait à cette chair triste, au manque de lumière, aux calculs mesquins de la patronne. Je me demandais comment elle en était arrivée là. Je suis allée marcher le long de la Seine. À Chicago, je me promenais au bord d'un lac qui avait les dimensions d'une mer. Ses eaux froides me parlaient de Jean-Baptiste Pointe du Sable, le mulâtre français qui avait fondé sur ses berges la première colonie, où Français et Indiens vivaient en parfaite harmonie. Parfois je suivais les méandres de la Chicago River, plus sinueuse et équivoque, qui traverse le centre-ville pour s'en aller confier au Mississippi ses histoires de paris perdus et de corps mutilés à la nuit tombée. Et la Seine, qu'avait-elle à me raconter ? J'ai longé les quais, regardant les péniches et les remorqueurs glisser lentement sur l'eau paresseuse. Sous les ponts, les clochards dormaient encore. Avec des précautions de chasseuse, je me suis approchée assez près pour photographier l'un d'eux. Il rêvait, le bras replié sur le visage, le corps agité

de légers soubresauts. Je craignais que l'un de ses voisins donne l'alarme, qu'il se réveille et ait une réaction agressive en me découvrant. Je voulais cette photo mais j'avais conscience d'être une femme pénétrant par effraction un monde d'hommes que la misère rendait sauvages. Il fallait me hâter, étudier la lumière, soigner le cadrage et la mise au point, appuyer sur le déclencheur. L'image dans la boîte, je me suis enfuie comme une voleuse.

Tout le jour, l'image de ce bras protégeant son visage m'a poursuivie. Elle disait la brutalité et le danger de sa vie, les nuits venteuses et pluvieuses, le corps pour seul bouclier. La dureté de l'asphalte, le dos brisé au réveil, la morsure du froid, les agresseurs de l'ombre. Ce qu'une image transporte avec elle peut être insupportable. Elle nous convoque. Celle-ci me tend le miroir d'un destin possible. Celui qui m'attend peut-être sous un autre pont, un autre jour.

De retour à l'hôtel, j'ai réglé ma facture et retrouvé Rosa. Nous avons pris le métro à la gare Saint-Lazare, passant sous le ventre de la Seine pour rejoindre la rive gauche. Dans le dédale souterrain de la station de Montparnasse, je pensais au El, le métro aérien de Chicago, dont nous arrivions parfois à oublier le vrombissement obsédant jusqu'à ce qu'il nous submerge par surprise, ébranlant les murs d'un salon de thé ou troublant la sérénité d'un jardin public.

Après avoir pris deux métros et traversé à pied un quartier d'immeubles vétustes couleur de suie, Rosa m'a

conduite jusqu'à un bâtiment austère. Une plaque sur le mur indiquait que Victor Hugo, l'écrivain préféré de mon père, y avait passé une partie de son enfance.

— C'est ici ? ai-je demandé, émue par cette coïncidence.

En chemin, elle m'avait expliqué que nous allions voir l'une de ses amies, qui dirigeait une pension pour jeunes filles seules dans le Quartier latin. Les chambres y étaient propres, le loyer modique. De quoi susciter la convoitise, en ces temps où la ville souffrait d'une pénurie de logements. Mais elle espérait que la directrice lui ferait une faveur.

— Oui, a répondu Rosa. Le foyer des Feuillantines était un couvent, dans le temps. Ça n'a pas trop changé, tu verras !

Moi j'étais déjà acquise, grâce à Victor Hugo. On aurait pu me dire que l'auteur y avait été très malheureux, nourri de pain sec et fouetté tous les jours, ça ne m'aurait pas ôté de l'idée que mon père m'adressait un signe.

Passé l'antique porte de chêne avec heurtoir, nous avons patienté dans une antichambre. Rosa ne m'avait pas menti, l'atmosphère du lieu était monacale et son odeur m'évoquait celle des vieux prie-Dieu de l'église de la Madeleine. La concierge et la secrétaire sortaient d'un même moule compassé : chignon, lunettes et jupes aux chevilles. Rosa s'était gardée de toute provocation, mais sa sensualité détonnait entre ces murs nus, sur ces chaises au dossier raide. Elle m'a abandonnée pour parler avec la directrice. Je me demandais dans quelles circonstances ces

deux-là avaient pu se rencontrer. Ce mystère épaississait l'énigme qu'incarnait Rosa.

Le foyer des Feuillantines était-il un refuge pour jeunes filles pauvres dans l'esprit de la *Hull House* de Chicago ? Petite fille, mon père m'avait présentée à Jane Addams, qui avait fondé ce centre d'œuvres sociales à la fin du XIXᵉ siècle. C'était déjà une très vieille dame qui souffrait du dos et boitait, mais l'aura qui se dégageait d'elle m'avait impressionnée. Elle s'était adressée à moi d'une voix douce et précise et m'avait donné un conseil que je n'ai pas oublié : « Mademoiselle, il ne faut pas avoir peur de vous frotter au monde… » J'avais douze ans quand elle reçut le prix Nobel. En ce temps où j'étouffais dans la maison bien tenue de ma tante, cette nouvelle m'avait apporté un souffle de liberté et l'idée qu'une femme pouvait accomplir des choses extraordinaires. Il ne tenait qu'à elle de viser plus haut que ce qu'on attendait d'elle.

Rosa a interrompu ma promenade mémorielle. Hélène Roche, la directrice du foyer, voulait me voir en tête à tête, sans doute pour cerner à qui elle avait affaire. Je la comprenais, une protégée de Rosa attirait forcément le soupçon. Elle ne pouvait risquer de faire entrer une louve dans sa bergerie. Je me suis efforcée de la rassurer sur ma moralité tandis qu'un feu nourri de questions ondoyait autour d'un thème central qu'elle n'abordait jamais de front. J'ai été aussi franche que je pouvais l'être. J'aurais voulu lui dire que j'étais une personne droite dont la vie

48

avait pris des virages mortels. Mais la droiture est une affaire de point de vue. Qu'aurait-elle pensé de moi en apprenant que j'avais quitté mon mari et laissé mon petit garçon en Amérique? Ce que je pouvais lui avouer sans mentir, c'est que j'avais perdu tout ce qui m'était cher. Désormais, je me raccrochais à l'espoir que si j'étais assez patiente, je trouverais le moyen de rentrer chez moi. Ce chez moi n'était pas la maison de mon mari. Plus vaste et imprécis, il épousait les contours de ma ville natale, du lac qui la bordait, de ses frontières mouvantes. La ville où mon fils, Martin Timothy Donnelley, était venu au monde par une journée froide et grise de novembre 1942, réveillant de ses premiers cris notre rue engourdie par les prémices de l'hiver.

— Vous devez garder à l'esprit que la majorité de nos pensionnaires sont très jeunes, a-t-elle insisté. Leur appétit de vivre les conduit à faire des erreurs qu'elles paieront cher. Vous pourriez être une sorte de grande sœur pour elles, un modèle. Vous avez une certaine expérience de la vie, vous en connaissez les pièges…

— Hélas, je crains de ne pas être exemplaire, lui ai-je répondu avec un sourire gêné. Mais je pourrais au moins leur offrir quelques rudiments d'anglais!

— Que pensez-vous de Rosa? m'a-t-elle coupé.

Ses cheveux blond cendré retenus par des barrettes serties de roses en nacre, Hélène Roche dégageait la séduction hiératique d'un portrait du début du siècle. Je ne lui donnais pas plus de cinquante ans. Son regard attentif sondait mes intentions.

49

— Quand je la regarde, je vois quelqu'un qui se bat, ai-je répondu.

— C'est intéressant... Connaissez-vous son histoire ?

Je ne savais d'elle que ce qu'elle avait bien voulu me dire, ce que j'avais déchiffré dans le langage de son corps.

— Elle a traversé des épreuves terribles, a continué la directrice. Et les a surmontées avec beaucoup de courage. Quand je l'ai connue, elle était dans une situation très difficile. Nous l'avons hébergée ici quelques mois mais les règles du foyer étaient trop rigides, elle étouffait. Elle est tombée dans les griffes de ce petit voyou. J'ai tenté de l'en empêcher mais c'était peine perdue.

Le « petit voyou » l'avait séduite et persuadée peu à peu de travailler pour lui. Rosa ne s'était pas méfiée, désarmée par son charme et ses cadeaux. Ses yeux s'étaient-ils dessillés, ou le voyait-elle toujours comme son bienfaiteur ? En écoutant Hélène Roche, je pensais à toutes les batailles perdues qui m'avaient réduite à cet exil, encore une forme de défaite. J'avais beau déceler une guerrière en Rosa, je n'étais pas sûre que la combativité suffisait pour relever la tête si la malchance vous suivait comme une ombre.

La directrice a ajouté qu'il y avait une longue liste d'attente au foyer mais qu'elle ne pouvait refuser ce service à une amie de Rosa. Une étudiante venait justement de libérer sa chambre. J'étais libre d'emménager dès ce soir.

J'ai beau avoir hérité une forme de distance anglosaxonne, mon soulagement était tel que j'ai embrassé Rosa avant qu'elle ne reparte.

50

— Oh tu sais, ça ne me coûtait rien, m'a-t-elle glissé avec brusquerie. Ici personne ne forcera ta porte : la concierge est un dragon !

— Comment te remercier ?

— Passe me voir à l'occasion, ça me fera plaisir.

Je le lui ai promis. Elle m'avait tendu la main et tirée d'une situation périlleuse. Son geste me touchait d'autant plus qu'il venait d'une « fille perdue », comme les appelait le père Keegan. J'ignorais si Rosa s'était perdue, mais Jane Addams l'aurait sans doute trouvée plus fréquentable que nombre de chrétiennes de ma connaissance.

Accoudée à la fenêtre de ma nouvelle chambre, je regarde la nuit descendre sur la rue des Feuillantines. La pièce est petite et spartiate : un lit, une table de nuit, une armoire, quelques étagères, une chaise et un bureau. Un lavabo équipé d'eau chaude est son seul luxe. Mais au deuxième étage, j'ai une vue dégagée sur la rue et les toits. Je vois s'allumer une à une les fenêtres des immeubles voisins, j'entends tinter le carillon d'une église et je sens que je pourrais me plaire ici. Aussitôt, j'éprouve le manque de mon fils. Je donnerais tout pour qu'il soit près de moi, le dévorer des yeux tandis qu'il contemplerait la nuit parisienne déployée devant nous. Nous inventerions une histoire pour chacun de ces appartements éclairés ; celles de Tim finiraient forcément par croiser quelques Martiens aux intentions équivoques, les miennes pointeraient la cocasserie des situations pour faire résonner son rire clair. Si Tim était près de moi,

avec ses cheveux toujours en bataille, je me sentirais le courage de lancer le cri de Rastignac, dans ce roman de Balzac que mon père me lisait pour améliorer mon français : «À nous deux, Paris!»

Je remonte les sept heures qui me séparent de Chicago, là-bas il est à peine midi et Dinah doit l'attendre derrière la grille de l'école pour l'emmener déjeuner. Il est toujours en retard et arrive décoiffé, l'uniforme de travers, tellement distrait qu'il dépasse souvent Dinah sans la voir, entraîné par le flot des élèves. Il a le visage barbouillé de craie, a égaré ses crayons, troué sa manche et ne peut expliquer comment. Dinah et moi faisions des listes que nous punaisions près de son lit, épinglions à son carnet de notes. En vain, il opposait à notre lassitude un grand sourire radieux et désolé, il n'y arrivait pas, ces contingences matérielles se détachaient de son esprit au premier courant d'air.

Il me manque à en hurler. J'installe sa photo sur la table de nuit. Chaque nuit, je formulerai en la regardant le vœu qui me permet de trouver le sommeil, dirige ma peine vers un objectif.

À l'instant où ce mot surgit dans ma pensée, il reste posé là comme mon Rolleiflex, chambre à attraper les images, à retenir ce qui va mourir.

Demain, je chercherai un magasin de photo pour faire tirer mes planches-contacts. Il me tarde de découvrir si j'ai réussi à fixer ce que je voulais saisir, ou si ces parcelles de vérité m'ont échappé à jamais.

Chapitre cinq

Je rêve que ma belle-mère m'arrache Tim des bras alors qu'il est encore nourrisson. Me fusillant du regard, Abigail me reproche de ne pas le nourrir correctement. Je ne suis bonne à rien, je ne sais pas m'occuper d'un bébé. Elle s'en est plainte à Adam qui l'a priée de veiller au bien-être du petit. De sa main libre, elle agite sous mon nez une lettre de mon mari. Je reconnais son écriture hachée d'homme pressé, impatient. Abigail tente de calmer Tim qui hurle à pleins poumons. Je bataille pour le lui reprendre.

— Le jour où tu as quitté cette maison, tu as perdu tes droits sur cet enfant! me lance-t-elle.

Ces mots plantent une dague dans mon ventre et je m'éveille en sursaut.

Dès les premières années de notre vie commune, j'ai commencé à rêver d'Adam. Dans chacun de ces scénarios nocturnes, il se montrait odieux, m'humiliait en public, me trahissait de mille manières. Ces cauchemars me laissaient un malaise indéfinissable. En même

temps, je m'en voulais d'instruire chaque nuit un procès à charge. Au début de notre mariage, j'avais un mari tendre et prévenant qui me couvrait de cadeaux, s'efforçait d'atténuer le pouvoir de nuisance de sa mère et le poids de nos différences culturelles et familiales. Il semblait mesurer ce que j'avais quitté pour lui : le monde où j'avais grandi, mes amis et la fac, abandonnée avant d'avoir décroché mon diplôme. Puis il était parti à la guerre et notre relation était devenue essentiellement épistolaire. Tim était né et notre correspondance gravitait autour de cette petite personne démunie et exigeante. Quand mon mari est rentré du service, auréolé de bravoure militaire, je n'ai pas retrouvé celui que j'avais appris à aimer. Nous n'étions plus séparés par les océans et la guerre, mais il était impossible de retrouver une vraie proximité, et j'en venais à me demander si nous l'avions jamais eue. Dans ce contexte, mes cauchemars créaient des interférences que je repoussais de mon mieux.

Je sais aujourd'hui qu'ils tentaient de m'ouvrir les yeux. Ils me répétaient que j'ignorais tout de l'homme que j'avais épousé, et je me bouchais les oreilles pour ne pas l'entendre.

Le rêve de cette nuit me prévient sans doute d'un danger latent.

Lorsque mon souffle redevient paisible, je perçois l'écho d'une voix dans la rue. Je pense à Rosa. Je me lève à tâtons, écarte le volet. Une jeune fille tambourine à la

porte d'entrée du foyer. Elle est vêtue de sombre mais je distingue de longs cheveux roux et bouclés. Je me penche et m'adresse à elle :

— Vous êtes enfermée dehors ?

— Oui ! me répond-elle. J'ai cinq minutes de retard et cette vieille sorcière ne veut pas m'ouvrir !

— Attendez, je descends !

J'enfile un pull sur ma chemise de nuit et descends pieds nus le grand escalier à la recherche de la concierge, que je croise sur le palier du premier étage. À la lueur de la chandelle qu'elle braque vers moi, sa silhouette est sépulcrale. Elle n'a pas d'âge et ses yeux flottent dans leurs orbites.

— Allez vous coucher ! m'ordonne-t-elle glaciale, oubliant que je ne suis plus une gamine qu'on renvoie au lit.

— Il y a une pensionnaire coincée dehors ! Donnez-moi la clef, je vais lui ouvrir, dis-je, présumant qu'elle devient sourde et n'a pas entendu les appels de la jeune fille.

Sans ciller, avec un léger sourire, elle me dépasse et reprend son ascension vers le troisième étage. Le trousseau de clefs, attribut de son pouvoir, cliquette à chaque marche. Sidérée, je descends à la porte d'entrée mais cette dernière est fermée à double tour, et l'antichambre et la conciergerie sont désertes. Madame Roche s'est retirée dans ses appartements et j'hésite à la réveiller. Je remonte dans ma chambre et me penche à la fenêtre :

— Vous êtes toujours là ? Elle n'a pas voulu me donner la clef !

— Ça ne m'étonne pas. Elle jubile quand elle peut nous enfermer dehors! répond la pensionnaire avec une grimace.

Nous évaluons nos chances de la hisser par ma fenêtre. Elles sont nulles; il nous faudrait une longue échelle.

— Tant pis, j'ai peut-être le temps d'attraper le dernier métro! J'irai dormir chez mon fiancé, il habite à quatre stations… Merci! me lance la jeune fille rousse.

Je la regarde disparaître dans l'obscurité, et j'espère qu'elle ne fera pas de mauvaises rencontres. La gardienne claque la porte au nez des imprudentes… Curieuse stratégie quand on veut protéger leur vertu.

Je mets longtemps à me rendormir. Des souvenirs parasites volent derrière mes paupières. Le goût de la peau d'Adam, son odeur poivrée d'effluves de tabac et de bourbon. Au fil du temps, le bourbon l'emportait sur l'essence de Vétiver que j'achetais chez un parfumeur de State Street. Pourtant j'aimais respirer mon mari, les premières années. Je m'en souviens. Je l'aurais reconnu les yeux fermés. Peu à peu, j'ai renoncé à ces réflexes tendres qui m'empêchaient d'y voir clair.

Il est troublant qu'un homme qu'on a si longtemps tenu contre soi puisse redevenir un étranger. Cela arrive presque du jour au lendemain, aussi brutalement que son premier baiser avait aboli la distance entre nos corps. Mais la mémoire n'efface pas toutes les traces. Elles resurgissent de temps à autre et questionnent la réalité de ce que j'ai vécu avec Adam, la sincérité de nos abandons.

J'ai repéré un magasin de photo dans la rue Saint-Jacques. Ici, je n'ai aucun moyen de m'installer une chambre noire. Le volet laisse filtrer la lumière et le foyer ne dispose pas de salles de bains. Pour se doucher, il faut se rendre aux bains publics de la rue Lacépède. Jusque-là, je me suis contentée de l'eau chaude de mon petit lavabo.

J'examine les planches-contacts que j'ai fait développer. La taille des négatifs du Rolleiflex, six centimètres par six, permet de beaux tirages. Les revisiter un à un, c'est refaire le voyage depuis la gare d'Union Station, où j'ai photographié cette vieille dame noire dont le chapeau s'envolait. La rapidité de la scène a flouté le décor ferroviaire, elle pourrait aussi bien lutter contre les éléments dans une plaine de l'Alabama. Son visage exprime à la fois l'étonnement et un sourire devant la malice du destin. Le chapeau de quatre sous s'est envolé sur les rails juste avant l'arrivée du train pour New York. Sur le pont du paquebot pour la France, j'ai pris en photo une petite fille brune qui tenait son cocker dans ses bras pour lui montrer l'océan. La manœuvre était risquée. La seconde suivante, le chien s'échappait en jappant sur le ponton. Le cliché suivant montre cette Parisienne élégante que je voulais surprendre absorbée par la lecture de son roman policier. Elle a levé la tête au moment où j'appuyais sur le déclencheur. Telle quelle, la photo me plaît davantage. J'aime son air courroucé qui tranche avec sa mise impeccable et le titre du roman qu'elle tient à la main : *Les Femmes s'en balancent*. Il apparaîtra mieux sur l'agrandissement. Enfin

il y a les photos des prostituées, mal cadrées, plus saisissantes qu'esthétiques mais qui traduisent bien la violence de la rafle policière. Il faudra prendre d'autres clichés de Rosa. Ses portraits au café demeurent distants et retenus. En revanche, la photo du clochard promet d'être aussi forte que je l'espérais. Je ne peux détacher les yeux de ce geste de protection illusoire d'un homme privé de tout. Il me poursuit, me brûle.

Vers onze heures, j'attrape mon Rolleiflex et quitte ma chambre. Je dois retrouver Brigitte, la jeune fille rousse de l'autre nuit, dans un café du Quartier latin. Sa mésaventure a installé entre nous une complicité immédiate. Dès le lendemain, elle m'a invitée à boire un café. Elle voulait tout savoir de moi, qui j'étais, ce qui m'avait conduite à Paris. Je me suis peu livrée. Elle en a déduit que j'avais besoin de «secouer mes idées noires». Depuis, il ne s'est pas passé un jour sans qu'elle ne me propose de boire un verre ou de l'accompagner au cinéma, me présentant ses amis de Saint-Germain-des-Prés. Je ne comprends pas ce qu'elle me trouve, mais sa compagnie m'enchante et sa liberté me fascine. Son père est notaire à Versailles et elle a trois sœurs plus âgées. Deux sont mariées et la troisième vient de célébrer ses fiançailles. Brigitte, qu'on a envoyée étudier les langues orientales «le temps de se dénicher un mari», passe le plus clair de son temps à sécher les cours et à traîner dans les clubs de jazz. Du haut de ses vingt ans, elle a décrété que le mariage était «un truc de vieux», démodé et funéraire.

Elle a obtenu de haute lutte cette chambre au foyer pour être « là où les choses se passent ».

Dans le hall, la réceptionniste du foyer me hèle au passage :

— Excusez-moi, vous êtes bien Madame Lee ?

Avec ses nattes brunes et ses lunettes épaisses, on dirait une écolière qui a grandi trop vite. Elle n'est là que depuis deux jours et n'a pas encore adopté le costume d'usage et la politesse glacée de rigueur.

— Oui, pourquoi ?

— Quelqu'un a laissé un livre pour vous sur le comptoir, en américain. Je l'ai mis dans votre casier, vous voyez ? ajoute-t-elle en m'indiquant le meuble à sa gauche. Ils sont classés par étage et par numéro de chambre. Le vôtre est le troisième en haut à gauche.

Dans mon casier, je découvre un vieil exemplaire de *Gone with the wind*, la fresque de Margaret Mitchell. C'était l'un des romans préférés de ma tante. Moi, j'avais détesté cette vision romantique du Sud esclavagiste. Mais cette fois, son titre me transperce : *Gone with the wind.*

Pour les Américains, Chicago est la « windy city », la ville battue des vents ; surnom qui sous-entend une aptitude à tourner politiquement dans le sens du vent.

J'interroge la réceptionniste :

— Qui a apporté ce livre ?

— Je ne sais pas. On l'a déposé ce matin avant que j'arrive. Il n'y avait que ce mot avec, « pour Violet Lee ». Vous

portez le même nom que l'actrice d'*Autant en emporte le vent*?

— Non, elle c'est Vivien Leigh. Ça ne s'écrit pas pareil, dis-je d'une voix vidée de son timbre.

— C'est marrant, j'ai tout de suite deviné que vous étiez américaine. J'ai un don pour cerner les gens. Dites-moi, ce livre, c'est celui qui a inspiré le film? Je l'ai tellement aimé que ma mère m'a offert le bouquin à mon anniversaire. Je ne l'ai pas reconnu tout de suite, à cause du titre anglais. «*Gone with the wind*» ça veut dire *Autant en emporte le vent*?

— «*Partie avec le vent*», lui dis-je en m'éloignant, pressée d'échapper à son babillage.

Emportée, balayée par le vent.

Un ciel bas disperse de fines gouttes de pluie sur la rue des Feuillantines. Je lève mon visage pour les recueillir et me laver du pressentiment qui m'obscurcit. Cette coïncidence en est-elle vraiment une? L'autre jour, en me faisant visiter ma chambre, Madame Roche évoquait son mari aviateur, disparu en vol pendant la dernière guerre. Elle a mentionné la bibliothèque pléthorique qu'il lui avait laissée, dont une étagère de livres en anglais qu'elle serait heureuse de me prêter. Espérait-elle que les tribulations de Scarlett O'Hara me distrairaient des miennes? Ou alors c'est Brigitte qui a pensé à moi en dénichant ce livre chez ces bouquinistes du bord de Seine qu'elle affectionne. Ou l'un de ses amis. Ma jeune voisine est le noyau

60

d'une bande de jeunes gens excentriques qui estiment que mon accent américain, dont ils raffolent, compense le défaut d'avoir dix ans de plus qu'eux.

C'est l'explication la plus rationnelle. Je dois lutter contre la paranoïa. Rosa est la seule à connaître ma cachette et je ne doute pas qu'elle tiendra sa langue. Si je lui ai confié peu de choses de moi, elle a senti que je tenais autant qu'elle à me protéger de mon passé. Quand je suis passée la voir avant-hier, elle m'a avoué que la maquerelle l'avait questionnée avec insistance à mon sujet.

— Je lui ai dit que ta vie ne regardait que toi.

J'ai confiance en Rosa.

Mais je redoute l'habileté des chasseurs.

Chapitre six

C'est Brigitte qui m'a soufflé l'idée :
— Les bourgeoises du sixième arrondissement s'arrachent les nannies anglaises... Tu devrais tenter ta chance, Violet !

Sans elle, je n'y aurais pas songé. À Chicago, les emplois de nannies étaient réservés aux Noires et aux Sud-Américaines qui ne voulaient pas pointer à l'usine ou cirer les parquets. Élever les enfants des Blancs les libérait à la nuit tombée, trop tard pour border leur propre progéniture. Lorsque nous avions engagé Dinah pour garder Tim, ma belle-mère avait fait spécifier sur le contrat qu'elle serait renvoyée en cas de grossesse. «Ça nous évitera les tracas qu'on a eus avec June», avait déclaré Abigail quand je m'étais récriée contre cette clause. June, notre cuisinière, «s'était fait engrosser par un jardinier qu'on n'était pas près de revoir par ici». Un détail qu'Abigail aimait confier à nos invités quand ils s'extasiaient sur son *carrot cake* ou sur ses cookies au gingembre, miracles sucrés d'un temps

de rationnement. Elle avait accouché d'un petit Solomon, dont la santé fragile avait apparemment causé «beaucoup de tracas» à ma belle-mère. Non qu'elle fût inquiète pour l'enfant, mais ses maladies continuelles avaient des incidences fâcheuses sur la cuisine de June. Aujourd'hui, Solly avait quatorze ans et travaillait pour nous, ce qui, aux yeux d'Abigail, était loin de compenser les désagréments passés. «Pas question de revivre ça. Ces Noirs du Sud ne supportent pas notre climat. Imagine, un négrillon qui transmettrait ses microbes au bébé!»

J'avais parfois le cœur serré en voyant Dinah chanter une berceuse à mon fils. Elle vivait chez nous, son existence nous était dévolue et nous étions censés trouver ça tout naturel, comme si nous étions sa Providence et remplacions avantageusement la famille dont nous la privions.

— Si elle était restée dans le Sud, à quoi ressemblerait sa vie, tu peux me dire? Elle aurait une tripotée de gamins pouilleux et rien pour les nourrir, m'avait opposé Adam pour faire taire mes scrupules. Elle a échangé une vie de misère contre le vivre et le couvert dans une belle maison... Je pense qu'elle ne trouve pas ça cher payé, mon amour.

La famille de Dinah était arrivée à Chicago quelques mois après l'attaque de Pearl Harbor. Ses trois frères, sa sœur et sa mère s'entassaient dans un taudis du South Side, son père était mort avant leur départ de Louisiane. Comme des dizaines de milliers de Noirs du Sud, ils

avaient profité de la conscription qui vidait les usines et entraînait une pénurie de main-d'œuvre pour gagner le Nord, fuyant les lois Jim Crow[1] et les lynchages. Dinah n'en parlait pas. Pour distraire mon fils, elle évoquait parfois le gombo et le boudin d'écrevisses de sa mère, ses bains dans la rivière Bœuf et la chasse aux alligators. Tim adorait ces histoires. Quand il avait deux ou trois ans, il se blottissait dans ses bras jusqu'à ce qu'il soit certain que la bête était morte. Dinah gardait ses fantômes pour elle, silhouettes gesticulant sous leurs draps blancs pour hanter les enfants noirs.

Nous ignorions ce qu'elle pensait de ce marché, la sécurité pour le prix d'une vie de femme, d'une vie de mère. Je ne l'ai jamais trouvé juste, et maintenant que l'ironie du sort me conduit à le partager, j'en mesure l'inhumanité. En retour, Dinah prodiguait sa tendresse à Tim. J'espère égoïstement qu'elle continue à le faire. Abigail a beau être sa grand-mère, c'est une femme sèche et autoritaire qui a oublié, si elle l'a su un jour, le secret de la douceur.

Mes pensées dérivent vers ma mère. J'imagine le choc qu'elle a ressenti en comprenant que je m'étais enfuie sans rien lui dire. L'apprendre de la bouche d'Adam ou de celle d'Abigail, qui ne s'est jamais privée de lui porter un coup bas, a dû être particulièrement douloureux. Je le regrette

_____

1. Série d'arrêtés et de règlements promulgués dans les États du sud des États-Unis entre 1876 et 1965, qui distinguaient les citoyens selon leur appartenance raciale et imposaient une ségrégation *de droit* dans tous les lieux et services publics.

mais il m'était impossible de lui confier mon projet, elle m'aurait barré la route. Je crains que ma fuite ne l'ait rendue *persona non grata* chez les Donnelley. Il serait cruel que le destin la prive de Tim, comme si tout ce qu'elle aimait dans ce monde devait lui être arraché.

En devenant nanny, je redoutais de passer mes journées avec des enfants alors que le manque de mon fils devenait obsédant. Mais ce travail présentait des avantages. Comme Brigitte me l'avait fait remarquer, je serais dehors une bonne partie de mes journées, mon Rolleiflex autour du cou. Je n'aurais pas cette ouverture sur la ville rivée au guichet d'une salle de cinéma ou à la caisse d'un grand magasin. Enfin, mes ressources arrivaient à épuisement et ce dernier argument était le plus têtu. Avec Brigitte, nous avons fait le tour des boulangeries du sixième arrondissement pour collecter les petites annonces de parents cherchant une nanny parlant anglais. Brigitte étudiait la graphie et la formulation des annonces, en tirant des conclusions piquantes sur le profil des parents. Après avoir passé des coups de fil depuis une cabine téléphonique de la place Saint-Sulpice, j'ai décroché quelques entretiens. Mais je n'étais ni assez jeune ni assez diplômée, et surtout je n'étais pas anglaise, comme une des employeuses me l'a fait aigrement remarquer : «Ce que vous appelez éducation en Amérique est loin de correspondre à nos standards européens...»
Ces femmes ressemblaient à mes anciennes voisines de la Gold Coast. Elles ne travaillaient pas mais leur vie était

truffée d'obligations mondaines. Elles venaient embrasser leurs enfants dans leur lit le soir, divinement habillées et maquillées pour sortir, telles d'intimidantes créatures nocturnes qu'ils étaient impuissants à retenir. Elles posaient une main soucieuse sur leur front enfiévré, donnaient leurs consignes, revenaient avec un cadeau pour le malade, une bande dessinée ou un sac de billes. Elles exigeaient des enfants propres et bien coiffés, drôles et pertinents en société, ne s'exprimant que lorsqu'on les interrogeait. Aux nannies d'orchestrer ce miracle en coulisse, de panser leurs égratignures, consoler leurs chagrins, de les nourrir et de les baigner, de recoller les bras des poupées, de les encourager à dépasser leurs peurs.

Ces riches Parisiennes se font une idée saugrenue des Américains. Notre image semble indissociable du souvenir des GI's prodigues en cigarettes et en tablettes de chocolat, des films hollywoodiens, des milliardaires et des gangsters. Elles nous voient comme un dangereux bolide amoureux de son reflet, de sa vitesse. Nous manquons de maturité. Comme le jazz, nous bousculons les règles et aimons improviser. Je me demande ce que les fermiers de l'Iowa ou les puritains de la vieille Amérique penseraient de tout ça… En attendant, pour élever leurs enfants, elles préfèrent s'adresser à des Anglaises rigides, aguerries par le Blitz.

Alors que je commence à désespérer, je reçois au foyer un appel téléphonique de Madame Galland, celle qui a critiqué si vertement «l'éducation à l'américaine». Elle

en a rediscuté avec son mari, ils souhaitent me donner une chance. Je crois surtout qu'ils sont à court de nannies anglaises. Ils habitent un grand appartement rue d'Assas. Son mari est marchand d'art et ils ont trois enfants dont les âges s'échelonnent de sept ans à huit mois, une fille et deux garçons. Elle me propose de commencer lundi.

J'accepte son offre. Quand je l'annonce à Brigitte, sa réponse fuse :

— Ce soir, on fête ça tous ensemble ! Tu es obligée de dire oui.

— Tes amis doivent se demander pourquoi tu traînes avec une vieille de trente ans, dis-je.

— *Nonsense, my dear !* Ils te trouvent jolie et «piquante». Moi je vois cette lueur triste dans tes yeux… on va soigner ça.

Elle ne doute de rien, Brigitte. Son assurance est irrésistible. Après un dîner frugal, nous retrouvons sa petite bande à la nuit tombée au croisement des rues Dauphine et Christine. Ici, pour écouter du jazz, il faut descendre dans les caves et patienter longtemps pour avoir le privilège de s'enfoncer sous la terre. En descendant l'escalier, on est assailli par des odeurs de sueur, de parfums sucrés et de cigarettes dont l'épaisse fumée floute les visages et les silhouettes. Effleurant mon Rolleiflex, je cherche déjà le meilleur cadrage pour capturer l'étrange tribu qui se déhanche au rythme de l'orchestre, serré tout au fond sur une minuscule estrade. Insensiblement, mes pieds commencent à marquer la mesure tandis que nous jouons des

coudes pour nous frayer un chemin jusqu'à une table. Dès que nous sommes assises, les garçons nous apportent de quoi étancher notre soif. Je me sens ivre avant d'avoir bu. Ce doit être le jazz qui me ramène chez moi, ou ce sont les tenues des danseurs, qui ont dévalisé les surplus de l'armée américaine et portent des chemises à carreaux et des chaussures de basket !

— *Welcome to Saint-Germain-des-Prés*, Violet ! me lance Anton le ténébreux, l'amoureux de Brigitte, dont le visage sculpté au couteau s'éclaire d'une joie enfantine. Le Tabou, c'est plus ce que c'était mais ça reste pas mal. Le jazz est bon, l'ambiance est sans chichis, tu comprends l'expression ? On s'amuse et parfois, on a des surprises.

Je trinque à mon premier contrat français. Mon corps est impatient de danser, je ris avec ces gamins qui me tendent quelques heures d'oubli à boire cul sec. Quand nous sommes un peu gris, j'attrape mon Rolleiflex pour m'approcher au plus près des musiciens. Les entendre ne me suffit pas, j'aimerais leur voler un peu de ce qu'ils nous donnent. Capter leur conversation sibylline pendant qu'ils nous font valser et transpirer, leur fraternité, l'harmonie qu'ils cherchent derrière le rythme trépidant du be-bop. Cette fièvre douce qui les prend et les quitte, passe de l'un à l'autre et n'en finit pas de les relier. Je les cadre mais la foule m'enserre et limite mon champ. Je l'oublie, m'accroupis et ne vois plus que le batteur noir, les perles de transpiration à son front, ses yeux qui se ferment et se rouvrent à mesure que le rythme gagne ses terminaisons nerveuses, qu'il le ressent avant d'ordonner

à ses mains ce qu'elles ont déjà décidé. Je photographie le sourire qui l'illumine pendant le solo du pianiste ; l'instant où ses phalanges souples se referment sur les baguettes.

C'est à ce moment qu'Anton me tire vers lui, m'enlève doucement l'appareil photo, le met à l'abri et m'invite à danser. Il est plus expérimenté que moi, je peine à m'adapter aux cadences infernales du bop. Alors je me rappelle les cours de swing que me donnaient les GI's du centre USO[1] de Lakeshore Drive. J'obéis aveuglément à la batterie et aux inflexions des mains d'Anton et entre deux fous rires, je parviens à peu près à le suivre. Quand nous nous séparons à la fin du morceau, décoiffés et joyeux, il baise ma main en gentleman.

Derrière lui, un grand blond m'interroge du regard : partante pour un autre tour de piste ? Il me dépasse d'une bonne tête. J'aime son sourire et sa tranquille élégance, chemise blanche, cravate et pantalon souple. J'accepte et il m'entraîne dans un nouveau tourbillon. Il me conduit d'une manière sensuelle et précise, sans se laisser étourdir par la musique et c'est délicieux de lâcher prise, sentir mon corps se délier, se défaire de ce qui l'oppresse. Je veux que l'orchestre continue à jouer, que la main de cet homme ne lâche pas la mienne. Peut-être l'a-t-il compris car il enchaîne les morceaux comme si nous avions tacitement

---

1. United Service Organizations, organisations à but non lucratif qui accueillent les GI's depuis la Seconde Guerre mondiale et ont pour mission de les distraire et d'entretenir leur moral.

convenu de danser jusqu'à l'épuisement, rejouant la scène du concours de Charleston de *It's a wonderful life*.

Lorsque nous consentons enfin à abandonner la piste, mon inconnu se présente :

— Merci, Mademoiselle. Je m'appelle Sam, Sam Brennan.

Son accent américain, qui roule les r et avale les « e », me cause une émotion imprévue.

— *I'm Violet Lee*, lui dis-je. *Where are you from ?*

— New York, me répond-il en attrapant sa veste. *And you ?*

Moi qui me fais passer pour une New-Yorkaise auprès de tous mes amis parisiens, il vient de me couper l'herbe sous le pied. Cela m'est égal, il est si doux de retrouver ma langue natale que je suis prête à m'inventer mille vies parallèles pour le plaisir de prolonger la conversation :

— South Haven. Une petite ville côtière du Michigan.

— Le Midwest ! siffle-t-il avec une lueur joyeuse. C'est au bord du lac Michigan ça, non ?

— C'est ça. Il y fait plus doux que sur l'autre rive, la ville porte bien son nom.

South Haven. Le Havre du Sud. Ce port de poche fait face à Chicago, pourtant l'immensité du lac les empêche de se saluer. Il m'est arrivé de rêver que je le traversais en bateau pour m'y réfugier. Ce n'était pas assez loin.

J'ai envie de prolonger la conversation mais Brigitte me fait signe qu'ils ont recommandé du vin.

— Vos amis vous réclament, observe Sam Brennan. De toute façon il faut que j'y aille. C'était un plaisir

de vous rencontrer, Violet Lee. C'est à vous, ça, non ? ajoute-t-il en désignant mon Rolleiflex. Vous êtes photographe ?

— Oui, enfin ce n'est pas mon métier. Plutôt une passion.

— Vous êtes une femme passionnée, ça se voit à votre façon de danser, me dit-il en gardant un instant ma main dans les siennes. Au plaisir de vous revoir, Violet !

Il s'éloigne dans la foule et me laisse étourdie, les joues brûlantes. Je retrouve Brigitte et ses amis, qui m'ont rebaptisée « Kodak Girl » et me reprochent de me laisser séduire par le premier Américain venu.

— C'est bien la peine qu'on te présente la fine fleur de Saint-Germain ! Tu ne vois que les Yankees. Quel manque de goût, déplore Anton.

— Les Français sont de meilleurs amants, me prévient Jeanne, lovée dans les bras de son fiancé qui se rengorge.

Je proteste pour la forme. Je n'ai connu que mon mari, qui m'a donné quelques fulgurances de plaisir et de tendresse, et surtout le sentiment d'une solitude persistante. Adam se réchauffait dans d'autres bras tandis que je laissais le froid me gagner. L'amour maternel me polarisait tout entière. Et je me demandais combien de temps cela me suffirait.

Dans ma tête, la voix de Sam Brennan n'en finit pas de murmurer mon nom, Violet Lee. Et je me demande si l'entendre prononcer le vrai, Eliza, me troublerait davantage.

Chapitre sept

Il y aura bientôt un mois que je vis à Paris et je me suis approprié ces rues et ces cafés, cette perspective de toits d'ardoise qui change avec la pluie et la lumière. Je ne m'y sens plus tout à fait une étrangère, ni véritablement chez moi. C'est une parenthèse, une enclave que j'aménage. Je me coule dans une routine rythmée par les bruits du foyer, le vacarme des livreurs matinaux, mes promenades avec les enfants Galland, dans une ville où l'automne s'installe avec ses pluies persistantes et ses bourrasques. Ici, octobre n'a pas les flamboiements de l'été indien. C'est une reddition douce, un engourdissement. La lumière baisse, le vent déshabille les arbres, les matins ressemblent à des lendemains de fête. À Chicago, ce mois rimait avec les derniers bains et les soirées aveuglées de soleil sur la plage de Leone, des fêtes à n'en plus finir. Nous savions que l'hiver s'abattrait d'un coup, abolissant jusqu'au souvenir de la douceur. Nous redoutions sa tyrannie, qui nous pousserait à nous calfeutrer pour six mois.

J'ai rêvé plusieurs nuits que je dansais au centre USO de Lakeshore Drive, avec un soldat tellement jeune qu'il avait dû mentir pour être enrôlé. À la fin du morceau il ne voulait pas me laisser partir, cette perspective le terrifiait. Venant à mon aide, deux vigiles l'entraînaient hors de la salle de bal tandis qu'il criait mon prénom, «Eliza!». Alors je réalisais que c'était Tim. Je ne l'avais pas reconnu, il avait tellement grandi, comment était-ce possible? Étais-je partie si longtemps? Je quittais le centre à sa recherche, le cœur battant. Dehors il faisait nuit et un officier me barrait la route, m'expliquant que mon fils appartenait à l'armée américaine.

Ce rêve s'est répété plusieurs fois, presque à l'identique. Lorsque j'ouvre les yeux, je suis en larmes et l'angoisse est trop forte pour me rendormir.

Je ne sais ce qui me terrifie le plus: de ne pas reconnaître mon fils, ou qu'il ait vieilli loin de moi et de le perdre à nouveau, à peine retrouvé.

Au réveil, il m'est douloureux de me lever pour aller garder les enfants Galland. Non qu'ils soient de mauvais gosses. Alain est un bébé placide et rebondi qui ne proteste qu'en dernier recours, lorsque la faim le tenaille ou que la douleur l'arrache à sa paisible contemplation du monde. Catherine est une petite personne de sept ans dont le sérieux me désarçonne. Une jolie fillette aux traits graciles et aux cheveux blonds sagement nattés, qui manque singulièrement d'insouciance. Elle me fait remarquer le moindre manquement à notre agenda

millimétré et évoque sa mère avec la vénération qu'on attache à une idole lointaine : « Maman préfère qu'Alain ne traîne pas trop dans le sable, à cause des microbes. » Ou « Maman est rentrée tard hier, il vaut mieux la laisser dormir ». Il ne viendrait pas à l'esprit de son frère Olivier de tenir ce discours. Il est bien trop occupé à inventer mille stratagèmes pour faire pleurer sa fratrie et enrager les adultes chargés de son éducation. Il ne se passe pas deux jours sans qu'il rentre de l'école avec une punition ou une retenue. Geneviève Galland, pourtant si exigeante, se contente de soupirer : « Olivier... tu es impossible ! », avec un air mi-courroucé mi-amusé qui trahit une préférence secrète. Puis elle vole vers d'autres occupations. Il me revient de les gronder, de les nourrir de repas sains et d'histoires. Je suis payée pour le faire et je pourrais m'arrêter là, en surface, me contenter de les laisser propres et l'estomac plein. Ne pas voir qu'ils se dessèchent à espérer une tendresse qui ne vient pas, ou de manière capricieuse et fugace. Le père cohabite avec ses enfants comme s'ils étaient l'apanage de son épouse. De temps en temps, il s'aperçoit qu'ils sont là et leur accorde une attention distraite ou agacée. Sa vie se joue ailleurs, dans des sphères plus excitantes. Et moi je m'interroge sur cette femme à la silhouette de mannequin qui n'est jamais négligée, jamais dans l'improvisation. Je m'étonne qu'elle ait laissé trois bébés nicher dans son ventre. Elle en parle comme de bêtes remuantes et salissantes qu'il s'agit de dresser au plus vite, afin qu'ils trouvent leur place dans un quotidien implacable.

Lorsque j'éprouve la tentation d'être tendre avec les enfants, je m'en veux. C'est comme si je volais quelque chose à Tim. Soudain je deviens dure et cassante, je me prends à détester cette femme d'avoir mis ces enfants au monde et de ne pas être fichue de les aimer. J'ai envie de briser ce moule de famille parfaite pour exposer son imposture et sa froideur. Et je réalise tout ce que nous devinons des maîtres qui nous emploient. Je me demande ce que Dinah déchiffrait de nos secrets, ce qu'elle pensait de moi, de la manière dont je m'étais vendue pour le prix d'une sécurité illusoire.

Alors je termine l'histoire, je borde les petits et me sauve dans la nuit, je me précipite vers la lumière et la musique, ces caves où les corps se consument dans la fièvre d'un orchestre.

Je suis retournée plusieurs fois au Tabou avec Brigitte et sa bande, j'y ai dansé jusqu'à l'aube mais je n'ai pas revu Sam Brennan. Pourtant, je ne peux emprunter cet escalier qui sent l'humidité sans que mon pouls s'accélère à la pensée qu'il sera là. C'est idiot, Paris est plein d'Américains tapageurs qui font semblant d'étudier ; je n'aurais qu'à tendre la main, rendre un sourire ou un baiser. Je ne le fais pas. Je préfère photographier ces couples d'un soir qui se cherchent, s'effleurent, s'embrassent dans la fumée entre les syncopes du jazz. J'intercale un objectif entre leurs corps et le mien. Cela me convient, c'est moins risqué. Comme les agents secrets, je suis condamnée à une existence de surface. Sur un mensonge on ne dresse que des lits de camp, des relations furtives.

75

L'autre soir, je prenais un verre avec Brigitte dans un troquet de Saint-Sulpice quand elle m'a demandé quelle mouche m'avait piquée de me marier. Comme elle s'inquiétait de mon incurable mélancolie, je lui avais raconté l'histoire déjà servie au joaillier, cette fois sans mentionner d'enfants. Mais ce mariage qui a fait de moi une veuve précoce et éplorée continue de la tracasser.

— Tu avais quoi... une vingtaine d'années?

— Vingt-deux ans, ai-je précisé.

— Tu avais la vie devant toi!

— Je ne voyais pas les choses comme ça... J'ai rencontré cet homme qui était amoureux de moi, rassurant, protecteur. À ce moment-là ma vie était une bataille, mon père était mort et tout à coup, j'avais le sentiment d'arriver au port. Et puis ça me permettait d'échapper à ma famille maternelle...

Brigitte écarquille ses beaux yeux verts et repousse une boucle de cheveux roux qui lui chatouille les cils :

— Dans le fond, tu as échangé une prison pour une autre... Tu avais peur d'être seule?

— Je ne l'envisageais pas.

Comment l'aurais-je pu? Dans mon milieu, la solitude était le sort réservé aux laides et aux veuves, que personne ne recevait car on les soupçonnait de voler les maris des autres. Mes cousines et moi jalousions les jeunes mariées, l'assurance et l'autorité qui se dégageaient d'elles. Le but de l'existence était d'habiter un joli pavillon dans un quartier bien fréquenté, de partir en week-end à Lake Forest avec un époux en bras de

chemise et une tripotée d'enfants sur le siège arrière de la voiture. La mort de mon père m'avait plongée dans un abîme de mélancolie et ma mère m'inoculait jour après jour l'idée que le monde était un endroit effrayant pour une femme seule. Notre statut de «parentes désargentées recueillies par charité» ne pouvait me constituer un avenir. Le jour où j'ai annoncé qu'Adam Donnelley avait demandé ma main, tout le monde a été soulagé. Ma mère a redécouvert qu'elle pouvait sourire. Légère et rajeunie, elle échafaudait mille listes et projets pour mon mariage.

— Tu vois, c'est le problème, observe Brigitte. On nous présente le mariage comme la seule issue possible. Moi, il me suffit de regarder ma mère. Avant d'épouser mon père, elle était drôle, elle avait un charme fou. Elle peignait des aquarelles et voulait faire les Beaux-Arts. Quand ses amies d'enfance me parlent d'elle, je me dis que j'aurais aimé connaître cette personne. Mais tu vois, c'est comme si le mariage éteignait toute la lumière qu'on a en soi.

Je ne peux la détromper. À la manière de ces gens qui ont survécu à un ouragan, je n'arrive pas à comprendre comment je suis arrivée là, guidée par un hasard aux cartes biseautées. La question de Brigitte, «Pourquoi t'es-tu mariée?», remue en moi des plaques tectoniques. Sous les blocs de terre fendillés, une autre question m'attend tel un scorpion : «Et pourquoi avec cet homme-là?»

— Si Anton te demandait de l'épouser, tu dirais non?...

— J'adore Anton, me répond-elle dans un élan. Pardon, j'aime Anton. Mais je dirais non, il le sait. Si ce qu'on partage ne lui suffit pas, je ne le retiendrai pas. Et toi?

— Moi? Je m'habitue à vivre seule. Ce n'est pas si mal.

Vivre seule pourrait être doux et même euphorisant, une *terra incognita* à inventer. N'en déplaise à ma mère qui ne l'a jamais expérimenté et s'en protège comme d'un mal mortel, il y a une forme d'ivresse à ne plus devoir rendre de comptes, décider de ses priorités, subvenir soi-même à ses besoins. Du plus loin que je me souvienne, la solitude m'a toujours manqué, comme on aspire à l'air des montagnes quand on grandit dans la trame serrée des villes. La rencontrer enfin serait doux si je n'étais pas déchirée par le manque de Tim. Et si l'angoisse ne m'envahissait pas à tout propos, une ombre ou un bruit de pas derrière moi, une mélodie sifflée dans le crépuscule, le titre d'un roman sur ma table de nuit.

Un après-midi de novembre, les enfants et moi profitons de la dernière lumière au Luxembourg lorsque j'aperçois Sam Brennan près du bassin où Olivier et Catherine s'appliquent à faire voguer des voiliers en bois peint. Rêveur, il suit la course de bateaux et ne nous a pas vus. J'hésite à le déranger. Lui rappeler que nous nous connaissons est à double tranchant, je redoute la gêne qui trahira qu'il ne me remet pas.

Avec le temps, j'ai appris que la plupart de ceux qui marquent ma rétine ne me voient pas, ou si vaguement

qu'ils ne sauraient m'identifier parmi d'autres filles minces aux cheveux châtains.

Alors que je tergiverse, Olivier se chamaille avec un petit garçon dont le bateau gêne le sien et je me précipite pour les séparer.

Le temps de me retourner, Sam Brennan s'est levé et vient à ma rencontre. Il est à contrejour, et sa silhouette élégante apparaîtrait en ombre chinoise si je le photographiais à cet instant. Je serre la main qu'il me tend :

— *Violet Lee! Do you remember me?* Sam Brennan. *I didn't expect to meet you here… with children!*

— *Hello Sam! They're not mine. I'm just looking after them.*

Il me rappelle les champions d'aviron que mes cousines et moi allions applaudir le week-end à Navy Pier. Il y a un peu de vert dans ses yeux qui me sourient. Ce moment ressemble à un quai de gare où nous nous tenons un peu empruntés sans savoir à quelle heure part le train, ni pour quelle destination. Les petits profitent de cette confusion pour me rappeler à mes devoirs : Alain pleure dans sa poussette, Olivier récrimine et Catherine s'inquiète de l'heure.

— *I have to go*, dis-je abruptement, lui tendant la main avec un sourire d'excuse.

— *I'd like to meet you again*, Violet, murmure-t-il en retenant ma main, comme il l'avait fait au Tabou.

Pressée d'échapper à mon trouble et à la curiosité des enfants, je lui donne rendez-vous demain soir au café de la place Saint-Sulpice. Tandis que nous nous

éloignons du bassin et que le soleil disparaît derrière les arbres du côté de la rue d'Assas, je regrette déjà cette brèche dans ma solitude, qui pourrait me faire baisser la garde. Je marche vite malgré les protestations d'Olivier, et chaque pas que je fais vers le jour suivant, et vers cet homme, électrise mon sang d'une impulsion vitale, presque douloureuse.

Chapitre huit

L'étrange journée commence dans un café des Halles. Avant il y a l'insomnie, les cauchemars, et au réveil cette tristesse de n'arriver à retenir aucun des visages nocturnes de mon fils. C'est le prix à payer, et les bougies que j'allume dans l'église Saint-Jacques n'apaisent aucun fantôme. Je me figure le quotidien en mon absence dans la maison de Goethe Street, les questions de Tim qui rebondissent sur le silence, la densité d'une peine indicible.

En fin de matinée, j'emmitoufle Alain et nous parcourons un dédale de petites rues avant de franchir la Seine sur le pont des Arts, aveuglés par un soleil rasant. Devant nous se dresse l'imposante carcasse du Louvre, noire de murmures et d'ombres. Le bébé, qui babillait dans sa poussette depuis le début de la promenade, se tait. Nous sommes soûls de lumière et de reflets. Je photographie à contrejour un homme qui contemple le fleuve, accoudé à la balustrade. Il me tourne le dos, porte un imperméable, un pantalon noir et un chapeau.

C'est peut-être un employé de commerce, un amant éconduit, un tueur à gages. Je cadre sa silhouette découpée par le rayonnement et ses mains appuyées sur les armatures métalliques du pont, qui ressemble à une toile d'araignée tendue sur un paysage de lave. Incertain au centre de la toile, l'inconnu pèse son présent, les choix qu'il ne peut défaire, les désirs enfermés dans son cœur. Ce ne sont que des pensées que je lui prête, des projections. Tout ce que je vois me ramène à mon tumulte intérieur et à Sam Brennan.

À ce moment précis, cette pensée ne me violente pas car rien n'est consommé ; j'ai lancé un seul dé et je garde les autres dans ma main.

Je rejoins avant midi le bistrot des Halles où Rosa m'a donné rendez-vous. Quand je pousse la porte embuée avec dans les bras ce beau bébé joufflu, je suis accueillie par des clameurs qui le font sursauter. Une troupe de solides gaillards attablés m'invitent à me joindre à eux. Je refuse en souriant et j'aperçois Rosa qui me fait signe dans la salle du fond.

— Y a des trucs que tu m'avais cachés ! me taquine-t-elle en découvrant Alain. Viens t'asseoir avec nous.

— Ce n'est pas le mien, dis-je, enlevant son manteau et son bonnet au bébé.

Fascinée, j'observe les habitués du troquet, ces gueules burinées, scarifiées, ces yeux qui ont voyagé loin, ces bouches à mi-chemin entre la grimace et le sourire. Rosa fait les présentations. J'apprends que les

tatoués en bout de table sont des anciens des Bataillons d'Afrique, qu'il y a parmi nous un marchand de vin auvergnat et deux bouchers des Halles, que la grosse dame enveloppée d'un châle tient un kiosque à journaux près de la Fontaine des Innocents et que Louis, le petit brun au parler pointu et aux yeux étroits que Rosa appelle «son julot», lui tient lieu d'amoureux et de contremaître.

— ... La famille, résume Rosa, m'offrant l'un de ses rares et lumineux sourires. On attend Bob, précise-t-elle en remplissant mon verre d'un vin de pays astringent. Il est toujours en retard...

— Qu'est-ce qu'il boit, ce petit chat? demande la patronne du bistrot en s'essuyant les mains sur son tablier à fleurs.

Je finis par comprendre qu'elle parle du bébé. J'exhume un biberon de mon sac.

— Donnez, je vais vous le réchauffer! Il est assez grand pour goûter mon hachis parmentier, ce trésor. J'vais lui faire une assiette, avec un peu de cervelle de canut en prime!

Je décide qu'Alain peut survivre à de nouvelles expériences culinaires. Je l'ai installé sur mes genoux, où il suce tranquillement un quignon de pain en observant son monde. Notre présence à cette table et mes origines «new-yorkaises» provoquent des remous de curiosité. Les «Bat' d'Af'» ont fréquenté pas mal d'Américains depuis la fin de la guerre. Les anecdotes fleurissent et l'hilarité les gagne, mais l'argot me laisse souvent en

lisière de la conversation, et j'en suis réduite à hocher la tête de temps à autre pour ne pas les vexer. Rosa en profite pour me confier que les tatoués, vieux gibiers de potence, sont des habitués des trafics en tout genre. Son souteneur s'associe volontiers à leurs combines.

— Il est romantique, mon Julot, me glisse Rosa avec tendresse. Il veut pas d'autres gagneuses. Alors il a ses à-côtés. Ça met du beurre dans les épinards…

Vers une heure, Alain a fait honneur au hachis et s'applique à se barbouiller la figure de cervelle de canut lorsque « Bob » fait son entrée. La quarantaine et de taille moyenne, des cheveux poivre et sel qui commencent à se dégarnir, un regard sagace. Avant de nous saluer, il dépose sur un coin de banquette son vieux blouson d'aviateur, un Leica et un Rolleiflex.

Voilà donc la surprise que Rosa me réservait! Bob recueille des accolades de toute la « Famille ». Quand vient mon tour, je suis intimidée au point de ne pouvoir articuler mon nom. Volant à mon secours, Rosa me présente comme « Violet, photographe de New York », ce qui ajoute à ma gêne. Je crains que l'œil d'un professionnel ne décèle mon imposture.

— Une collègue d'outre-Atlantique! s'exclame-t-il joyeusement. Robert Cermak, from Ménilmontant. *Glad to meet you!*

— *Nice to meet you too*, mais je ne suis pas photographe… Juste une amatrice!

Je bredouille, mélange l'anglais et le français et en perds ma grammaire. Le fait que Bob porte le patronyme d'un

ancien maire de Chicago, assassiné par une balle destinée à Roosevelt, aggrave ma confusion.

Bob caresse la tête d'Alain et je me hâte de préciser que ce n'est pas mon fils.

— Ce n'est pas votre fils et vous n'êtes pas photographe, conclut-il en examinant mon Rolleiflex. C'est intéressant… Et que photographiez-vous, Violet de New York ? Les enfants que vous empruntez ? Mes vieux copains des Bat' d'Af' ?

Le bout de la table s'esclaffe de concert, comme si cette idée était la plus cocasse de l'année. Rosa se lève et déclare, une pointe de défi dans sa voix rauque :

— Regarde-les se fendre la pipe… C'est moi qu'elle photographie, les frangins. Ça vous défrise ?

— Faut croire que t'es la nouvelle Rita Hayworth ! rugit le marchand de vin, que je n'imaginais pas en client des salles obscures.

— Moi je dis qu'elle a bon goût, tranche Bob avant de commander une autre bouteille. Comme quoi, il ne faut pas désespérer des Américains !

Il s'installe en face de moi sur la banquette et m'invite à trinquer avec lui. Embarrassée, je me concentre sur le vin qui me râpe la langue.

— J'ai connu un Cermak en Amérique, dis-je. Un homme politique. Il était très aimé, très populaire parmi les immigrants tchèques. Êtes-vous né en Tchécoslovaquie ?

— Je me méfie des hommes politiques, me répond Bob. Ils prennent trop la lumière, et puis je n'aime pas les tricheurs.

85

— De qui tu causes, Bob? Tricher, nous, c'est notre premier métier! proteste le dénommé Louis, déclenchant une vague de rires.

— Tu as raison. Alors disons qu'il y a des tricheurs qui me sont plus sympathiques que d'autres. Mais laisse-moi répondre à la question de Mademoiselle. Je suis né à Paris. À la fin du siècle dernier, mon grand-père mourait de faim dans un village près de Prague. Il a convaincu ma grand-mère de mettre toutes leurs affaires dans une charrette à bras et ils sont venus ici. Dans la charrette, il y avait des draps, un peu de vaisselle et ses instruments d'optique. C'était sa passion, l'optique. Il faut croire qu'il en reste quelque chose puisque mon père avait un magasin de photo... Et moi, je ne me déplace pas sans mes appareils! Le petit Leica me permet d'être invisible. Mais je reste attaché au Rollei et à mon Tessar 3,5... Vous aussi, je vois!

— Je n'ai jamais essayé le Leica mais j'aime l'objectif du Rolleiflex, dis-je. Surtout pour les portraits.

— Bob est tombé amoureux, persifle la marchande de journaux. Tu donnes dans l'Amerloque, maintenant? Avec tout le sucre que tu leur casses sur le dos? T'as pas de morale... Les hommes sont bien tous pareils, va.

— Je combats l'impérialisme américain, Olga, proteste Bob en souriant. Les Américains, c'est autre chose. Y en a pas deux pareils. Je ne connais pas mademoiselle alors on cause, on fait connaissance...

En l'entendant évoquer notre soi-disant impérialisme, l'irritation me gagne. Je devrais me taire mais j'ironise à mon tour:

— Que nous reprochez-vous exactement ? D'avoir libéré la France ?

Le sourire de Bob s'élargit aux dimensions d'un dessin d'enfant :

— Bien sûr que non. Je vous sais gré de nous avoir aidés à chasser nos hôtes vert-de-gris. Mais je n'aime pas que l'Amérique nous impose sa vision du monde.

— La liberté, par exemple ?

— Il y a mille façons d'être libre. Vos compatriotes n'en connaissent qu'une. Ils veulent nous modeler à leur image... Mais vous et moi, nous savons que ce qui compte, c'est la singularité du point de vue. J'espère que ma franchise ne vous dérange pas.

— Pas du tout, dis-je d'un ton sec. Je connais mieux que vous les défauts de mon pays. Mais je pense à tous ces gamins qui ont perdu la vie en Normandie, en Belgique ou en Asie il y a cinq ans à peine... Et je vous trouve sévère. Hitler se moquait bien de votre point de vue.

— Exact, répond le photographe avec une douceur qui cherche à me désarmer. La liberté est le bien suprême et je tiens farouchement à la mienne, peut-être que ça me rend injuste. Tant pis. Ce qui nous rapproche, Violet de New York, c'est que nous avons appris à regarder. Et peut-être aussi... je ne sais pas, je ne vous connais pas assez, que nous avons des affinités avec certains humains. Il faut les aimer pour savoir les photographier. Vous ne croyez pas ?

— Je ne sais pas.

À ce point de la conversation, je ne veux rien lui concéder. Je déteste qu'il me mette dans la position de devoir

défendre mon pays, comme ces patriotes chatouilleux qui brandissent le drapeau américain contre des agresseurs invisibles. Je suis la première à les critiquer mais que ce Français arrogant le fasse me déplaît. Repus, Alain a les yeux mi-clos. Il est deux heures et demie, je dois rentrer le coucher avant que nous allions chercher les grands à l'école. Je prends congé, Rosa m'aide à rhabiller le bébé, en profite pour lui faire des risettes et me fait promettre de revenir, me chuchotant à l'oreille :

— Bon, c'est pas vraiment l'amour avec Bob… Zut, moi qui pensais que vous alliez bien vous entendre…

Le bébé dans les bras, je la rassure et la remercie, touchée qu'elle ait eu envie de partager un peu de son monde avec moi. J'ai soudain le sentiment d'avoir gâché ce moment en me montrant bêtement susceptible. Il est trop tard pour le rattraper. Avant de partir, j'observe cette drôle de tribu, ces êtres chahutés par la vie qui se réinventent une famille de bric et de broc.

Bob me rejoint à la porte. C'est à son tour d'être intimidé :

— Je ne voulais pas vous fâcher, tout à l'heure. J'ai une grande gueule et je l'ouvre trop. Quand vous m'aurez pardonné, appelez-moi, me dit-il en me glissant sa carte.

J'attends d'avoir regagné l'appartement des Galland pour exhumer la carte de ma poche de manteau : « Robert Cermak, photographe. 9, Villa de l'Ermitage, Paris XXe » Suit un numéro à l'indicatif de Ménilmontant.

J'y réfléchirai plus tard. À cette heure, toutes mes pensées roulent vers le rendez-vous de ce soir.

Chapitre neuf

Ce soir, les enfants m'ont retardée par mille stratagèmes. Il a fallu finir l'histoire, retrouver l'ours en peluche glissé dans le sac à linge par un bébé facétieux, expliquer encore l'origine des sifflements dans la cheminée. À peine endormis, j'ai claqué la porte d'entrée, dévalé les escaliers.

Diluvien, l'orage m'a cueillie sur le trottoir de la rue d'Assas. J'ai abrité mon Rolleiflex dans sa housse de cuir avant de me précipiter sous l'averse. Le temps de courir jusqu'à la place Saint-Sulpice, j'étais trempée. Sam Brennan m'attendait à l'intérieur. Il m'a aidée à enlever mon manteau lourd de pluie et a demandé au serveur, dans un français impeccable, s'il pouvait m'apporter une serviette en éponge pour sécher mes cheveux. La stupéfaction du garçon était mémorable. Il a fini par s'exécuter, de très mauvaise grâce.

— Merci, monsieur, vous êtes très aimable, l'a remercié Sam en me faisant un clin d'œil.

Cette complicité aux frais du garçon de café a brisé la glace. J'ai sorti mon Rolleiflex de sa housse pour vérifier que la pluie ne s'y était pas infiltrée.

— Vous ne vous en séparez jamais ? s'est enquis Sam en américain.

— J'y tiens beaucoup. C'est un de mes rares souvenirs de mon père.

J'ai menti par réflexe. Je me suis procuré cet appareil deux ans auparavant, un matin d'octobre où le feuillage rouge des érables incendiait le tronçon nord de State Street. Il y a longtemps qu'il me faisait de l'œil dans la vitrine. Ce qui m'a décidée, c'est le pressentiment que ce que je m'apprêtais à mettre au jour devait être gravé sur pellicule. C'était le seul moyen d'arrêter de fuir la réalité, d'affronter la complexité de l'homme que j'avais épousé.

J'ai commandé un verre de Bourgogne et Sam un Talisker. Près de nous, un homme et une femme étaient assis l'un en face de l'autre, chacun plongé dans un livre. Cela nous a fait sourire.

— Croyez-vous qu'ils vont finir par s'adresser la parole ? l'ai-je interrogé en goûtant le vin.

— La dernière fois qu'ils l'ont fait, ça ne leur a pas réussi, a conjecturé Sam. La conversation amoureuse peut être un champ de mines…

— Vous partez du principe qu'ils sont amoureux ? Ils sont peut-être amis, ou frère et sœur…

— Hum… je ne crois pas, a murmuré Sam. Quand je suis arrivé tout à l'heure, ils lisaient déjà mais l'homme

lui caressait les doigts. Cela dénote une intimité amoureuse.

— Rien ne vous échappe, ai-je remarqué.

— Je suis attentif. Ça m'a sauvé la vie plusieurs fois, m'a-t-il confié en goûtant le Talisker.

— Est-ce indiscret de vous demander comment ?

Il a siroté quelques gorgées en silence. Autour de nous le café s'animait de conversations croisées, un groupe de jeunes gens parlaient fort en fumant cigarette sur cigarette. J'avais envie d'en griller une.

— Pardonnez-moi de ne pas vous le raconter, a dit Sam Brennan. C'était pendant la guerre. Ce qu'on y apprend ne s'efface pas.

Je comprenais que certains fantômes soient impossibles à évoquer devant un tiers, encore moins devant une femme. Je n'avais pas oublié Kyle Patterson, le petit gars de Virginie rapatrié de Normandie avec des cauchemars en plein jour que nous étions impuissantes à soigner. Nous participions au service civil. Pour nous, la guerre demeurait une menace imprécise, elle se déployait loin de nos frontières et de nos vies. Les hommes qui partaient au combat étaient graves et mélancoliques, certains bombaient le torse tels de jeunes coqs. Ceux qui nous revenaient étaient irrémédiablement changés. Ils intercalaient entre eux et nous un silence que personne ne savait briser. Il fallait s'accommoder de ce qu'ils nous tendaient, le reflet tourmenté d'une eau trouble.

— Ma question était maladroite. C'est à vous de me pardonner.

J'avais terriblement envie d'une cigarette. J'avais terriblement envie que cet homme me touche. La guerre se dressait entre nous, cordillère infranchissable. Peut-être étais-je seulement lasse de m'arc-bouter, de lutter contre le vide.

Sam s'est penché pour prendre mes mains dans les siennes :

— Violet, je voudrais vous emmener dîner dans un endroit moins bruyant. Vous ne m'en voulez pas ?

J'ai souri.

Dehors, la pluie brouillait les contours de la ville et les fondait dans la nuit. Nous avons marché sous le parapluie de Sam, qui semblait savoir où il allait. Je me fichais du paysage, la promiscuité de nos corps était mon seul horizon. Après avoir tourné le coin d'une rue et descendu une volée de marches, à hauteur de cave, une petite cour invisible de la rue abritait quelques tilleuls détrempés, une vingtaine de tables empilées sous un auvent. Une fois poussée la porte basse, la salle de restaurant répandait la chaleur douce d'un feu de cheminée. Les tables rondes ornées de nappes à carreaux étaient regroupées sous les poutres apparentes. Sam s'est dirigé d'autorité vers la seule table libre devant la cheminée, saluant la jeune serveuse qui nous a accueillis d'un sourire. Cet endroit faisait partie d'un plan et me révélait que Sam Brennan n'était pas homme à se livrer entièrement au hasard. J'aimais qu'il ait pris cette initiative sans savoir si j'accepterais de dîner avec lui. J'aimais l'intimité que créait le fait de converser dans

une langue que nos voisins ne comprenaient pas. Une bulle douillette où nous étions en tête à tête, près du feu.

— Comment avez-vous découvert cet endroit? l'ai-je interrogé tandis que nous savourions un pernand-vergelesses.

— J'ai mes adresses, m'a-t-il répondu. J'aime les lieux fréquentés par les Parisiens. Les touristes américains me gâchent le plaisir. Ils ont pris goût à la France et profitent du GI Bill pour s'installer…

— C'est une tradition américaine de venir s'encanailler à Paris! Hemingway, Fitzgerald, Natalie Barney…

— Sans doute… Je trouve les expatriés d'aujourd'hui moins flamboyants. Et vous, Violet, êtes-vous venue vous encanailler? m'a-t-il demandé, taquin.

La serveuse est venue prendre notre commande, me laissant le temps de mûrir ma réponse. J'ignorais si cet homme s'attarderait assez longtemps dans ma vie pour rencontrer Brigitte et sa bande, ou Rosa. Je devais être prudente, m'en tenir à ma fiction originelle.

— Pas vraiment, lui ai-je dit. J'ai perdu mon mari il y a quelques mois. Rester là où nous avions vécu ensemble m'était insupportable. J'avais besoin de partir le plus loin possible.

— Je suis désolé, m'a répondu Sam. Je comprends l'urgence de tout recommencer ailleurs. Une page vierge… South Haven, ça ne doit pas être bien grand. Vous vous seriez cognée sans cesse à vos souvenirs.

Il avait bonne mémoire. Je me suis tue, tentant de me rappeler à quoi ressemblait South Haven.

— Cela dit, vous auriez pu distraire votre chagrin dans des contrées plus exotiques! Pourquoi Paris? s'est enquis Sam en remplissant mon verre.

— Mon père adorait cette ville. Il m'en avait tellement parlé que je rêvais de la découvrir. Et puis j'ai appris le français. M'installer dans un pays dont je parle la langue était plus facile.

— Bien sûr. Votre père est mort récemment, lui aussi?

— Il y aura quinze ans en avril, ai-je répondu à Sam. Le temps ne guérit pas tout. Il m'a appris tant de choses... Il croyait qu'on pouvait transformer le monde, si l'on avait assez de bonne volonté et de patience.

— Je vois. Un idéaliste, a commenté Sam avec un sourire qui trahissait son scepticisme.

Cette réaction me blessait, venant d'un homme qui s'était enrôlé pour combattre le fascisme. Je me suis demandé ce qu'il avait vécu, ou perdu là-bas pour se montrer si détaché vis-à-vis de ceux qui cherchaient à améliorer les choses. Il écornait ce que j'avais de plus sacré, réduisant mon père à un rêveur utopique, lui qui avait appliqué sa rigueur de chercheur à sonder les plaies de Chicago et celles de la société américaine. Ses travaux profitaient à un grand nombre de sociologues, de politiciens, d'historiens et de travailleurs sociaux.

J'ai senti notre prélude se déchirer. Ce n'était qu'un petit accroc, mais il fragilisait la trame entière.

Nous mangions en silence dans le crépitement des flammes.

— Et vous, Sam, en quoi croyez-vous ? Qu'est-ce qui fait battre votre cœur ? ai-je lancé, ironique.

Il a perçu l'ironie dans ma voix, la distance. Il m'avait poussée à me livrer, conduite où il voulait. Mais je venais de reprendre la main. *Quid pro quo*, Sam. C'était son tour de me donner quelque chose. Il a bu une gorgée de vin.

— Je ne crois plus aux lendemains qui chantent, Violet. Je crois en ce que je tiens. Vous devez me prendre pour un vieux garçon cynique, et sans doute avez-vous raison… La guerre a été un professeur cruel. Ce qui fait battre mon cœur, c'est le présent, cette soirée. Je vous observe. Vous êtes un mystère troublant. On ne se méfie pas, vous avez l'air d'une gentille petite qui ne veut pas déranger, et on se retrouve ensorcelé. Comment faites-vous ça ? Je ne sais presque rien de vous. Vous avez laissé une vie derrière vous, perdu un père qui vous était cher. Vous gardez des enfants, vous prenez des photos. Ce presque rien, ces miettes me passionnent.

J'ai senti mon visage s'empourprer. En même temps je décelais la diversion. Il gardait ses secrets et tentait de percer les miens.

— Mais Sam, j'en sais encore moins sur vous ! Que faites-vous, dans la vie ? De quoi rêvez-vous ?

J'avais encore posé deux questions en même temps, comme si le temps nous était compté.

— Ce que je fais dans la vie ? Je suis dans le commerce. Je mets des gens en relation et je leur permets de

travailler ensemble. Ce dont je rêve ? De vous embrasser.
Y a-t-il autre chose que vous voudriez savoir ?
Ma voix s'était tarie, à bout d'arguments.
— Alors partons, m'a-t-il dit doucement.

Chapitre dix

Assise sur mon lit, je ne dors pas. Tout est calme dehors. Je tente de faire la clarté dans un tumulte de pensées, d'espoirs et de terreurs. Le passé se mêle au présent, le complique et le brouille.

Lorsque nous avons quitté le restaurant, la pluie s'était arrêtée, les trottoirs luisaient sous les lampadaires. Nous avons marché jusqu'à la Seine, croisé des noctambules chassés vers une autre fête par l'extinction de la précédente. Le long du quai, des promeneurs solitaires regardaient les bateaux-mouches fendre l'eau noire de leur sillage phosphorescent. Sur le pont des Arts, à l'endroit où j'avais photographié l'homme accoudé à la rambarde, Sam s'est penché vers moi, mais mon Rolleiflex s'intercalait entre nous.

— Me permettez-vous…? a-t-il demandé.

Il a détaché l'appareil de mon cou et l'a déposé au sol, le calant avec précaution entre nos jambes et le rebord du pont. Nous nous sommes embrassés, comme on se trouve

dans le noir. Quelque chose se réveillait à l'intérieur de moi, d'un très profond sommeil. Cette part endormie avait quelquefois tressailli en dansant avec les GI's. Bulles légères à la surface d'un étang. Mais aujourd'hui, mon corps se rappelait qu'il n'était pas mort. Mes écailles de fugueuse glissaient dans la nuit, je m'ouvrais. Une vie dans un baiser, tout ce que nous ignorions l'un de l'autre, les blancs que nous comblions par des caresses, des soupirs qui refusaient d'être des mots, de se plier à leur insuffisance. Je me souviens que l'image de l'homme accoudé me traversait par intermittence, tel un flash photographique, sans que je sache si cette silhouette de dos évoquait Sam, si elle signalait un rendez-vous honoré ou une prophétie.

La morsure du vent qui se levait nous a chassés, grisés et chancelants, vers Saint-Germain. Sam a proposé d'aller écouter du jazz au Vieux-Colombier. C'était notre musique, celle qui nous avait réunis. J'ai entendu les cloches de Saint-Germain-des-Prés sonner la demie de onze heures, je devais rentrer au foyer avant minuit ou cette parenthèse ensorcelée redeviendrait citrouille. Sam a perçu mon urgence, amusé par le récit de ma première rencontre avec le dragon du foyer. Il m'a rassurée, on y serait à temps et de toute façon, il ne me laisserait pas dormir dehors. Il occupait une chambre dans un hôtel de la rue Delambre. Un instant, j'ai désiré rebrousser chemin vers le Vieux-Colombier, au diable la gardienne, les principes de vertu patiemment inculqués, la prudence. Il aurait suffi qu'il m'embrasse pour me fléchir.

Il ne l'a pas fait, ignorant la proximité de sa victoire. Il m'a ramenée rue des Feuillantines, son corps aimantait le mien. J'ai résisté à ma faim, je ressemblais à ces gens ivres qui mettent un point d'honneur à marcher droit. Je l'ai détaché de moi avec précaution.

— Au diable la gardienne, a-t-il grondé avant de partir. Elle n'a pu empêcher la magie de ce soir. Dis-le-lui de ma part.

Il souriait comme quelqu'un de beaucoup plus jeune, quelqu'un qui n'a pas senti le souffle de la mort.

La porte s'est ouverte sur le visage cireux de la concierge. Elle m'a dévisagée avec une forme de stupeur. On eût dit qu'elle déchiffrait dans mes yeux le battement du désir et qu'il lui inspirait un mélange d'aversion et d'envie. Je me suis hâtée de grimper l'escalier, pressée de rejoindre ma chambre et de revivre chaque seconde de cette soirée, d'ausculter ce bouleversement avec patience et ferveur.

Pourtant, une fois loin de Sam, l'inquiétude me submerge. L'ombre d'Adam envahit tout. Il ricane au fond de moi, raille l'élan de mon corps vers celui de cet étranger plein de secrets. Il murmure : « Comme tu retombes vite dans le piège, Eliza. Tu es si prévisible... Tu ressembles à ces insectes qui tombent en piqué à la première attaque de prédateur. »

Je fouille mes premiers souvenirs d'Adam, notre rencontre à cette vente de charité où ma tante m'avait traînée. Je m'y ennuyais ferme, prisonnière d'un essaim de

jeunes filles en robes pastel. Mousselines vaporeuses, épaules dénudées et chignons piqués de fleurs. Leurs mères paradaient, marieuses gantées de satin. Sans doute étais-je la seule exaspérée par ces pécores condescendantes, convaincues de la transparence de leurs âmes. J'avais assez fréquenté les amis de mon père pour ne pas être dupe de ces grandes bourgeoises qui réservaient leurs dons à des Blancs démunis, puisqu'il était établi que les Noirs étaient paresseux et vivaient au crochet de l'aide sociale. « Si, Eliza ! C'est un fait, ils sont différents de nous. Ce besoin de vivre en tribu, dans cette promiscuité, cette saleté repoussante... C'est dans leur nature », argumentait ma tante sur un ton péremptoire. Mon père n'était plus là pour lui river son clou.

J'avais entendu parler d'Adam. Il n'avait pas quarante ans, mais assez d'argent et de relations politiques pour attirer l'attention des intrigants. Il était réputé pour son flair et une manière intraitable de mener ses affaires. Il avait le genre de beauté virile que les films hollywoodiens glorifiaient. Sa stature et son assurance faisaient oublier que son grand-père était arrivé d'Irlande en guenilles deux générations plus tôt. Je ne pouvais m'expliquer qu'il m'ait distinguée des autres débutantes. Du reste, il ne m'intéressait pas. J'aurais pu me laisser séduire par un homme dont les valeurs correspondaient aux miennes : un jeune chercheur de l'université de Chicago, un artiste, un professeur en sciences sociales. Adam Donnelley avait érigé une fortune sur des opérations immobilières. Je ne savais rien de plus ennuyeux.

Ce soir-là, il avait déployé ses efforts pour me charmer, m'inviter à danser, m'apportant des coupes de champagne que j'abandonnais discrètement après y avoir trempé les lèvres. Ses tentatives s'étaient brisées sur ma froideur courtoise. Je pensais l'avoir découragé, mais il n'avait pas désarmé. Les semaines suivantes, j'avais reçu toutes sortes de bouquets, avec une prédominance de roses et de lys. Ma mère et ma tante en garnissaient les vases de la maison, gardant religieusement les cartes de visite ornées de cette écriture hachée qui me deviendrait familière. Mon indifférence amusée les irritait. Ma tante demandait pour qui je me prenais, à repousser la cour d'un Donnelley. S'il n'appartenait pas au cercle d'anciens immigrés allemands embourgeoisés de ma famille maternelle, sa fortune et ses relations compensaient ce défaut.

Désinvolte, je ne pouvais m'empêcher d'être flattée qu'il dépensât tant d'énergie pour exister à mes yeux. Je n'étais qu'une jeune fille désargentée qui ne brillait ni par une beauté éclatante, ni par quelque don extraordinaire. J'avais eu un père connu et respecté, mais il était mort depuis des années et son souvenir s'estompait. Bien plus tard, lorsque j'ai lu *Rebecca*, le roman de Daphné du Maurier, j'ai été troublée de me sentir si proche de son héroïne sans nom. Alors que j'étais déjà mariée et attendais l'enfant d'Adam, je me souviens avoir cherché quel fantôme flamboyant l'avait poussé vers une fiancée qui incarnait plutôt la *girl next door*. Ma belle-mère se serait fait un plaisir de redorer la légende d'une rivale

intimidante. Mais aucune ancienne amante ne semblait avoir laissé à mon mari une cicatrice inguérissable.

La solution de cette énigme me serait fournie bien plus tard, dans un café de Hyde Park jouxtant l'université de Chicago. Mais elle n'épuisait pas la complexité de la psyché de mon mari. Sait-on jamais vraiment ce qui nous fait tomber amoureux de cette personne-là, à ce moment précis de notre vie ?

Je tente de cerner l'instant où tout a basculé. C'était après les bouquets et les cartes, à la soirée du Nouvel An. Nous nous sommes croisés dans le hall de la mairie et son visage s'est aussitôt éclairé, adouci. Ils sont rares, ces instants où l'on réalise l'impact que l'on a sur un autre. Comme je m'éloignais, il m'a retenue par le poignet, d'un geste si cavalier que seul un sentiment d'urgence avait pu l'inspirer :

— Miss Bergman, on me dit que vous étudiez à l'université de Chicago. C'est très loin de chez votre tante, et le El est mal famé... Je dois me rendre à Hyde Park demain après-midi. Permettez-moi de venir vous chercher après vos cours.

Il y avait quelque chose de pathétique à voir cet homme courtisé par toute la ville me proposer humblement d'être mon chauffeur. Intimidé par mon silence, il se tenait à ma merci. Je n'ai pas eu le cœur de refuser.

Le lendemain soir, sa voiture m'attendait à l'est de la 59e Rue, le long du bâtiment gothique de l'Institut de sociologie. Avant de repartir, il a tenu à me montrer des

tours en construction qui abriteraient bientôt des appartements hauts de gamme. C'était l'un des projets qu'il finançait. Il en était d'autant plus fier qu'en ces années, les constructions étaient rares. Nous ne nous étions pas encore remis du krach de 29. Le pays semblait enlisé dans une crise interminable et la mairie de Chicago gelait les chantiers et les permis de construire. Désormais, pour couronner le tout, il y avait ces rumeurs persistantes de guerre en Europe.

— Nous ne manquons pas d'appartements de luxe, ai-je commenté, mais de logements décents dans les quartiers pauvres. La situation du ghetto noir est effroyable, elle ne cesse d'empirer.

Il s'est rembruni :

— Vous avez raison, ce ghetto est une verrue au cœur de la ville. Mais on ne changera pas les mentalités en un jour... En attendant, les cols blancs abandonnent le centre pour les nouvelles banlieues et des quartiers entiers se paupérisent. Ce complexe résidentiel en retiendra quelques-uns. C'est une petite pierre apportée à l'édifice, un début.

J'étais moins sensible à cet aspect du problème. Je me moquais bien que les bourgeois déménagent à Evanston, à Bridgeport ou à Winnetka.

— Avez-vous visité Bronzeville ? ai-je insisté.

— Pas récemment, a-t-il admis.

— Vous devriez. Le ghetto est surpeuplé, c'est un scandale de forcer ces gens à vivre dans de telles conditions. Mon père serait fou, s'il voyait ça...

— Il faudrait sans doute élargir les limites du ghetto, a dit Adam.

— On ne peut plus l'élargir, l'ai-je interrompu. Ce qu'il faudrait, c'est qu'ils puissent s'installer ailleurs.

— Vous savez bien que c'est impossible..., a-t-il murmuré, songeur.

— Pas du tout. Il suffirait d'abroger les clauses honteuses qui obligent les propriétaires à louer à des individus de race blanche. Et de jeter en prison ceux qui posent des bombes et agressent les Noirs.

Il m'a dévisagée avec un étonnement mêlé d'admiration :

— Vous êtes la digne fille de votre père, miss Bergman... Est-ce ce pour suivre ses traces que vous étudiez la sociologie ?

— Je n'ai pas son courage. À ma place, il retournerait la ville, ferait le siège de la mairie, manifesterait avec les militants des droits civiques... Être sa fille m'a juste permis d'obtenir une bourse pour le département de sociologie.

— Vous êtes une jeune personne étonnante, m'a-t-il répondu avec un sourire tendre. Vous me forcez à me questionner. Et en même temps, j'aimerais compter pour vous. Me permettriez-vous de venir vous chercher de temps en temps ? Je ne veux pas vous importuner.

Il s'était arrêté à l'angle de la maison de ma tante. La nuit d'encre enveloppait la rue et la rendait presque menaçante. À l'horizon les gratte-ciel du Loop se découpaient sur l'obscurité, déchirant les nuages.

Je crois que c'est à cet instant que tout s'est joué. J'ai ressenti une émotion inédite qui modifiait déjà ma perception d'Adam. Je m'étais montrée dure et péremptoire, ce qui aurait dû le repousser. Ainsi étais-je, à cette époque. Retranchée derrière un passé irrémédiablement consommé, amère et révoltée, je gaspillais mon énergie à détester ma tante, cette maison et tous ceux qui la peuplaient. La mort de mon père m'avait laissée dans cet état et la seule chose qui me mobilisait, c'était mes cours à la fac. Cette bourse m'avait tirée d'un brouillard de plusieurs années, d'où je peine encore à exhumer le moindre souvenir. Je m'appropriais, avec férocité, les batailles de mon père et nos «études de terrain», l'une des spécialités de l'école de sociologie de Chicago, fortifiaient mon envie d'en découdre.

C'était le visage que j'avais montré à Adam. Et loin d'être rebuté, il m'offrait l'image d'un homme inachevé, pressentant que mon amour pouvait le faire grandir.

C'est ainsi qu'il m'a désarmée.

Même aujourd'hui, à la lumière de ce que j'ai découvert, j'ai du mal à me convaincre qu'il n'était pas sincère.

Chapitre onze

Depuis que j'ai quitté Sam sur ce trottoir, le monde a changé imperceptiblement. Je m'y promène telle une convalescente clignant des yeux dans la lumière. Les couleurs des rues, la ligne des toits, le gris bleuté de leurs ardoises m'apparaissent plus vivaces. J'éprouve la densité de mon corps, la tension de mes muscles et ce souffle d'air glacé sur mon poignet, entre la manche et le gant. Un instant d'intimité, quelques baisers, le contact de la peau d'un autre suffisent-ils à opérer cette révolution ? Depuis des mois, j'habite ce corps comme un vêtement volé. Je l'ai forcé à l'invisibilité, j'étais une proie concentrée sur des signaux de danger infimes, peut-être imaginaires. J'avais oublié qu'on pouvait vibrer d'autre chose que d'angoisse.

Et voilà que je marche avec la conscience de ce corps qui bouge, vit, garde chaude l'empreinte des caresses de Sam.

Je ne me souviens pas que les premiers gestes d'Adam aient opéré ce miracle. J'avais si peu d'expérience.

Quelques premiers baisers hésitants au lycée, un boy-friend ou deux. Puis la mort de mon père m'avait ôté le goût de la légèreté et du flirt. J'étais un petit animal sauvage qui ne savait rien de ses désirs, de ses urgences.

Pendant des semaines, Adam m'a ramenée chez moi tous les soirs après mes cours. Quelles que soient ses obligations, il se débrouillait pour être là à l'heure où je sortais de la fac, sa Chevrolet noire stationnant sous les arbres près de l'Institut de sociologie. Très vite, j'ai commencé à chercher la voiture, à ressentir cette petite joie à l'idée qu'il était venu. Il venait m'ouvrir la portière, dépliait un grand parapluie pour m'abriter de la pluie ou de la neige. Il portait un fedora en feutre noir, un manteau à col de fourrure, et dégageait l'assurance des hommes à qui leur mère a toujours assuré qu'ils étaient exceptionnels. Pourtant, face à moi il perdait contenance, devenait timide et emprunté. Il m'écoutait docilement, comme si mon expérience de la vie était supérieure à la sienne. Mais je n'avais rien vécu, et ne percevais du monde que des images subjectives, fragments incomplets d'une fresque qui m'échappait.

Durant ces trajets quotidiens, Adam et moi parlions de cette ville à la voracité centrifuge qui ne cessait d'amalgamer de nouveaux territoires, dévorant toujours plus de carburant humain. Des centaines de bateaux, de trains déversaient leur contenu dans sa gueule et elle recrachait des Américains convertis à la religion d'un rêve inaccessible, prêts à suer sang et eau pour une promesse rarement tenue. Des abattoirs aux tours de Babel du Loop, chacun

prétendait arracher un petit morceau du rêve. Une poignée d'élus décrochaient la timbale, nourrissant la rumeur qui nous tenait éveillés la nuit, nous poussait à nous priver de l'essentiel pour mériter le superflu, la grâce du dollar. Nous consentions aux mythes qui nous constituaient en nation, à un évangile de liberté écrit dans le sang, la domination, le vol et l'esclavage. Nous acceptions d'être réunis par un mensonge. Si le grand-père d'Adam lui avait légué ce rêve intact, mon père m'avait ouvert les yeux sur ses reflets trompeurs et son hypocrisie. Mais dans le même temps, il m'avait confié son utopie : celle de le rendre plus honnête, de l'élargir à tous les nécessiteux.

Or les Noirs, répétais-je à Adam, en étaient exclus dès l'origine. Il m'objectait que ses ancêtres avaient fait une guerre pour les libérer. Mais cette pseudo-liberté était une fable, il le savait aussi bien que moi. Le peu qu'ils en recevaient était conditionné et ils se heurtaient sans cesse à un plafond de verre. Rien ne changerait vraiment tant que nous refuserions de le regarder en face.

— Pourquoi êtes-vous si touchée par leur sort ? m'avait-il demandé un soir, tandis que nous roulions à travers un paysage givré.

— Eh bien… Je les vois, c'est tout. La plupart des gens détournent le regard. Ça leur permet de vivre avec cette fracture invisible.

Adam avait arrêté la voiture et serré ma main dans les siennes, ses yeux scrutaient les miens :

— Vous m'apprendrez à voir, Eliza.

J'ignorais si c'était une affirmation ou une prière.

— Vous imaginez ce que nous pourrions faire, à nous deux ? avait-il insisté, une lueur joyeuse dans les yeux. Vous seriez ma conseillère et… mon amour. Voulez-vous de moi ? Vous feriez de moi le plus heureux des hommes.

Je l'avais quitté profondément troublée. Mais au fil des jours, j'avais fini par me laisser convaincre. Adam ne se contentait pas de m'ouvrir son cœur, il déposait son pouvoir à mes pieds. Avec son argent et son réseau, les possibilités d'agir devenaient illimitées. La seule chose qu'il désirait en retour, c'était que je l'épouse avant qu'il soit mobilisé. La propagande nous y poussait, faisait du mariage un devoir patriotique. Nous, les jeunes filles, avions le devoir de donner aux GI's une raison de se battre et de rester en vie. Et cet homme m'offrait un avenir radieux, un refuge contre l'adversité. L'amour, me disais-je, viendrait avec le temps.

Il était implicite qu'en devenant sa femme, je renonçais à une chimérique carrière de sociologue. Je serais une mère et une épouse, et pour le reste, je devais m'en remettre au pacte secret que nous avions passé. Obtenir un diplôme n'avait plus de sens ; nos deux familles n'eurent aucun mal à me persuader d'abandonner la fac pour me consacrer aux préparatifs des noces. Elles eurent lieu par une journée glaciale de l'hiver 1942 et furent chroniquées dans les gazettes mondaines de la ville. Deux mois plus tard, j'attendais Tim et Adam était incorporé dans son régiment. Lorsque notre fils vint au monde, son père se battait quelque part dans le Pacifique. J'étais devenue une bourgeoise de la Gold Coast et mon enfance à Hyde Park, ainsi

que les gens qui l'avaient peuplée, me paraissaient désormais appartenir à une autre galaxie. J'avais quitté si précipitamment l'université que mes amis avaient perdu ma trace. Ils ne lisaient pas les potins mondains et même s'ils l'avaient fait, je ne suis pas sûre qu'ils m'auraient reconnue sur les photos des bals de charité. Cette pensée me soulageait. Je m'étais retirée de ce monde intellectuel avant d'y conquérir ma place. J'en concevais une honte secrète, et ne souhaitais pas être confrontée à ceux qui m'avaient connue avant mon mariage.

Je ferme les yeux, m'efforce de retrouver la sensation du premier baiser d'Adam, odeurs de cuir et de tabac virginien. La seconde d'hésitation que marque un wagon de grand huit avant la descente, cette seconde vous décroche le cœur. Et puis l'étonnement que ce baiser ne chamboulât rien en profondeur, qu'il ne soit « que ça ». Ce sentiment d'être à la fois à l'intérieur et à l'extérieur de moi, comme si je m'observais calmement. Un premier manque qui ne se comblerait jamais, voilà ce qu'avait été ce baiser.

Déçue et soulagée, j'étais descendue de la voiture. Au même instant, croiser ses yeux pleins de reconnaissance m'avait fait mal. Étais-je cette fille dure que l'amour le plus sincère n'arrivait pas à toucher ? Durant toute notre vie commune, je crois n'avoir jamais cessé de me poser la question.

A contrario, quarante-huit heures ont suffi à installer Sam au fond de mes pensées. C'est une aria qui m'accompagne et joue pour moi seule. En traversant le

Luxembourg avec les enfants, sous la lumière basse, je m'attends presque à le voir surgir, un journal serré dans sa main gantée, souriant de m'avoir retrouvée dans la foule. Passant devant le café de la place Saint-Sulpice, je ne peux m'empêcher de le chercher parmi les clients attablés derrière la vitre. À la nuit tombée, lorsque je quitte les enfants, de fines gouttelettes de pluie charriées par le vent me rappellent le déluge de la veille et mon arrivée piteuse dans ce café où il m'attendait. Le goût de ses baisers m'a poursuivie tout le jour, la chaleur de ses mains irradiait à travers mes vêtements. Son sourire, qui redessine les pleins et les ombres de son visage pour en révéler la candeur cachée.

Au foyer, la réceptionniste trop bavarde me tend une lettre cachetée :

— Mademoiselle Lee, un monsieur a déposé cela pour vous ce matin.

Maladroits, mes doigts déchirent l'enveloppe. À l'intérieur, quelques lignes en anglais à l'en-tête de l'Hôtel des Bains, 35 rue Delambre :

« Violet, je dois partir quelques jours pour le travail. Je te ferai signe à mon retour. En attendant, prends soin de toi et ne te laisse pas intimider par les dragons.
Sam
PS : Qu'elle était belle, cette soirée ! »

Ce pincement au cœur, comme si on m'enlevait quelque chose qui venait juste de m'être donné. Pourtant

je ne peux laisser mes réflexes s'émousser, relâcher mon attention. À mon attirance pour Sam se mêle le plaisir de retrouver ma langue natale. À travers elle, c'est un peu de l'Amérique qui m'est rendu, de ses fantasmagories triomphantes et de ses tricheurs, éclusant leurs insomnies au son d'un juke-box fatigué. Sa voix chaude et vibrante, tel le timbre déchirant d'Eurydice, m'oblige à me retourner.

Au risque de laisser les Enfers me rattraper.

— Violet, je vous cherchais! me dit Hélène Roche en me saluant au bas de l'escalier. Vous m'accordez quelques minutes?

Je la suis jusqu'à son bureau, impressionnée par son élégance surannée. Je ne peux m'empêcher de lui supposer une vie secrète, des placards fermés à clef. Une nuit, j'ai entendu le bruit caractéristique d'une démarche claudicante sur le carrelage de l'entrée. Et trois heures plus tard, de nouveau ce pas traînant, l'écho d'une canne martelant le sol. La directrice reçoit des visites nocturnes.

Nous nous asseyons, je dépose le Rolleiflex sur le bord du bureau, accepte une tasse de thé brûlant.

— Chère Violet, vous semblez vous être bien acclimatée à la vie de cette maison.

— En effet, Madame. Je m'y sens presque comme chez moi.

— Mais vous êtes chez vous! proteste-t-elle en souriant. Appelez-moi Hélène, pas de cérémonie entre nous. Avez-vous lié amitié avec certaines de nos pensionnaires?

— Oui, elles sont charmantes. J'aime leur insouciance, leur liberté…

— Un peu trop libres, si vous voulez mon avis, tempère Hélène Roche en fronçant ses sourcils bien dessinés. Entre les mains d'une jeune fille, la liberté est plus dangereuse qu'un revolver.

Cette image fait dériver mes pensées vers Rosa qui fréquente des truands, des braqueurs. Rosa, dont j'ignore l'histoire et les blessures.

— Avez-vous revu notre amie commune? me demande la directrice.

J'ai le sentiment dérangeant d'avoir été déchiffrée, et que Rosa est la raison souterraine de cet entretien.

— Oui, il y a quelques jours.

— Comment l'avez-vous trouvée?

— Plutôt joyeuse.

— Je m'en réjouis, répond Hélène Roche sans conviction. Peut-être trouve-t-elle enfin une forme d'équilibre. J'imagine que c'est ce qui compte, mais… Ça ne me rassure pas, vous comprenez?

— C'est une vie particulière. Difficile à comprendre de l'extérieur.

— Vous savez, depuis le jour où je l'ai trouvée en train de mendier dans la rue, je me sens responsable d'elle, précise-t-elle. Vendre son corps n'est pas sans incidences… Je m'inquiète des dégâts invisibles.

— Vous l'aimez beaucoup, dis-je tandis que certaines questions me brûlent les lèvres.

— Je l'ai connue abîmée, se justifie la directrice. Elle n'a personne, vous savez. Je ne parle pas de ce triste sire ! Je n'ai aucune confiance en lui. Il se fait appeler Louis mais son vrai nom est Luigi, c'est un Sicilien. Il trafique, il a beaucoup d'amis louches... Tout va bien, Violet ? Vous êtes pâle !

Je la rassure, ce n'est rien, un peu de fatigue. J'essaie de me souvenir du visage de Louis, je visualise ses traits émaciés, ses yeux vifs et étroits sous la brosse de cheveux noirs. Sicilien. Sous les inflexions pointues de titi parisien, l'accent chantant, la musique... Comment ai-je pu être si distraite ?

— Je ne sais comment vous demander ça, hésite Hélène Roche. Je voudrais que vous soyez vigilante. Si vous sentez que Rosa va mal, quels que soient les signes, prévenez-moi. Pouvez-vous me le promettre ?

Je hoche la tête et réalise qu'à partir de maintenant, je dois me méfier de cet homme et de tous ceux qui gravitent autour de Rosa. Je me lève, pressée d'échapper au regard calme et inquisiteur de la directrice.

Au moment de franchir la porte, quelque chose me retient :

— J'oubliais, Hélène... Merci pour le livre.

— Quel livre ?

— *Gone with the wind.* C'est une gentille attention.

— Ah non, ce n'est pas moi ! Mais vous faites bien de m'en parler, j'avais oublié les livres de mon mari. Voulez-vous les voir ? Ils prennent la poussière sur les étagères... Je serais ravie de vous les prêter.

Je la remercie, je n'hésiterai pas mais j'ai encore de quoi lire. Je m'échappe, grimpe l'escalier, regagne ma chambre et ferme la porte à clef. Respirer me brûle comme en plein hiver.

La chambre n'a pas bougé depuis mon départ. Les pellicules neuves et les ampoules flash s'entassent près des escarpins que je portais pour sortir avec Sam, les robes d'Eliza attendent sur leurs cintres et la photo de Tim m'observe depuis la table de nuit. Sur le bureau, les dernières planches-contacts recouvrent en partie la grande enveloppe qui occupait le double-fond de ma valise, sous les bijoux. Son contenu n'intéressait pas celui qui m'a dévalisée.

Je dépose le Rollei près du lit, comme on garde une arme à portée de main. Je compte les jours passés ici. Trente-sept.

Et personne ne m'a attendue dans le noir pour me trancher la gorge.

Chapitre douze

Je rêve que je me tiens avec Tim sur le quai de la Chicago River, près du pont de LaSalle Street. C'est une de ces journées d'avril où nous n'en pouvons plus d'espérer le printemps. Sans doute dans les derniers jours du mois, lorsque l'air est plus coupant que la glace et que le lac remue dans ses profondeurs, comme un grand animal qui s'impatiente. Je l'ai emmené voir le retour des bateaux, ce moment où les ponts se fendent en deux pour les laisser remonter vers le nord de la ville.

Il y a foule près du quai. Les deux parties du pont se dressent déjà, lentement cabrées vers le ciel. J'entoure Tim de mes bras pour qu'il puisse se pencher au-dessus du garde-fou, et je suis traversée par une joie intense. Au passage des voiliers, il lève son visage vers moi et je réalise que ce n'est pas lui, mais un garçon aux cheveux clairs, sensiblement du même âge.

Longtemps, mon fils m'a empêchée de quitter Adam. Combien de nuits me suis-je endormie sur la résolution

de faire mes bagages? C'était une pulsion, pas encore une résolution. Les raisons ne manquaient pas mais elles s'effaçaient devant l'existence de mon petit garçon. Il était là et n'avait rien demandé, dépendait entièrement de notre bon vouloir. Je ne pouvais dissocier ma vie de la sienne. Au matin, il me suffisait de le croiser ensommeillé dans le couloir pour comprendre que je ne partirais pas.

Les premières années de Tim brouillaient les signes montrant que mon mari avait changé d'attitude à mon égard. Notre enfant me façonnait, m'apprenait à être sa mère. J'étudiais passionnément ses changements infimes, la nouveauté d'un geste, un regard mieux dirigé, le tremblement d'un rêve pris dans les cils. Il m'obligeait à être là, sans dérobade. Malgré les interférences continuelles d'Abigail, nous nous apprivoisions.

Adam était rentré la veille de Noël 1944. Deux ans de guerre l'avaient changé. Il s'était endurci, s'impatientait de notre lenteur à déchiffrer ses désirs. Ce qu'il avait vécu là-bas, dont il ne parlait pas, avait érodé le vernis de courtoisie qui tempérait les mouvements impérieux de son être. Il buvait sec et s'entourait de compagnons choisis pour leur propension au défoulement, proportionnelle au flegme avec lequel ils menaient leurs affaires. Seul l'alcool parvenait à l'attendrir. Un enchaînement de bourbons, de vins français et de cocktails le plongeait dans cet état d'exaltation où la gaieté la plus débridée le disputait aux démonstrations sentimentales, jusqu'à ce qu'un accès de mélancolie l'éteigne avant la prochaine flambée.

Ma belle-mère lui trouvait toutes les circonstances atténuantes et sans doute les avait-il. Il était parti se battre à notre place. Son sacrifice l'exonérait de certaines obligations, de certains scrupules. Nous ignorions le prix qu'il avait payé pour survivre. Et puis les hommes buvaient, c'était dans l'ordre des choses. Les Irlandais y mettaient une sorte de passion triste. L'ivresse les reliait à la longue chaîne de misères et d'injustices qui les avait jetés, après bien des tempêtes, sur ce continent dont la dureté répondait à la leur, violence contre violence. L'alcool était un rituel filial, une réconciliation et une tourmente. Adam y retrouvait la guerre ; il fallait boire encore pour l'effacer, disperser les spectres.

Je croyais que mon mari me reviendrait, que l'étranger qui avait pris sa place s'estomperait peu à peu avec les mauvais souvenirs. La guerre était un leurre qui m'empêchait de me poser les bonnes questions et ne me laissait aucune chance d'y répondre. Je m'adaptais à la dégradation progressive de nos relations. Je m'habituais à ce qu'il me tienne pour acquise, ne m'adresse plus que des remarques dont la perfidie subtile rejoignait les jugements d'Abigail. J'y voyais le symptôme d'un mal plus profond qui m'inspirait une compassion fautive : quelle épouse étais-je, si je n'étais pas fichue de le guérir ?

Dès l'origine, je n'avais pu lui rendre ses sentiments, et cela me pesait comme une malédiction. J'avais pensé la conjurer en l'épousant et en lui donnant un enfant mais elle me poursuivait, me limitait. Je tâtonnais devant une

porte fermée ; l'amour en était la clef, et je n'avais pas assez d'amour dans le cœur.

Alors je m'efforçais d'être douce, me raccrochais à un geste tendre, à une inflexion d'autrefois qui, peut-être, entrouvrait la porte.

Adam me tenait à distance. Il ne souhaitait plus que je « lui apprenne à voir ». Il avait assez de flair pour se déterminer seul, merci. Je n'étais pas invitée à me joindre aux conversations sérieuses. Elles se déroulaient loin des oreilles féminines, arrosées de bourbon ou de litres de Kilkenny. L'après-guerre lui ouvrait des opportunités nouvelles et des partenariats lucratifs. Il renforçait son réseau d'amis politiques, se rapprochait du pouvoir démocrate et de la mairie. Ses vieux copains irlandais constituaient toujours sa garde rapprochée mais il s'était fait de nouveaux amis, et je n'aimais pas l'allure de certains d'entre eux. Plus que jamais, Adam dégageait cette aura de succès et d'argent qui affolait la ville. Certaines femmes la flairaient mieux que personne. Elles se pressaient autour de lui, le corps magnifié par des robes au plissé stratégique, et laissaient traîner derrière elles un long sillage de parfum, comme un regret. Elles lui tendaient leur verre vide, quémandaient une cigarette en l'embrassant au bord des lèvres. J'imagine qu'elles avaient toujours été là, mais je les voyais désormais se refléter dans l'œil de mon mari. Je l'observais s'allumer à leur contact, sa main se posait par inadvertance sur une épaule nue. Il assiégeait le bar, ramenait un butin de coupes de

119

champagne et de cigarettes blondes. Ils n'en finissaient pas de trinquer ensemble ; chacune de ses plaisanteries faisait trembler leurs corsages.

Ces jeux de séduction étaient rehaussés par ma présence. Y assister m'infligeait des coups d'épingle plus ou moins profonds, une douleur diffuse où je peinais à faire la part de l'amour-propre et du chagrin. Je me demandais si s'afficher avec ces femmes était pour Adam un moyen de venger certaines blessures. Il insistait pour que je l'accompagne à tous les dîners mondains, tous les bals de charité. Être sa femme entraînait certains devoirs auxquels je ne pouvais me dérober.

À cette époque, je pris l'habitude de sortir avec le vieil appareil photo que m'avait offert mon père. Depuis la naissance de Tim, je l'avais dépoussiéré pour enregistrer ses métamorphoses, cherchant à fixer l'instant où son visage de nourrisson avait laissé place à celui du bébé, puis à l'ovale moins rebondi, plus décidé d'un petit garçon.

Lasse qu'on sourie et murmure dans mon dos, je choisis de disparaître derrière l'objectif. De devenir cet œil qui voyait tout et gravait sur pellicule les mille petites trahisons d'un soir, comme on range des fleurs de ciguë et de belladone dans un herbier, pour s'immuniser contre leur pouvoir. J'étudiais la meilleure lumière pour saisir ce cou qui cherchait le baiser du vampire, cette gorge offerte, ce regard qui accordait toutes les permissions. J'étais partout, mais devenais invisible. Lorsqu'Adam dansait, je diminuais la vitesse d'obturation pour flouter les corps et les visages de ses cavalières, les fondant en une silhouette

interchangeable. Et toujours je cherchais la ligne de fuite, celle qui délivrait le sens caché de la composition, l'ironie sous-jacente.

Le nouveau rôle mondain que je m'étais attribué dérangeait Adam. Il n'était pas dupe, pressentant que c'était par là que je lui échappais, que l'objectif était un bouclier. Hélas pour lui, mes photos avaient du succès auprès de nos amis. Tout le monde m'en réclamait. J'avais aménagé une chambre noire dans la salle de bains qui jouxtait ma chambre. Développer mes clichés, les agrandir ou les recadrer occupait la majeure partie de mon temps. Si Adam tentait de ridiculiser ma nouvelle lubie, d'autres s'indignaient qu'il n'encourageât pas un talent si prometteur. L'une de ses conquêtes toute fraîche prit ma défense. J'entends encore sa voix mouillée, sensuelle :

— Eliza a pris les premières bonnes photos de moi en dix ans ! Il me faut un agrandissement ! Qu'en dis-tu, Finn ? avait-elle poursuivi en s'adressant à son mari. Bien encadré, ce serait superbe...

— Où voudrais-tu qu'on l'accroche ? Dans la salle à manger, pour que nos invités aient un aperçu du dessert ? avait ricané Finn.

J'étais intriguée qu'elle aimât les portraits que j'avais faits d'elle. Je l'avais d'abord capturée en belladone capiteuse et toxique, *deadly nightshade* –, ombre mortelle de la nuit –, drapée dans une robe de jersey parme qui tenait par des fils invisibles et accélérait la respiration des hommes. Puis je lui avais demandé d'ôter ses gants et

121

ses bijoux, de défaire sa chevelure, et je l'avais fait poser assez longtemps pour atteindre ce degré d'usure où elle perdrait son assurance et ses repères, la livrant au vide de ce regard éteint, à cette question sans réponse. C'est ainsi que je l'avais scrutée, disséquée, telle une proie qui consent au piège mais n'en perçoit pas l'étendue. Je l'avais privée de ses artifices et elle m'avait dévoilé sa faim, sa frayeur. Il y avait dans ces derniers clichés une dimension tragique qui la dépassait, et peut-être était-elle fascinée de voir son ombre affleurer à la surface, de se découvrir un autre visage.

Je crois que ces photos mirent fin à sa liaison avec Adam. L'agrandissement qu'elle m'avait demandé trôna quelques jours dans l'entrée de notre maison. Plusieurs fois par jour, mon mari y croisait l'image de sa maîtresse. Et imperceptiblement, comme un spectateur voit démonter le décor d'un spectacle qui l'a ébloui, le charme de la belladone cessa d'agir sur lui.

L'appareil photo me permettait de retourner les armes d'Adam contre lui. Je reprenais le contrôle et me forgeais un lieu où il ne pouvait m'atteindre. Il m'avait imposé son jeu mais désormais, j'en truquais les règles. Je n'étais pas où il m'attendait.

Je me souviens de cette soirée où je jouais avec Tim dans la nurserie et où il nous avait rejoints. Adam dînait le plus souvent dehors et rentrait tard. Ma belle-mère se retirait tôt dans une aile séparée. Le soir, j'avais la maison pour moi seule. Je libérais Dinah, et Tim et moi

partagions des heures privilégiées. Je lui racontais des histoires, nous jouions aux cow-boys et aux Indiens, cherchions le trésor des pirates, parcourions des kilomètres à dos de tigre et nous tapissions dans l'herbe pour surprendre les fées.

Ce soir-là, nous explorions le pays de *Neverland* avec Peter Pan, Wendy et Tiger Lily. Adam était entré sans bruit et nous observait. Lorsque je l'aperçus, il m'adressa un sourire épuisé et je réalisai qu'il ne m'avait pas souri depuis longtemps. Je l'invitai dans le jeu, lui réservant le rôle du Capitaine Crochet. Il s'y prêta avec conviction, faisant rugir Tim de joie et d'effroi. Après ça, il dut lui chanter l'intégralité de *Shenandoah* pour qu'il consente à s'endormir.

Cette soirée symbolise ce que nous aurions pu construire ensemble, si nous avions su nous aimer. La maison de Goethe Street était faite pour abriter des gens heureux. Ses murs de grès rouge tamisaient les rumeurs de la ville, sa grande cheminée de pierre convoquait des soirées douillettes au son d'une émission de radio. Ses chambres fraîches donnaient sur des arbres centenaires enracinés dans le limon du lac. Au printemps, leur feuillage bruissant d'oiseaux s'élevait en berceau.

Dans le couloir, une fois la porte refermée, Adam m'avait embrassée avec précaution, comme s'il craignait d'être repoussé. Il semblait si démuni que c'était moi qui l'avais guidé vers le lit. Cette nuit-là, et d'autres qui survinrent de manière aussi aléatoire et inespérée, je crus que tout pouvait être réparé. Que nous étions capables de

nous réinventer, que notre amour pour Tim opérerait ce miracle. Ces parenthèses où je retrouvais un peu de l'ancien Adam me laissaient à découvert. Mais il me faisait payer cher ces abandons d'un soir. Les coups bas qui suivaient m'étourdissaient. Je compris peu à peu qu'il aimait me soumettre à ces dents de scie, ces montagnes russes qui m'entraînaient toujours plus bas, plus vite. Elles m'entamaient insidieusement, m'en relever me coûtait davantage. J'y usais mon espoir et mes forces. Certaines nuits, je me sentais tellement vide que je m'endormais sur la promesse de le quitter. Au réveil, Tim me raccrochait à cette vie-là, à ses fruits doux-amers, ses accalmies en forme d'armistices. Désormais, mon horizon se limitait au jour suivant et à mon fils.

Il a fallu ce matin de septembre et ce coup de sonnette, il m'a fallu voir cet homme sur les marches avec son revolver braqué sur Adam, la fièvre qui animait son regard et faisait trembler sa main, et que la détonation déchire le brouillard.

Chapitre treize

Au deuxième caillou sur la vitre, Rosa a ouvert la fenêtre. Je l'attendais sur le trottoir, assez loin de la porte de l'hôtel pour ne pas attirer l'attention de la maquerelle. Même à cette distance, j'ai vu qu'elle avait pleuré. Dans un kimono rouge trop léger pour la saison, elle s'est penchée vers moi :

— Où as-tu mis le gosse ?

— C'est mon jour de congé ! ai-je crié.

— T'as rien de mieux à faire ? T'as pas trouvé un amoureux pour t'emmener au cinéma ?

— Pas d'amoureux ! ai-je souri en levant vers le ciel mes paumes gantées.

Neuf jours que Sam s'était évanoui. L'idée de son retour devenait chaque jour plus hypothétique. Une tension latente que j'arrivais à oublier, jusqu'à ce qu'une certaine lumière sur le bassin du Luxembourg ou une ombre à l'angle de la rue Saint-Jacques ne me la renvoie en plein cœur.

Elle a marqué une hésitation avant de me répondre, sur ce ton brusque qui m'était familier :

— Oh, et puis ça m'fera pas de mal de prendre l'air. Je descends.

Le temps qu'elle me rejoigne, la pluie s'était remise à tomber.

— Ce temps de chien, là, ça n'arrange pas mes affaires! a pesté Rosa en se glissant sous mon parapluie. À force de faire le pied de grue sous la flotte, j'ai attrapé un rhume! J'vais pas te détailler les problèmes que ça pose dans mon métier, mais c'est pas simple. Si au moins on avait de la neige… C'est joli, la neige. Ça rappelle Noël, le chaland se dit qu'il mérite bien un petit cadeau en avance… C'est bon pour le commerce!

Elle se dirigeait déjà vers notre troquet habituel, mais je préférais la dépayser un peu. Et surtout, je ne voulais pas tomber sur Louis. Nous avons pris le métro jusqu'à la station Glacière.

Sur le boulevard Blanqui, des tractions noires passaient, rapides, soulevant des gerbes d'eau boueuse.

— Tu vas nous faire marcher jusqu'où, comme ça?

— Ce n'est plus très loin, ai-je répondu en souriant.

J'avais récemment découvert cette partie du treizième arrondissement, entre la place d'Italie et la place Denfert-Rochereau. J'aimais l'arpenter à pied, mon Rolleiflex en bandoulière. Les arches du métro aérien me rappelaient Chicago, je les cherchais du regard, les longeais. C'était l'ancien quartier des tanneries. Sur l'asphalte, une plaque signalait le lit d'une rivière oubliée, la Bièvre, dont je n'arrivais pas à prononcer le nom. Je

me fondais sans peine dans ce village peuplé de petites gens, d'ouvriers et d'artisans. Ils s'habituaient à croiser l'étrangère et sa drôle de boîte. De très vieilles dames m'offraient leur sourire édenté, des peintres en bâtiment posaient fièrement la clope au bec. Une complicité se créait le temps d'un cliché ; je m'éclipsais sans déranger leur vie.

J'ai conduit Rosa à travers les petites rues qui grimpaient à la Butte aux Cailles. Rue des Cinq-Diamants, nous nous sommes arrêtées dans un café niché entre les immeubles vétustes. Sur le trottoir d'en face, des boxeurs sortaient régulièrement d'une salle d'entraînement et leurs carrures athlétiques enthousiasmaient Rosa :

— C'est un peu loin mais tu as raison, il est gentil, ce café. Et on a une vue imprenable ! Je devrais venir travailler par ici, ça me changerait des voyageurs de commerce.

Nous avons commandé des cafés. Rosa s'était remaquillée avant de partir, mais ses yeux brillaient de l'éclat singulier que laissent les larmes.

— Alors, qu'est-ce qui se passe ? lui ai-je demandé à brûle-pourpoint.

— Eh bien… t'en as, de ces questions !

— Le maquillage ne cache pas tout.

— Oh, ça ? C'est rien… Une vieille histoire, a-t-elle murmuré en haussant les épaules.

En me parlant, elle suivait du doigt le trajet d'une goutte de pluie sur la vitre. Une ombre obscurcissait son regard pour s'en aller remuer de vieux fantômes.

— Elle restera entre nous, ça sera notre secret, ai-je insisté, et à cet instant j'ai éprouvé la tentation de lui parler de Tim, comme pour lui faire une place entre nous, sur ces banquettes de moleskine fendillée.

On est restées un moment à boire en silence. Dehors, un orage avait réveillé la pluie. Elle martelait les vitres et diluait les silhouettes des boxeurs qui remontaient la rue dans un gris ruisselant.

— Louis est tombé sur un vieux souvenir. Il ne supporte pas que je l'aie gardé, depuis tout ce temps. Ça l'a mis en boule, a dit Rosa.

— Quel souvenir?

— La photo d'un homme que j'ai beaucoup aimé. Que j'aime toujours, a admis Rosa.

Elle a ouvert le fermoir de son sac à main en cuir noir et en a exhumé méticuleusement une poignée de confettis qu'elle a déposés devant moi.

— C'est tout ce qu'il en reste. Mon Louis, c'est un sanguin, un jaloux. Il aime pas partager, sauf si ça lui rapporte un peu d'oseille…

De toutes les blessures cachées que je pouvais imaginer à Rosa, celle d'un amour inconsolé était la plus surprenante. Peut-être parce qu'il m'arrangeait de croire que les prostituées avaient le cœur cuirassé, le corps prodigue et indifférent. J'ai effleuré les miettes disséminées de ce qui avait été un portrait d'homme.

— Je peux peut-être le reconstituer, ai-je proposé. Il me faudrait une loupe, une colle très fine.

— Tu ferais ça?

— Bien sûr! Maintenant, raconte-moi ton histoire.

Elle a regardé alentour comme si elle redoutait que Louis ne se tienne là, embusqué à nous écouter. Son proxénète sicilien était ombrageux, possessif. Il avait réduit méthodiquement en poussière une relique sentimentale, comme on brise un à un les os d'un rival. Je me suis demandé s'il lui arrivait de frapper Rosa. Mais à cette heure, les rideaux de pluie nous protégeaient du monde et nous avions le troquet pour nous seules. La patronne épluchait des légumes en cuisine, passait une tête de temps en temps avant de disparaître dans son antre.

— Ça m'est tombé dessus d'un coup, a murmuré Rosa avec un sourire. En français on parle de coup de foudre. Comment on dit ça, en anglais?

— *Love at first sight*. L'amour au premier regard.

— Non, c'était pas au premier regard. On s'était déjà croisés dans le village. J'vais pas te mentir, il me plaisait bien, avec ses yeux verts et son sourire timide. Mais j'aurais jamais osé lui parler. Un soir, il a insisté pour porter mes seaux jusqu'à la maison de mes parents. La corvée d'eau, c'était pour moi, été comme hiver. Alors tu parles si j'étais contente... Et puis, y avait ce petit côté défendu qui pimentait la chose! Il parlait bien français, on a bavardé tout le chemin, on a fait connaissance. En me quittant, il a effleuré ma main. T'imagines? Juste ça. Mais la nuit d'après, j'ai pas fermé l'œil! J'étais mordue. C'est comme ça que ça a commencé.

J'ai songé à ma nuit blanche après avoir quitté Sam. La vibration infinie du corps réveillé, le cœur dans les rouleaux.

— D'où venait-il ? ai-je demandé.

— De Hanovre, m'a répondu Rosa. Il était allemand.

Déjà, ce mot compliquait l'histoire. Dans son sillage venaient les aboiements des chiens nazis, le sang des ombres traquées.

— Tu comprends, on nous interdisait de les regarder. Ils étaient l'ennemi, l'occupant. On racontait des choses terribles. Mais Hans était différent. Dans sa famille, ils étaient communistes. Son père et son oncle avaient été envoyés dans un camp. Lui, on l'avait enrôlé de force dans la Wehrmacht et il s'était retrouvé en France. Mais il était pas comme eux, a-t-elle répété doucement, avec un visage que je ne lui avais encore jamais vu.

J'ai sorti mon Rolleiflex de son étui, ôté le capuchon de l'objectif, réglé l'ouverture du diaphragme. Il faisait sombre, j'espérais que la pellicule Tri-X que j'avais chargée ce matin serait assez sensible.

— Continue, ne t'occupe pas de moi, ai-je dit à Rosa tandis que je tournais lentement autour d'elle pour trouver le meilleur angle. Comment il s'appelait, ton amoureux ?

— Hans. Tu vas encore me tirer le portrait ? s'est-elle enquise, méfiante.

— Tu es belle, quand tu prononces son nom. N'aie pas peur. Tourne un peu la tête. Là, c'est parfait. Parle-moi de lui.

— Je venais de fêter mes dix-sept ans, a murmuré Rosa tandis que j'armais l'appareil. Il en avait vingt, il faisait le fier mais c'était encore un gamin. Il voulait être ingénieur, après la guerre. Inventer des machines pour simplifier la vie des gens. Il me jouait de l'harmonica, il savait même siffler des chansons de bal musette ! On se retrouvait dans le bois, derrière chez moi, y avait une petite clairière. Tu vois, c'est bizarre : encore maintenant, l'odeur des bois me flanque le cafard. Pourtant qu'est-ce qu'on a été heureux, dans cette clairière…

Je l'étudiais intensément à travers la fenêtre de l'objectif. Je déclenchais, j'armais de nouveau, j'attendais en embuscade. Je la prenais de trois quarts, le visage redessiné par les ombres. Une autre Rosa se découvrait à moi, émerveillée et si vulnérable que j'avais peur pour elle. De la brutalité des hommes, de la cruauté des femmes, des rideaux tirés des petites villes, des cigarettes rougeoyant dans le noir.

— Ce n'est pas triste d'avoir su aimer, ai-je murmuré.

— Si, quand on comprend que ça n'arrivera plus jamais. Pas pareil, pas aussi fort. Je me souviens quand il est parti… J'avais mis une robe d'été, la seule qui m'allait encore. Les autres étaient usées jusqu'à la corde. On n'avait plus de tissu, plus rien. Hans m'attendait à la clairière. J'ai failli le manquer, son régiment avait décidé de brûler la politesse à l'aube, histoire d'éviter les Alliés qui remontaient vers la Picardie ! C'était triste à crever. Il m'a promis qu'il reviendrait, après la guerre, quand toutes les saloperies seraient oubliées. Hans espérait

131

que les salauds paieraient. Qu'on inventerait une vie plus belle, qu'on rétablirait la justice... Heureusement, il était pas là pour voir la suite! Ceux qui sont venus après, nos «libérateurs», ils avaient leur petite idée sur la justice...

Je photographie cette larme qui glisse sur la joue de Rosa. Je cadre ses yeux brûlants de tous les incendies, toutes les rages à hurler. Mes clichés sont des gifles dans la lumière crue, je vois le corsage déchiré, la jouissance de salir, les crachats, les insultes. Je vois la peau rétractée de la bête marquée, exposée en place publique. C'est toujours le même regard traqué, la même fièvre. Et cette clameur des propriétaires, ce roulement de tambour des foules sauvages. S'absenter de soi, abandonner aux chiens sa chair expiatoire. Se perdre dans ces ténèbres qui vous recrachent en morceaux.

— Tu vois, Violet, je l'ai payé cher, mon petit bonheur. Mais c'est le mien, personne ne pourra me le prendre. Tant pis si ça chagrine mon Louis. Hans est là au chaud, c'est sa place. Quand je suis triste, je pense à lui. Quand j'ai envie de rire, de danser, de finir la bouteille. Le matin où on s'est dit au revoir, dans notre clairière, je savais pas à quel point j'étais coriace. Ils n'ont pas réussi à me tuer. J'ai dormi au bord des routes, dans la rue... Mes cheveux ont repoussé noirs. J'ai brûlé ma vie d'avant, mon nom. Hans me parlait tout le temps de Rosa Luxemburg, alors j'ai gardé ce prénom en souvenir. Tu la connais, Rosa Luxemburg? D'après Hans, c'était une sacrée bonne femme...

132

J'ai rangé mon Rolleiflex et souri à la jeune fille abîmée qui s'était relevée, drapée dans l'étendard d'une guerrière assassinée :

— Ça te va bien. Toi aussi, tu es une sacrée bonne femme. *You're quite a girl*, comme on dit chez moi. Allez viens, je te paye un coup à boire.

— Il va m'en falloir plusieurs, a-t-elle objecté.

— D'accord, plusieurs.

Après les verres et les cigarettes, j'ai raccompagné Rosa au métro. J'avais froid. Par habitude, j'ai cherché l'ombre de Sam au coin de la rue Saint-Jacques. Et puis je suis remontée assembler patiemment les miettes minuscules d'un amour perdu.

Chapitre quatorze

En habillant Alain après la sieste, je me surprends à lui chanter *Come, Little Leaf,* dont Tim raffolait quand il avait son âge. Pour la première fois, la pensée de mon fils ne me déchire pas. J'arrive à visualiser la ligne du temps où nos retrouvailles sont déjà inscrites. Un rendez-vous qu'Adam ne pourra pas empêcher.

Je fredonne et le bébé me sourit comme s'il comprenait les paroles. Dans un élan, j'embrasse ses joues rondes et profite de ce que nous sommes seuls pour lui parler de Tim, mon secret brûlant. Je lui raconte comment nous avons inventé le «jeu des cachettes». Chaque fois que nous avions quelque chose d'important à nous dire, nous dissimulions un message dans un endroit secret, qu'il fallait bien choisir, pour qu'il ne puisse être intercepté par quelqu'un d'autre. C'est ainsi qu'en ouvrant un recueil de poèmes français, du Rimbaud, j'étais tombée un soir sur un petit mot tracé de son écriture enfantine : «*Still scared of monsters.*»

Quelques semaines plus tôt, Adam l'avait invité à une «discussion entre hommes». Ce rituel avait lieu dans le bureau où il avait fait aménager des panneaux de bois sombre et des vitraux inspirés du style Prairie. Dans cette pièce austère à la lumière filtrée par les vitraux, il expliquait à son fils ce qu'il attendait de lui, égayant ses consignes de quelques souvenirs d'enfance. Il était fou de Tim mais le trouvait trop distrait et bien trop peureux pour un garçon de son âge. Il avait mis du temps à s'en rendre compte, accaparé par ses affaires et une vie sociale intense. L'éducation des petits était l'affaire des femmes. Les premières années, Adam venait caresser les cheveux de son fils endormi, lui chantait des chansons irlandaises à vous tirer des larmes ou chahutait avec lui jusqu'à ce qu'il demande grâce, mais pour le reste, il s'en remettait à moi.

Jusqu'au jour où Tim était rentré de l'école avec l'arcade sourcilière en sang. Un petit caïd de sa classe l'avait cogné dans la cour de récréation. Dinah et moi l'avions consolé et pansé, June lui avait fait des bananes flambées et nous avions fini par le convaincre de retourner à l'école. Le soir, Adam s'était mis violemment en colère contre son fils, lui reprochant d'être *such a sissy*, une mauviette qui se laissait terrasser par le premier venu. Il était temps qu'il apprenne que la meilleure défense était l'attaque ; il fallait frapper le premier, assez fort pour donner une leçon à tous ces petits coqs. On ne pleurait pas quand on était un Donnelley. On serrait les dents et les poings, on se forgeait un caractère.

135

Tim était monté se coucher sans tendresse mais Adam n'avait pas décoléré de la soirée, m'obligeant à endurer un long sermon caustique sur la manière dont les mères jouaient à la poupée avec leur fils, cédant au désir secret d'en faire des lopettes pâmées d'amour pour leur maman. Serais-je satisfaite, lorsque notre fils ramènerait un amant racolé dans un bouge de Division Street ? Il avait déjà bu plus que de raison. Je me taisais, attendant le bout de cette soirée interminable. Adam estimait que l'heure était venue de limiter mon influence. Dorénavant, Tim passerait moins de temps dans les jupes de sa mère et davantage sur les terrains de sport. Il l'inscrirait aux cours de boxe que donnait l'un de ses vieux amis de l'Athletic Club, et s'assurerait qu'il grandisse comme un homme.

Ce fut le début des bleus et des bosses. Tim rentrait avec des ecchymoses et des contusions que son père saluait comme autant de trophées, et je compris qu'ils étaient en train de forger un lien nouveau, qui m'excluait mais dont mon petit garçon avait sans doute manqué jusqu'ici.

C'est après avoir campé en forêt avec son père que Tim me laissa ce message, plié entre les vers de Rimbaud. Cette nuit-là, il n'avait pas dormi, à l'affût du frémissement des arbres et des bêtes sauvages tandis que son père ronflait près de lui.

Still scared of monsters.

La richesse de sa sensibilité nourrissait une part d'ombre proportionnelle, où son père ne voyait que faiblesse. Mais je crois que si Tim redoutait les monstres, c'était parce

qu'il pressentait que les plus redoutables vivaient parmi nous. Les monstres n'étaient pas là où la presse orientait notre regard. Ils n'habitaient pas ces faces blêmes et vaincues qui levaient leurs mains menottées pour se protéger de l'éclat des flashes. Ils se carraient dans leur fauteuil, acceptaient un bourbon, complimentaient la cuisinière sur son pain de maïs, fumaient le cigare sous la véranda avant de s'en aller dormir d'un sommeil sans rêves.

J'ai mis plus de temps à le comprendre que toi, Timmy. Il m'a fallu dessiller mes yeux, sortir du cadre.

Il a fallu la vision brutale de cet inconnu qui tenait ton père en joue. Sur le moment, j'ai pensé que les monstres pouvaient avoir ce regard fou, pris de vertige à l'idée de ce que faisait sa main droite, cette main crispée sur la gâchette. Je crois qu'Adam a eu le temps de s'écrier «Qu'est ce que vous foutez là?» avant de s'affaisser lentement sur lui-même dans une sorte d'incrédulité, comme s'il doutait de ce qui était en train de lui arriver. Je le crois, mais je n'en suis pas sûre. L'espace de quelques secondes, nous nous sommes dévisagés, l'assassin et moi, comme si nous éprouvions la même stupeur. Puis il s'est enfui, le front luisant de sueur, jouant sa vie sur une course folle qui s'est achevée quelques blocs plus loin. Parce qu'un Noir qui courait dans ce quartier, quelles que soient ses raisons, ne faisait pas trois cents mètres avant que retentisse une sirène de police.

Après, tout se mélange dans ma mémoire. Une confusion de sons et de cris dépourvus de sens, de questions

tournoyant comme des corbeaux chassés par un feu de forêt. Je me revois penchée sur le corps d'Adam, ma main serrait la sienne pour retenir son regard qui perdait de son intensité ; sur son ventre, une auréole sanglante s'élargissait. Déjà son visage prenait la teinte grise des mourants, et je me souviens du moment où on me l'a arraché pour le hisser sur un brancard. De cet attroupement dans la rue, de la sollicitude avide des voisins, d'une sensation d'étouffement et d'intense fatigue. Je me souviens des heures d'attente dans un couloir d'hôpital, je me souviens que Tim s'était remis à mouiller son lit, qu'Abigail harcelait les médecins et accaparait l'espace, comme pour me faire sentir que je n'étais pas à ma place. Le pire, c'était la culpabilité de n'avoir pas su protéger Adam. Car si nous avions échangé une parole heureuse, ce matin-là, si nous avions été capables de douceur, il n'aurait pas ouvert la porte à l'instant où le tueur armait son revolver, et peut-être ces quelques minutes auraient-elles suffi à ce dernier pour se raviser et faire demi-tour.

J'attendais que mon mari se réveille d'une longue et périlleuse opération, j'endurais l'omniprésence de sa mère et ses jugements péremptoires sur le personnel médical. Je rentrais embrasser Tim et lui lire une histoire, me nourrissais à la sauvette avant de reprendre ma garde. Ma mère était venue en renfort et Abigail tolérait sa présence de mauvaise grâce. Vrillé de douleur, Adam s'absentait de la réalité. Quand il refaisait surface, il me réclamait avec angoisse. Parler lui coûtait des efforts démesurés. Sa vulnérabilité ouvrait un chemin à ma tendresse. J'échafaudais pour lui des projets

de promenades en forêt, de week-ends dans un chalet au bord du lac, des journées à plonger dans l'eau fraîche et à paresser au soleil sur un ponton de planches, à dîner de la pêche du jour. La fiction d'une famille heureuse, un conte à bercer les enfants malades. Il finissait par s'endormir, apaisé.

Je n'envisageais pas que ce coup de feu puisse résulter d'autre chose que de la malchance. Le regard de cet homme me hantait, j'y déchiffrais l'égarement et la folie. Pendant longtemps, je dus m'accommoder d'une peur irrationnelle : qu'il revienne finir le travail et nous massacrer tous. Je vérifiais que les verrous de la porte étaient tirés, j'envoyais Solly patrouiller dans la rue à la nuit tombée.

Je me rassurais en lisant dans le *Chicago Tribune* que l'agresseur d'Adam pourrissait en prison. Les journaux jetaient son nom en pâture : Alvin Jones. Il ne méritait pas le respect qu'on accorde à un homme ; c'était un animal féroce échappé du ghetto. Neuf mois avant qu'il sonne à notre porte, un incendie avait ravagé son immeuble. Sa femme et ses quatre enfants y avaient trouvé la mort. Quelques mots légendant la photo d'un pan de mur noirci résumaient l'écroulement d'une vie. Alvin Jones avait jeté ses dernières forces dans une croisade contre un monde privilégié, dans un mouvement désespéré pour se raccrocher à la vie, ou pour en finir.

Avait-il choisi notre maison au hasard ? Cette question m'obsédait. J'aurais voulu le confronter, mais il était entre les mains de la justice. Dans la presse, le procureur qui instruisait l'affaire promettait d'obtenir la peine capitale.

Le chroniqueur judiciaire prédisait un procès fulgurant, qui enverrait un message clair et définitif à tous les gibiers de potence du South Side. On ne tirait pas impunément sur un notable de la Gold Coast.

Quelques jours avant qu'Adam ne quitte l'hôpital, l'équipe du procureur vint nous expliquer, avec bien des précautions oratoires, qu'Alvin Jones l'accusait d'avoir allumé le feu qui avait tué sa femme et ses enfants.

— C'est une plaisanterie ?... Pourquoi aurait-il fait une chose pareille ? m'écriai-je.

— Jones prétend que votre mari a incendié l'appartement pour le forcer à partir avec sa famille, me répondit le plus jeune des deux adjoints du procureur, dont l'expression trahissait ce qu'il pensait de ces élucubrations. Il déclare avoir tiré sur votre mari pour venger la mort des siens.

J'étais abasourdie. Alvin Jones souffrait sans doute de profonds troubles psychiques, et l'incendie avait porté le coup de grâce à un mental déjà ébranlé. L'équipe du procureur se voulait rassurante : la défense de Jones ne tenait pas, l'affaire serait vite réglée. Abigail n'avait pas de mots assez durs pour qualifier l'agresseur de son fils. Elle me confia un jour qu'elle était impatiente de le voir griller sur la chaise électrique.

Je ne pouvais chasser de mon esprit son expression de terreur à l'instant où il avait pressé la détente. Elle m'empêchait de trouver le sommeil. L'histoire de cet homme était triste et brève. Avant même qu'il soit jugé, l'issue en était scellée.

Adam ne semblait pas inquiet. Il était heureux de nous retrouver et pendant un temps, il insista pour que je partage son lit. Les séquelles douloureuses de l'opération anesthésiaient son désir mais nous retrouvions une intimité. Ce drame avait au moins servi à nous rapprocher et j'espérais que la paix s'installerait pour longtemps.

Je me souviens que ce matin de décembre 1948, Adam et moi bavardions au petit déjeuner lorsque j'ai reparlé de Jones :

— Comment a-t-il pu s'imaginer que tu voulais le chasser de son appartement ? Et comment connaissait-il ton nom ?

— Il est écrit sur le bail, mon amour ! a souri Adam en reprenant une brioche. J'ose espérer qu'il sait lire…

Je suis restée sonnée. Je crois que j'ai réussi à lui sourire.

Adam était le propriétaire de l'immeuble qui avait brûlé. Il possédait au moins un immeuble dans le ghetto, et Alvin Jones était son locataire.

Ça n'impliquait pas que mon mari avait mis le feu à son bien dans le but d'expulser la famille Jones. Mais cela signifiait qu'Adam m'avait menti par omission, depuis des années. Peut-être mentait-il depuis nos premières conversations, quand il prétendait mépriser ceux qui louaient des taudis plus cher que le marché, profitant de la pénurie de logements dans le ghetto.

Cette pensée était trop dérangeante pour que je la regarde en face.

Chapitre quinze

— Tu as écouté le pianiste ? m'a soufflé Brigitte en allumant une cigarette. Il est incroyable !

Nous étions assises à une quinzaine de mètres de l'orchestre. La nuit du club s'était substituée à celle du dehors, les riffs de jazz aux zébrures d'une pluie glacée. J'avais volé une cigarette à Brigitte et nous fumions en attendant nos verres, image de la dépravation des femmes modernes.

J'ai regardé le pianiste. Il marquait la mesure d'un léger signe de tête et son beau visage cuivré se détachait dans la lumière avec la sérénité d'un bouddha oriental. Ses doigts se déplaçaient sur le clavier avec une lenteur trompeuse, comme s'ils se contentaient d'en effleurer les touches. Ils étaient pourtant au rendez-vous de chaque note, véloces et légers.

— C'est Horatio Price, m'a chuchoté Brigitte. Il joue souvent ici.

— Je n'étais jamais venue, ai-je répondu, embrassant d'un geste le plafond voûté du club, les outils de

ferronnerie suspendus aux murs de pierre. Pourquoi porte-t-il ces lunettes noires ?

— Il ne voit rien. Une saloperie de maladie l'a rendu aveugle. La dernière fois que je l'ai écouté, c'était au club Saint-Germain. Il accompagnait Dizzy Gillespie et Charlie Parker. Tu imagines !

Le serveur slalomait périlleusement entre les tables et les danseurs pour nous apporter à boire.

— Tu t'es mise au whisky ? s'est marrée Brigitte.

— Seulement au Talisker. Ça me rappelle quelqu'un.

— Pas ton mari, j'espère... m'a-t-elle coupée avec une moue boudeuse. Dis, on ne va pas passer l'hiver à parler de ton défunt mari ?

— Mon mari ne buvait pas de Talisker.

Son œil vert s'est éclairé d'une lueur joyeuse :

— Il y a du nouveau ? Voilà une bonne nouvelle ! Qui est-ce ?

— Il s'appelle Sam.

J'ai exhalé son prénom avec la fumée. Il a flotté quelques secondes entre nous avant de se désagréger dans l'air, sans que je sache ce qu'il pesait de risque et d'espoir.

— Tu l'as rencontré où ? m'a questionnée Brigitte.

— Au Tabou ! Tu étais là, ai-je souri, délaissant ma cigarette pour la brûlure du whisky.

— C'est l'Américain de l'autre fois ? J'étais sûre que tu avais le béguin ! Anton me soutenait que tu l'avais oublié depuis longtemps. Alors, que s'est-il passé ? Tu es une telle cachottière...

143

— On a juste dîné ensemble. Et le lendemain il est reparti je ne sais où pour son travail! Depuis, pas de nouvelles.

Sur l'estrade, le quintet entamait *April in Paris* et je pouvais imaginer Sam arpenter Madison Avenue, attendre une autre femme près du réservoir de Central Park avec la même fluidité, la même élégance.

— Dîné, c'est tout? Même pas un petit baiser?

— Si, bien sûr…

Déridée par mes aventures de veuve joyeuse, Brigitte m'a confié qu'elle trouvait Sam diablement séduisant, «dans un genre très américain».

— Ça veut dire quoi?

— Grand, les épaules larges… Et ce regard franc qui annonce: «Demoiselle en détresse? Je suis votre homme!» Entre Gary Cooper et James Stewart! Fiable, solide, a-t-elle résumé en riant. Rien à voir avec Anton, qui se pose des milliards de questions à propos de tout et en devient épuisant.

— C'est amusant que tu dises ça… Fiable n'est pas l'adjectif que je choisirais! Il s'est évaporé au premier courant d'air et ne donne aucun signe de vie…

— Oh ça tu sais, c'est assez masculin, a commenté Brigitte. Que fait-il dans la vie?

— Il m'a dit qu'il mettait des gens en relation.

— C'est mystérieux! s'est-elle exclamée, les yeux brillants. Tu crois qu'il dirige une agence matrimoniale? À moins qu'il soit diplomate. Il voyage, donc je penche pour la diplomatie. Il portait des boutons de manchettes,

une pochette de soie, une canne? Les diplomates raffolent des accessoires.

Était-ce le Talisker ou les hypothèses fantaisistes de Brigitte? Je me sentais légère, douillettement nichée dans cette cave. Et me laissais bercer par la mélodie qui musardait d'un musicien à l'autre, revenait sur ses pas pour mieux s'élancer, caracoler, réveillant le regret d'un amour perdu, d'un pays suave et cruel. Et toujours mon regard revenait sur le pianiste aux yeux clos. Par instants, il se parlait tout bas. J'ignorais s'il se murmurait des mots ou des notes. Son visage était beau et doux, un rai de lumière oblique descendait le réchauffer. Il se laissait traverser par la musique et la traduisait pour nous en ombres et en torrents, en murmures, en chants d'oiseaux. Quelles images passaient derrière ses yeux? Gardaient-ils le souvenir des couleurs et des visages? Mes doigts effleuraient déjà l'étui du Rolleiflex mais l'éclairage tamisé ne me laissait d'autre choix que l'ampoule flash, et je craignais que sa violence ne crée une dissonance dans la conversation des musiciens.

Je me suis décidée au moment précis où Anton se glissait près de Brigitte, avec ses cheveux de berger grec et sa chemise à carreaux ouverte sur un vieux tee-shirt Coca-Cola, le comble du chic pour les gamins de Saint-Germain-des-Prés. Je lui ai fait un signe amical en levant mon Rolleiflex, et me suis faufilée jusqu'à l'orchestre.

Je n'ai osé prendre qu'un cliché et j'ai cadré Horatio Price, comme on distingue un prince au milieu de ses

pairs. *Price the prince.* J'avais envie qu'il me communique la paix qui se dégageait de ses gestes. J'aurais donné cher pour faire taire les voix discordantes de mes souvenirs, les angoisses qui gouvernaient mon présent.

L'éclair blanc du flash l'a fait tressaillir et il s'est tourné vers moi, me fixant de ses lunettes noires. Durant quelques secondes, je me suis demandé s'il me voyait. Je retenais ma respiration. Sa crispation s'est muée en sourire et il est retourné à son clavier. Je n'ai pas bougé jusqu'à la fin du morceau qu'il venait d'initier, *In a sentimental mood.* Un accord en marquait le thème et le scandait, obsédant, comme un chagrin qu'on aurait emporté malgré soi, une pierre au fond du cœur. J'ai écouté Horatio Price exhumer le trésor qui lui permettait de se tenir debout et le laisser filtrer au bout de ses phalanges. Conversant avec lui, le saxophone est venu élargir le thème et le premier accord s'est dilaté en voyage, s'enrichissant de détours qui n'en étaient pas, allégeant le fardeau jusqu'à la consistance d'une plume. Je sentais que le jeu du pianiste s'adressait à ma part brisée, qu'il me murmurait patiemment que je pouvais moi aussi en faire une force. Cette idée m'était insupportable car elle insinuait que ce que j'avais perdu ne reviendrait pas, ou si transformé que je peinerais à le reconnaître. Comme cet accord déconstruit, méconnaissable et poignant à force d'être familier. J'ai senti mes yeux se mouiller et j'ai cligné les yeux pour chasser les larmes.

D'autres éclairs blancs sur ma droite ont détourné mon attention de Price et j'ai aperçu Robert Cermak,

le photographe que j'avais rencontré dans le café des Halles. Il se tenait dans l'ombre de l'autre côté de l'estrade, les yeux rivés à l'objectif de son Rolleiflex. Sa pellicule terminée, il a levé la tête et m'a adressé un sourire de reconnaissance.

Je suis allée le saluer et nous nous sommes éloignés des musiciens.

— Bonsoir, Violet de New York. Vous n'êtes pas venue me voir, m'a-t-il glissé sur un ton de reproche.

Je n'allais pas m'excuser de ne pas avoir frappé à sa porte. Nous nous connaissions à peine et notre première rencontre n'avait pas été un succès.

— Vous aimez le jazz?

— Beaucoup, même s'il me reste encore mystérieux, ai-je répondu. Vous êtes venu photographier les musiciens?

— Pour *Paris Match*. Ça fait partie de mon boulot. Je préfère immortaliser des jazzmen plutôt que des mannequins de chez Dior!

— Elles prennent trop bien la lumière? l'ai-je taquiné.

— Le pire, c'est de devoir fournir des clichés lisses. C'est très ennuyeux. On les prend en robe du soir sur la place de la Concorde, en robe du soir au deuxième étage de la tour Eiffel… Les clients sont contents mais moi, je deviens marchand d'images.

— Je serais curieuse de voir vos tirages du quintet, lui ai-je dit.

— Venez à mon atelier demain matin, vous m'aiderez à les développer.

147

— Tous les prétextes sont bons pour m'attirer chez vous.

— C'est la proposition la plus malhonnête que je puisse vous faire, m'a-t-il répondu.

— Est-ce que vous m'autoriserez à développer quelques-uns de mes clichés ?

— Évidemment. Vous me prenez pour un rustre, c'est irritant !

La proposition était alléchante. Les enfants Galland passaient les vacances chez leurs grands-parents alsaciens et mon unique perspective était un Noël sans Tim et sans Christmas cookies, à espérer on ne sait quel miracle, ou plus modestement, un signe que je ne m'étais pas entièrement fourvoyée. Que cette étrange vie avait un sens.

Mon regard a balayé le club, les couples enlacés et les bandes joyeuses, gamines aux cils charbonneux, visages estampillés de fossettes, jeunesse poussée dans les caves, asphyxiée par les couvre-feux et les compromissions, qui se coulait dans le jazz comme dans un fleuve féroce, narguait la mort, effaçait le souvenir de la guerre. Et derrière eux, tout au fond, installé au bar, j'ai vu Sam. Pensif, il sirotait un cocktail.

— D'accord, ai-je murmuré à Robert Cermak. Demain matin.

Je lui ai serré la main et me suis éloignée, autour de moi tout devenait flou, les couleurs se fondaient en taches indistinctes et je ne voyais plus que Sam au bout de ma trajectoire, juché sur un tabouret comme s'il m'attendait de toute éternité.

Quand je suis arrivée à sa hauteur, il a murmuré mon prénom avec une sorte de tendresse étonnée et m'a tendu la main pour m'aider à me hisser près de lui.

— Je ne vous espérais plus, mon cher.

— Je suis très en retard. J'ai été retenu par des fâcheux. Je pensais que tu m'avais oublié.

— Vraiment?

— Sait-on jamais, a dit Sam avec un sourire. Je suis heureux de te retrouver. Tant pis pour ce photographe, qui n'a pas l'air joyeux que tu l'aies planté là. Il s'en remettra. Et maintenant, que faisons-nous?

— Maintenant, nous partons.

Les quelques personnes que je connaissais dans la salle rendaient nos retrouvailles indiscrètes, cette foule n'était plus un abri et le jazz redevenait du bruit. Je voulais me perdre dans les rues noires avec cet homme dont j'ignorais presque tout, cet étranger dont les mains me retenaient comme si je marchais au bord d'un précipice.

Chapitre seize

En quittant le club, le froid nous a saisis avec l'odeur de la neige. Les premiers flocons tombaient sur Paris. Un cadeau de Noël en avance, aurait dit Rosa. J'ai remonté le col de mon manteau et mis mon chapeau de feutre rouge, gardant mes mains nues pour que Sam puisse les réchauffer dans les siennes. J'ai tendu mon visage vers le ciel pour cueillir un flocon au bout de ma langue. Mon geste a fait sourire Sam et je lui ai confié ce rituel de l'enfance : goûter la première neige. Quand j'étais enfant, mon père et moi faisions le tour de Hyde Park pour la célébrer, contempler son glaçage sur les arêtes des toits.

— Moi aussi j'aimerais la goûter, m'a dit Sam, et écartant doucement le Rolleiflex, il s'est penché pour m'embrasser.

Ce baiser était un vertige et un recommencement. Nos corps reprenaient leur conversation là où ils l'avaient laissée, voilaient les silences et les secrets, prétendaient ignorer les changements infimes qui nous avaient fait

dériver loin l'un de l'autre. Je retrouvais ce qui m'était déjà familier, le parfum de sa peau, sa manière de m'enlacer entièrement, comme un naufragé qui retiendrait sa faim. Le désir battait sous la surface, amusé par cette patience des gestes.

— Tu m'as manqué, a-t-il murmuré.

Je n'aurais pas osé cet aveu. Il déverrouillait ce que j'avais pris soin de refermer depuis son départ. Était-ce si simple? Une joie m'est venue de très loin, féroce. Les pieds dansant dans mes bottines neuves, j'ai entraîné Sam vers le fleuve. Je voulais voir la neige poudrer les quais. Nous avons rejoint la place Saint-Michel où passaient des groupes de jeunes gens hilares et d'étranges créatures toutes en plumes et en aigrettes. Devant la fontaine, un très vieux monsieur fumait sa pipe en promenant son chien.

La main de Sam serrait la mienne et sa chaleur me gagnait, le froid me mordait à peine. Nous sommes descendus près de l'eau, longeant les péniches arrimées au quai de Montebello. De temps à autre, des ombres nous frôlaient. Seule, je ne me serais pas risquée à cette heure sous l'arche des ponts. On n'y croisait que des filles baptisées par la nuit, offertes à qui les cherchait. Avec Sam, je n'avais pas peur; l'ombre lui sculptait une silhouette de géant. Il dégageait la tranquille assurance d'un homme qui connaissait sa force et savait jauger celle d'un adversaire au premier coup d'œil.

— Où m'emmènes-tu? m'a-t-il interrogée, et son rire a résonné sous la voûte qui masquait le ciel.

Je l'ignorais. J'avais envie de nous égarer dans les profondeurs de la ville, à travers ces odeurs d'eau boueuse et de salpêtre, sur les pas des fantômes qui nous avaient précédés, amants comblés ou infortunés mirant leur désespoir dans la Seine. Peut-être était-ce ma façon de lui dire que la femme qu'il serrait dans ses bras n'était qu'un reflet, protégeant un secret dont il n'aurait jamais la clef.

Nous avons fini par remonter à l'air libre pour gagner l'île Saint-Louis, silencieuse et baignée par le croissant de lune.

— Après le coupe-gorge, l'oasis romantique... Tu es un guide plein de surprises, a observé Sam.

— J'aime improviser, ai-je souri. Toi, tu es plutôt du genre à prévoir les choses à l'avance, non? Tu avais réservé ce restaurant, le premier soir.

— Établir des relations commerciales entre les gens à travers plusieurs pays suppose un minimum d'organisation, m'a répondu Sam en souriant. Mais même dans mon métier, il faut parfois improviser. L'être humain peut être imprévisible.

— Tu me trouves imprévisible?

— Tu n'es jamais exactement où je t'attends. Tu as faim?

À la pointe de l'île, près du pont Louis-Philippe, une auberge somnolait, bercée par le clapotis de la Seine. Un serveur nous a guidés vers une table près de la baie vitrée. La salle était presque vide du fait de l'heure tardive, et une inquiétude m'est venue de manquer le couvre-feu du foyer. Je l'ai repoussée.

Tandis que Sam parcourait la carte, je me suis aperçue que j'avais du mal à saisir les lignes de son visage. Mon père disait qu'il n'arrivait pas à nous soigner parce qu'il nous aimait trop, il perdait son objectivité de médecin. Étais-je trop proche de Sam pour savoir le regarder? Je demeurais captive des émotions qu'il faisait naître en moi et le ressentais plus que je ne le voyais. Derrière l'allure policée, je percevais une vie intense, élémentaire. Quelque chose d'inapprivoisé.

Sam a commandé un whisky et je l'ai suivi. Nous avons grignoté une assiette de charcuterie et de fromage, tout ce qui restait en cuisine.

— Tu es là pour longtemps? ai-je fini par demander.

Noël approchait. Je l'ai imaginé grimper les marches d'un appartement new-yorkais, embrasser une femme et des enfants tandis qu'un cocker jappait dans l'entrée.

— Je rentrerai passer le 25 décembre à New York, a-t-il répondu. Mon père est mort il y a longtemps. Ma mère perd la tête... mais je n'ai plus qu'elle. La dernière fois, elle m'agrippait le bras et me répétait : « Regarde, Colm. Ils m'ont pris la mer. Quand je m'endors, ils me volent tout. » Colm, c'était mon grand-père. Je ne l'ai pas connu. Il était venu d'Irlande avec femme et enfants, du comté de Carlow.

Bien sûr. Sam était irlandais. Une pointe d'accent venait rouler certaines consonnes quand il était ému. Je l'avais perçu dans le timbre chaleureux de sa voix, dès notre première rencontre. Pas consciemment, mais ces intonations familières avaient joué un rôle dans mon

attirance. Fallait-il que mon cœur revienne trébucher au même endroit ? Je me suis appliquée à masquer mon trouble. Sam se livrait enfin, c'était précieux et déroutant.

— Et toi ? Tu n'es pas tentée de prendre le bateau ? m'a-t-il interrogée. Je suis sûr qu'il y a des gens à qui tu manques, à South Haven.

Je crois que j'ai rougi, terrassée par la vision de Tim espérant l'hypothétique retour de sa mère devant un arbre croulant de cadeaux. Cette prière ne sera pas exaucée, mon fils. Peut-être dateras-tu de ce jour le moment où tu as cessé de croire au Père Noël, et aux miracles.

— Non, ai-je bredouillé. C'est au-dessus de mes forces. De quoi est mort ton père ?

— Une bagarre qui a mal tourné. Il était fort, il devait penser qu'il aurait toujours le dessus. Mais ce jour-là ils étaient trois sur lui, des voyous polonais. Il n'a pas vu venir le mauvais coup, ils lui ont brisé la nuque.

Il l'avait raconté sans pathos, comme s'il parlait d'un homme qui ne lui était rien.

— Quel âge avais-tu ?…

— Six ans.

L'âge où mon fils se promenait tel un petit monarque confiant. En lui, rien n'avait encore été entamé par la réalité de la mort. Je l'imaginais se hausser sur la pointe des pieds vers le cercueil de son père. C'était inconcevable. Pourtant il s'en était fallu d'un cheveu, d'un tir approximatif, de la maladresse d'Alvin Jones.

— Tout ce dont je me rappelle, c'est que ma mère se cachait pour pleurer. Elle a fait une scène aux gars

des pompes funèbres qui refusaient de présenter mon père dans un cercueil ouvert. Ils disaient qu'il était trop amoché, c'était un gros boulot, ça ne rentrait pas dans le budget. Ma mère, ça la torturait. Ce que les voisins allaient dire, ce qu'ils penseraient de nous. Je n'ai jamais compris l'importance que ça avait pour elle, les racontars de la mère Fitzpatrick ou des MacDougall... Les amis de mon père lui ressemblaient. Leur vie, c'était un boulot minable, des soirées au pub du coin et des combines percées. Comment pouvaient-ils se sentir supérieurs à nous ?

— Les apparences... Parfois on a besoin de s'y raccrocher, c'est tout ce qui reste. Comment avez-vous fait, sans lui ? l'ai-je interrogé.

— Ma mère s'est débrouillée. C'était une dure à cuire. Je ne l'ai jamais entendue se plaindre. Grâce au prêtre de la paroisse, elle a trouvé une place dans un atelier de confection près de Washington Park. L'immeuble d'à côté avait abrité la Triangle Shirtwaist Factory, tu te souviens de cette histoire ?

— Tu parles de l'atelier de confection qui a brûlé au début du siècle ? Les patrons y enfermaient les ouvrières pour les empêcher d'adhérer à un syndicat, c'est bien ça ? Une histoire atroce, je me souviens que j'en ai fait des cauchemars quand mon père me l'a racontée. Il disait que ces femmes n'étaient pas mortes pour rien, que cette tragédie avait choqué l'opinion et fait bouger les choses. Qu'il y avait eu des lois, des inspections dans les usines...

L'incendie s'était déclaré un samedi. Les ouvrières s'étaient retrouvées prises au piège. Très peu avaient survécu. Celles qui n'étaient pas mortes brûlées s'étaient jetées du toit, leurs corps s'écrasant sous les yeux des passants. Longtemps, mes nuits avaient été hantées par ces silhouettes prisonnières des flammes.

— L'incendie avait eu lieu dix ans plus tôt, mais ça n'avait pas beaucoup changé! m'a répondu Sam. Les conditions étaient dures. Ma mère faisait de longues journées, elle rentrait tard et me récupérait chez la voisine. Elle prenait des petits travaux de repassage et de couture qu'elle faisait après le dîner. Elle était prête à tous les sacrifices pour que je m'en sorte. Elle a réussi à m'envoyer à l'université! On vivait à Brooklyn, dans une petite communauté soudée. C'était plus facile.

— Tu as dû te sentir seul…

— Au début, m'a concédé Sam avec un haussement d'épaules. Mais très vite, j'ai trouvé la boxe, ou c'est elle qui m'a trouvé, grâce à un ami de mon père. Il m'a appris à prendre les coups et à savoir les rendre. C'était un brave type, je lui dois beaucoup.

À travers ses mots, mon fils me souriait sous les ecchymoses, arborant fièrement ses stigmates de bravoure. Cette image m'a serré la gorge et je l'ai chassée à coups de whisky, mettant sur son compte les larmes qui me piquaient les yeux.

— Assez parlé de moi, m'a dit Sam en reprenant ma main. Et toi, ma secrète, à quoi ressemblait ton enfance?

156

— Très heureuse, ai-je articulé laborieusement.
J'adorais mon père. Avec lui tout s'éclairait, les réalités
les plus sombres devenaient intelligibles. Seulement on
n'apprend pas aux filles à vivre sans leur père... Après sa
mort, tout s'est obscurci. Ma mère était très angoissée.

En disant cela, je l'ai revue, le jour où j'étais venue lui
confier combien Adam me faisait souffrir. Un moment de
faiblesse aussitôt regretté. «Mais enfin, où irais-tu? Que
deviendrais-tu?» m'a-t-elle coupée, terrifiée. «Aucun
homme n'est parfait, a-t-elle ajouté. Tu crois que ton
père l'était? Tu te figures qu'il me rendait heureuse? Tu
as une situation enviable et privilégiée. Un enfant merveilleux. Le reste est sans importance.»

— Oui, mais toi tu n'as pas peur, a souri Sam en plon-
geant ses yeux dans les miens. Tu as tout quitté pour
partir à l'aventure, tu vis seule dans un pays étranger, tu
travailles... Tu n'as besoin de personne.

Tu te trompes, ai-je songé. Parfois je ne suis que ça, de
la peur en mouvement. Si j'étais solide, j'aurais emporté
mon fils de l'autre côté des mers. La peur m'a consumée,
elle m'a rendue lâche.

— Je ne suis pas celle que tu crois, ai-je murmuré.

C'était la chose la plus sincère que je pouvais lui dire.

— Admettons, m'a répondu Sam, cherchant mes
yeux. Tu me plais comme tu es, Violet. Déroutante et
insaisissable...

Il suffisait d'échapper aux hommes pour retenir leur
attention, enflammer leur sang. Peut-être n'avais-je arrêté

le regard d'Adam que parce qu'il n'arrivait pas à me saisir.

— Je suis fatiguée. Pardonne-moi, ai-je dit en me levant, attrapant mon Rolleiflex et mon manteau.

Je suis partie sans me retourner.

Chapitre dix-sept

J'ai regagné ma chambre peu avant le couvre-feu. La gardienne était à son poste, prête à verrouiller la porte d'entrée. Je l'ai privée de son plaisir nocturne, voilà qui amusera Brigitte.

J'ai laissé ma fenêtre entrebâillée et je perçois la clameur de quelques fêtards qui rentrent chez eux. Je me sens terriblement seule, condamnée à des liens superficiels. Sam et moi nous tenons sur un gué, conscients que pour aller pour loin il faudrait nous découvrir. Je ne prendrai pas ce risque. Il mettrait en péril mes chances de retrouver Tim.

Cette solitude incommunicable, je me rappelle l'avoir vue grandir dans les yeux d'Alvin Jones au fil du procès. Son image reste gravée en moi : celle d'un homme marchant vers une échéance acceptée, toutes amarres tranchées.

Nous n'avions pas imaginé qu'il trouverait un avocat, hormis, peut-être, un médiocre prêt à le défendre à bas prix. Mon père m'avait raconté que le grand avocat Clarence Darrow, invité à s'exprimer devant les détenus

de la nouvelle prison du Cook County, leur avait expliqué que les tribunaux n'étaient pas un lieu de justice. Être innocent ou coupable faisait peu de différence. Ce qui comptait, c'était d'avoir un avocat intelligent. Et pour en avoir un, il fallait pouvoir se le payer. « C'est avant tout une question d'argent. Les hommes qui possèdent cette terre font les lois pour protéger ce qui leur appartient. » Plus de quarante ans avaient passé mais rien n'avait changé. Mais déjouant toutes les prévisions d'Adam, Oscar Horowitz, un ténor du barreau célèbre pour ses prises de position en faveur des grévistes, avait accepté de représenter Alvin Jones *pro bono,* assisté de maître Albert H. Jackson, un avocat noir militant.

Malgré cela, dans cette salle d'audience à la lumière terne dont les lambris foncés, l'acoustique déplorable et les sièges en bois raide composaient l'image d'une justice sévère et dure d'oreille, la solitude d'Alvin Jones me transperça dès le premier jour. Je voyais un homme seul avec sa tragédie, avec les fantômes de ses enfants morts, seul à jamais. Il me semblait qu'il se laissait écraser par ce monde qui n'était pas le sien, ces étrangers qui parlaient une langue froide et abstraite, et respiraient librement dans leurs costumes quand il étouffait dans celui qu'on lui avait prêté pour l'audience. En y repensant, j'ai le sentiment qu'il a retenu son souffle jusqu'au moment où on l'a appelé à la barre. Alors sa voix rauque s'est élevée dans le silence, portant celle de tous les Noirs du Sud qui avaient fui la ségrégation et le Ku Klux Klan pour embrasser un rêve falsifié dans la fournaise des aciéries,

les chaînes de montage qui cassaient le corps et la tête. Maître Jackson s'était réservé le rôle de l'interroger, glissant assez de chaleur dans ses intonations pour que Jones puisse y prendre appui, oser se risquer dans l'arène avec ses mots simples, sa grammaire heurtée, son accent traînant et musical. À cet homme qu'il pouvait voir comme un frère, il délivra son histoire : celle d'un métayer du Mississippi qui avait su accueillir les cadeaux de la vie et y puiser la force de braver les coups du sort. La Providence lui avait donné une épouse et quatre enfants. Je me souviens que sa voix tremblait en évoquant ceux qu'il avait perdus : sa chère Nola et les petits, Lee, James, Arlena et Sylvestra, qui allait fêter ses trois ans lorsque le feu l'avait prise. À la naissance de son premier-né, il avait fait le serment de veiller sur eux, de les protéger jusqu'à son dernier souffle :

— J'ai eu une vision à propos de ces petits. L'Esprit m'a montré qu'ils avaient un futur possible. J'ai vu qu'ils deviendraient de belles personnes. J'ai promis d'être leur gardien sur cette terre. Je voulais qu'ils aient un bon métier. Mais dans le Sud, les Blancs se méfient des Noirs qui veulent une éducation. Y font tout ce qu'y peuvent pour empêcher nos enfants d'aller à l'école. J'ai dit à ma femme que dans le Nord, y avait du travail. Là-bas, les enfants auraient une meilleure vie, des chances que personne voudrait leur donner ici.

Il était parti en éclaireur. Il avait d'abord trouvé du travail aux abattoirs, puis un autre qui payait mieux à la

Wisconsin Steel, sur la rive ouest de la Calumet River. Cet énorme complexe employait des Noirs depuis que Roosevelt avait imposé la fin de la discrimination dans les usines de guerre. Alvin Jones aimait ce travail brutal, dangereux. Les hauts fourneaux avaient toujours faim, ils crachaient leurs flammes dans la nuit. Soûl de fatigue, il s'endormait dans un dortoir bondé, impatient de faire venir les siens. Il était convaincu qu'ils parviendraient à être heureux, même si Chicago n'était pas le paradis de l'égalité qu'on lui avait promis. Des dizaines de milliers de Noirs du Sud avaient profité du conflit mondial pour rallier les villes du Nord, aggravant la pénurie de logements dans le ghetto. Les propriétaires en profitaient pour augmenter les prix.

Les premiers jours, il avait erré au hasard dans des quartiers peuplés exclusivement de Blancs. Certaines maisons arboraient des pancartes «À louer» mais quand il sonnait, une voix sèche lui répondait à travers la porte que l'annonce s'adressait aux Blancs. Il s'était cassé le nez un certain nombre de fois avant qu'un flic ne lui demande de quitter les lieux, lui indiquant la direction du South Side. Il avait retrouvé avec soulagement des rues accueillantes aux Noirs. Mais au cœur du ghetto, trouver une location n'avait pas été plus facile. Un ensemble de logements sociaux avait refusé son dossier parce qu'il avait trop d'enfants. Des agents immobiliers lui avaient soutiré de l'argent sur la promesse de lui dénicher un appartement. Un bail qu'il s'apprêtait à signer lui était passé sous le nez à la dernière minute, alors que Nola et les enfants étaient

en route pour le rejoindre. Aux abois, il avait poussé la porte d'une agence qui gérait certains immeubles d'Adam. Un employé patelin lui avait annoncé que c'était son jour de chance : s'il n'avait aucun logement disponible dans le South Side, il en avait un de libre dans le West Side, une enclave abandonnée par les Blancs où commençait à se créer un deuxième ghetto. Sur place, il avait découvert un grenier découpé en trois appartements, sans fenêtres, chauffage ni eau courante. Les plafonds étaient si bas que les adultes devaient baisser la tête pour y tenir debout. À l'étage d'en dessous, dix familles se partageaient une salle de bains rudimentaire.

« Moi je voulais pas, c'était pas possible de vivre là. Mais ma Nola m'a répondu qu'on avait pas le choix. C'était mieux que de dormir dehors. Alors on a accepté. L'agent immobilier m'a demandé cent dollars d'avance. C'était tout ce que j'avais gagné, toutes nos économies. »

En l'écoutant, la honte m'a submergée. Cent dollars, pour une mansarde insalubre ! Comment Adam pouvait-il se regarder dans la glace ?

Quelques semaines après leur emménagement, à la mi-décembre, mon mari s'était rendu sur place avec des ouvriers. Ils ne venaient pas réparer les fils électriques dénudés ni les tuyaux percés qui inondaient la cave, mais prendre des mesures pour redécouper les appartements en « kitchenettes ». Adam avait compris que la pénurie de logements dans le ghetto était telle qu'en cloisonnant la surface habitable en îlots minuscules, il louerait des studios pour cinquante dollars par mois. Furieux, les

163

locataires avaient empêché les ouvriers d'entrer dans les appartements. Forcés de vivre dans des taudis, devraient-ils désormais s'entasser dans une pièce par famille? Adam ne comptait pas leur laisser le choix. Lorsque Nola Jones et les autres mères lui avaient rappelé le nombre d'enfants qui vivaient dans l'immeuble, il avait haussé les épaules et répondu que ce n'était pas son problème. Si les locataires n'acceptaient pas ses nouvelles conditions, il trouverait un moyen de leur faire vider les lieux.

Il avait dû prononcer ces mots sous l'impulsion de la colère. Avec le temps sa patience s'effritait, il supportait mal de voir ses désirs contrecarrés. Mais pour Alvin Jones, qui avait vécu presque toute sa vie dans le Mississippi, ils sonnaient comme une menace très concrète. Il déclara à la barre qu'à compter de ce jour, Nola et lui avaient vécu sur leurs gardes, ne dormant plus que d'un sommeil anxieux. La veille de l'incendie, Nola s'était réveillée en sursaut, certaine d'avoir entendu des pas dans l'escalier qui menait au grenier. La pièce du milieu était vide depuis trois semaines, le jeune couple qui la louait ayant pris la menace au sérieux. Alvin se souvenait avoir rassuré Nola avant de partir au travail, le lendemain soir :

« Elle était pas tranquille, parce que j'étais de service de nuit. Elle aimait pas l'idée de rester seule avec les petits. Je lui ai dit qu'au moindre problème, elle pourrait aller voir Jared Rogers qui habitait en dessous. Il nous aimait bien, il racontait des histoires aux enfants. J'ai embrassé les petits, Nola était en train de les coucher. J'ai travaillé une bonne partie de la nuit. Un peu avant quatre heures

164

du matin, le surveillant est venu me chercher. Il m'a dit que la police venait de les prévenir qu'y avait un problème chez moi, je devais me présenter au poste de police de South Dearborn. Ils ont rien dit sur le feu. Juste qu'y fallait aller à la police. Moi j'ai eu peur pour Nola et les petits, je suis rentré directement. Quand je suis arrivé dans la rue, j'ai vu les grandes flammes jusqu'au ciel... Je me suis mis à courir mais les policiers m'ont empêché d'approcher. Je leur ai dit que j'habitais là mais y z'ont rien voulu entendre. À ce moment-là, Jared Rogers est venu vers moi, y avait des larmes dans ses yeux... Y m'a dit que ma Nola et mes petits avaient brûlé... »

Ce souvenir était si violent qu'il n'arrivait plus à parler. Oscar Horowitz a demandé une suspension de séance et la salle d'audience s'est vidée comme un poumon. Je me sentais glacée et j'avais besoin d'un café, j'ai enfilé mon manteau. À cet instant, j'ai senti la brûlure d'un regard. En me retournant, j'ai vu Henry Williams. Sans me quitter des yeux, il discutait avec Albert H. Jackson, l'avocat noir de Jones. Comment avais-je pu ne pas le remarquer? Depuis le début du procès, il se tenait derrière le banc de la défense. Henry était l'un des plus vieux amis de mon père. Ils s'étaient connus à l'université de Chicago et étaient devenus amis en rédigeant un rapport sur les causes de l'émeute raciale de 1919. Le jour de l'enterrement de mon père, Henry avait insisté pour porter le cercueil. Quand j'étais petite, je l'appelais Oncle Henry et ma mère, si prompte à redouter le qu'en-dira-t-on, n'y trouvait rien à redire. Elle avait un faible pour cet homme

brillant à l'humour pince-sans-rire. Je crois qu'Henry Williams est le seul Noir que ma mère ait jamais fréquenté sans arrière-pensée. À l'époque où j'avais rencontré Adam, il donnait des conférences dans tout le pays pour expliquer qu'il refuserait de participer à une guerre contre le fascisme tant que les Noirs subiraient le racisme et la ségrégation en Amérique. Le temps qu'il rentre à Chicago, j'avais abandonné la fac et épousé Adam. J'avais perdu sa trace, et voilà que je le retrouvais dans le comité de défense de l'homme qui avait tiré sur mon mari. J'ai réprimé l'envie d'aller l'embrasser comme au bon vieux temps, consciente de la présence des journalistes et du jeune assistant du procureur assis à quelques rangs de moi. Je suis restée immobile à le regarder. Dans ses yeux, je lisais la perplexité et quelque chose qui ressemblait à de la tristesse. Sa belle chevelure aile de corbeau avait blanchi, son visage s'était asséché mais c'était bien lui sous la barbe et la moustache, aussi élégant qu'autrefois, et mon cœur s'est serré de joie empêchée, comme si on me fermait le jardin de l'enfance. Je n'arrivais pas à comprendre comment nous nous retrouvions dans des camps opposés. La honte m'a consumée pendant tout le procès. Honte pour Adam qui n'en ressentait aucune, et surtout d'avoir épousé l'un de ces nababs de l'immobilier qui perdaient toute morale par avidité. Je préférais ne pas imaginer ce qu'Henry Williams pensait de moi.

À la reprise de l'audience, maître Jackson interrogea son client sur la période qui avait séparé l'incendie de

son expédition punitive. La silhouette frêle de Jones, qui s'était tassée en évoquant le drame, se redressa quand il évoqua sa colère, en découvrant que l'enquête du Coroner avait abouti à condamner Adam à verser une amende de 120 dollars pour chaque mort entraînée par sa négligence. 120 dollars pour sa Nola au cœur tendre, pour chaque vie enfantine brisée, pour Lee, pour James, Arlena et Sylvestra, pour leurs cercueils de poupées, leurs prénoms et leurs corps écorchés par le médecin légiste, méconnaissables, déjà à demi effacés. Des tapes sur la main.

« J'arrivais pas à penser à autre chose qu'aux enfants. Mon voisin Jared Rogers habitait chez sa sœur et y m'hébergeait jusqu'à ce que je trouve une chambre. Y me disait d'aller travailler mais mes jambes voulaient pas se lever, prendre le tramway, aller à l'usine. J'entendais les enfants jouer dehors. Les miens avaient le droit de jouer aussi, ils avaient jamais fait de mal à personne. Les enfants, c'est pas fait pour brûler. J'entendais la voix de Dieu, Il me parlait dans ma tête. Il répétait : "Alvin, tu as promis de protéger ces enfants-là. Tu sais ce que tu dois faire". »

Il avait lutté contre Dieu. Des jours entiers, des semaines. Il n'arrivait plus à aller à la Wisconsin Steel ; il avait perdu son travail. Il restait prostré, ne sortait de l'appartement que pour se rendre à l'église baptiste ou sur la tombe des siens. Les mois d'hiver avaient gelé sa colère. Il la sentait au fond de lui, une petite boule dure et compacte. Il lui arrivait de ne pas se souvenir du sourire d'Arlena, de ne pas arriver à retrouver le timbre de

la voix de James, le rire en grelot de Sylvestra. Il ne lui restait rien d'eux, pas même une photo. Il s'accrochait à des miettes de souvenirs, sachant qu'il finirait par perdre cette bataille. Un dimanche de la fin août, le pasteur évoqua «la soif inextinguible de justice au cœur de tout homme». Il demanda ce que voulait dire inextinguible. «Ça signifie que cette soif est impossible à étancher», répondit le pasteur. Il comprit que c'était exactement ce qu'il ressentait. Privé de justice, il ne pouvait trouver la paix. Alors la voix de Dieu lui rappela son serment. Et cette fois, il ne trouva rien à lui opposer.

Il se rendit chez Mages Sports, acheta un Mauser calibre 35 automatique, des balles et un holster, dépensant ce qu'il lui restait de l'argent que la paroisse avait collecté pour lui venir en aide. Adam Donnelley habitait dans les quartiers chic, au nord de la ville. Sa couleur de peau l'y ferait repérer tout de suite. Il y réfléchit longuement, finit par trouver la solution. Tôt le matin, il prit le tramway et le métro aérien pour aller pointer avec d'autres Noirs qui postulaient pour un travail d'homme à tout faire dans le district de la Gold Coast. Son allure de père de famille inspirait confiance, il intégra l'équipe. Pendant une semaine, il se contenta d'observer le quartier en faisant des petites réparations chez les uns ou les autres. Il repéra l'entrée de notre maison, l'heure où Solly sortait les poubelles, celle où Dinah emmenait Tim à l'école, le moment où Adam prenait sa voiture pour rejoindre ses bureaux dans le Loop. À cette heure matinale, on ne croisait que des livreurs de lait ou de journaux qui passaient

en sifflotant. Avec ses vêtements de travail et sa malle à outils, Alvin Jones n'attirait pas l'attention :

— Monsieur Donnelley partait tôt. J'ai attendu devant le porche. J'avais peur et en même temps, je me sentais très calme. Je savais ce que je devais faire. Mais à force d'attendre, je perdais mon courage. J'allais me décider à sonner, quand la porte s'est ouverte et Monsieur Donnelley est sorti. Derrière lui, j'ai vu une dame qui me regardait, elle avait l'air étonnée, j'ai pensé que c'était sa femme. J'ai tiré une fois sur lui, et une deuxième fois. Après, j'ai couru aussi vite que je pouvais. La police m'a rattrapé trois blocs plus loin.

Ce procès joué d'avance ménageait quelques revirements. Deux psychiatres mandatés par la défense témoignèrent qu'Alvin Jones avait temporairement perdu la raison au moment où il avait appuyé sur la détente. Jared Rogers confirma que son voisin avait sombré dans un abattement inquiétant après la mort de ses proches, ne parlant plus qu'à Dieu et à ses enfants morts. La stratégie de la défense était habile, et le témoignage de Jones assez poignant pour ébranler le jury.

Interrogé par maître Horowitz, Matthew Leahy, capitaine du quinzième bataillon de pompiers de Chicago, expliqua que l'incendie avait pris au grenier. En quelques minutes, la famille s'était retrouvée prisonnière des flammes. Lorsque l'avocat lui demanda si le feu était d'origine criminelle, Leahy répondit que d'après son expérience, un brasier n'atteignait pas une telle ampleur aussi vite sans

avoir été stimulé artificiellement. Contre-interrogé par le procureur, il admit qu'il ne pouvait le prouver. Ce qu'il affirma en revanche, c'est que l'immeuble ne possédait pas d'escalier de secours et que l'état général du bâtiment, et en premier lieu son réseau électrique défectueux, le rendaient dangereux pour ses occupants.

Après avoir entendu ces témoignages, je quittai le palais de justice et me fis déposer en taxi au bord du lac. Je marchai assez longtemps pour trouver la force de rentrer à la maison, d'affronter Adam. S'il me paraissait inconcevable qu'il ait mis le feu à son immeuble, sa responsabilité dans la mort des ces gens venait d'être démontrée. Des années durant, il m'avait fait croire qu'il partageait mes convictions ; nous avions combattu ensemble les clauses restrictives qui empêchaient les Noirs de franchir les limites du ghetto. Il m'avait convaincue qu'à nous deux, nous obtiendrions plus que tous les *sit-in* de mes amis libéraux. Je m'étais laissé endormir, dérouter. J'avais consenti à devenir quelqu'un d'autre : une bourgeoise de la Gold Coast qui participait aux concours de nouveau-nés, servait des repas de Noël à la soupe populaire du père Keegan. Ce procès me renvoyait un reflet cruel : j'étais la complice d'un homme qui perdait son âme et spéculait sur les inégalités raciales, conforté par l'hypocrisie et la bonne conscience de la ville.

Le verdict tomba quelques jours plus tard. Alvin Jones était condamné à dix ans de réclusion pour tentative de meurtre avec préméditation. Le talent de ses avocats

n'avait pu empêcher douze jurés blancs de défendre, à travers mon mari, l'intégrité de leurs corps et de leurs biens contre cet archétype du Noir sauvage et féroce. À leurs yeux, le témoignage des psychiatres ne tenait pas car la préméditation était clairement établie. Ils avaient requis vingt ans de prison, que le juge avait réduits de moitié en considération du châtiment que Jones avait déjà enduré.

Sur les marches du palais de justice, l'avocat Oscar Horowitz déclara à la presse que tant que les Noirs resteraient prisonniers du ghetto, forcés de louer à prix d'or des taudis insalubres et dangereux, il y aurait d'autres tragédies, d'autres Alvin Jones.

Sa voix se perdit dans les bourrasques glacées qui malmenaient les arbres nus.

Mais le regard de Jones ne m'a jamais quittée, et sa solitude continue à me hanter.

C'est avec lui que tout a commencé à se défaire.

Chapitre dix-huit

Ce matin je me suis levée tôt, les pensionnaires du foyer dormaient encore. Grimper à Ménilmontant est une équipée. Après avoir pris un métro et un autobus, j'ai fini à pied par les rues en pente, veillant à ne pas glisser sur les pavés recouverts de neige verglacée. Je redoutais la chute pour mon Rolleiflex. Malgré le froid, je me délectais de découvrir ce village au cœur de Paris, bout de campagne à flanc de colline où les immeubles crasseux voisinaient avec des jardins potagers. Un coq poussait son cri rauque, caché derrière les maisons galeuses serrées pour se tenir chaud. J'avais le sentiment de reculer dans le temps, de me promener dans le Paris de mon père. Une ville de fiacres et de charrettes à bras, où les troupeaux de moutons traversaient la rue pour rejoindre les pâturages. La brume escamotait le bas de Ménilmontant mais à mesure que je montais, la lumière l'a déchirée à belles dents, inondant les façades noircies, les volées d'escaliers, les terrains vagues, si aveuglante qu'elle faisait battre les cils.

À l'angle de la rue des Pyrénées, un miroir brisé reposait sur un fauteuil crapaud mangé aux mites. Il me restait une pose pour finir la pellicule. J'ai capturé mon reflet dans la glace fendue, piquée de taches noires. Je le légenderais : « Autoportrait d'occasion. Prix à débattre. »

La Villa de l'Ermitage est une ruelle noyée de verdure où s'échelonnent des petites maisons d'un ou deux étages habillées de vigne vierge. L'herbe et la mousse s'y faufilent entre les pavés. Devant la grille, une boîte aux lettres au nom de Cermak. J'ai sonné la cloche et Robert est descendu m'ouvrir, une pipe au coin des lèvres :

— Bonjour, Violet. Entrez vite. On gèle ce matin !

Je l'ai suivi dans un escalier en colimaçon, jusqu'au salon où se diffusait la chaleur douce d'un poêle. Un canapé avachi recouvert d'un tissu fleuri, la patine des meubles en bois, les poutres apparentes et un tapis persan usé jusqu'à la corde composaient un décor douillet où je décelais une touche féminine. Des rires mêlés me parvenaient de la cuisine, la note plus claire d'une voix enfantine :

— Venez, que je vous présente, m'a dit Robert en tirant sur sa pipe.

Assis autour d'une table rustique, une jolie femme brune aux cheveux nattés et un petit garçon qui lui ressemblait m'ont adressé un bonjour timide. Je n'imaginais pas Robert Cermak avec une famille, pourtant j'ai été frappée par l'harmonie qui se dégageait d'eux. La mère et l'enfant étaient reliés par une connivence joyeuse qui m'a pincé le cœur. Ils nous ont laissés, souhaitant profiter

173

de cette journée de vacances pour faire un bonhomme de neige au parc des Buttes-Chaumont.

— Voilà, vous savez l'essentiel, m'a dit Robert après leur départ. Tout commence et finit avec eux. Je peux m'aventurer où je veux, je sais qu'ils sont là, jamais très loin. Ils m'ancrent dans le présent.

— Je comprends.

— Et vous, Violet, où est votre ancre ?

— Je crains de l'avoir laissée en Amérique…

— Vous êtes comme Ulysse, vous parcourez le monde en rêvant de rentrer à Ithaque ?

Sans répondre, je suis allée jeter un œil aux photos encadrées qui décoraient les murs chaulés : des scènes de rue, des joueurs de pétanque en ombres chinoises, des enfants pris de fous rires, perchés sur les chevaux hennissants d'un manège. Je me suis arrêtée sur une silhouette d'homme qui s'éloignait sur le pont au Change, enveloppée de nuit. Je l'ai fixée comme si je pouvais la forcer à se retourner, à me montrer son visage. J'ai pensé à Sam.

— Si on développait quelques photos ? m'a proposé Robert.

Il m'a emmenée dans la partie de la maison qui lui était réservée : une grande pièce ensoleillée par de larges baies vitrées donnant sur un bout de jardin ensauvagé, ancien atelier d'un peintre réfugié en Provence. La salle de bains attenante lui servait de chambre noire. Il y avait préparé les bacs. L'odeur puissante du révélateur m'a renvoyée à la maison de Goethe Street et à mes premiers essais infructueux : tous ces clichés ratés, ces tâtonnements

avant d'être satisfaite... J'ai pensé à ce jour où Tim, âgé de trois ou quatre ans, avait ouvert la porte de la salle de bains, ruinant une pellicule entière.

C'était la première fois que je partageais le secret de la chambre noire. Cela créait entre nous une intimité particulière. Nous accomplissions des gestes minutieux avec une précision d'alchimistes, notre cœur battait un peu plus vite en remuant le bain de révélateur. Nous parlions peu, attentifs et concentrés, dans cette excitation qui précède l'apparition de l'image. Robert me demandait mon avis, cette photo-là n'aurait-elle pas mérité plus de contrastes ? J'étais secrètement flattée qu'il m'accorde cette confiance. Nous avons développé ses clichés du quintet de jazz. Il était parvenu à fixer la connivence des musiciens, la circulation de l'énergie de l'un à l'autre, ces jeux de regard et ces signes subtils qui nourrissaient leur dialogue musical. Mon unique cliché d'Horatio Price faisait pâle figure en comparaison. Qui plus est, il était surexposé. Comme j'exprimais ma déception, Robert m'a répondu que c'était mon châtiment pour m'être montrée trop timide :

— Vous n'aviez d'yeux que pour lui, mais vous n'êtes pas allée au bout de votre audace. Un photographe ne peut s'encombrer de politesse. Il faut aller chercher l'image.

Sa remarque m'a agacée. Je n'avais pas peur d'aller la chercher, et j'ignorais pourquoi Horatio Price m'avait intimidée à ce point. Peut-être était-ce les lunettes noires, ce regard absent. Le sentiment d'être dévisagée à travers une glace sans tain.

En découvrant ma série sur Rosa, Robert est resté interdit :

— C'est surprenant, ce que vous avez réussi à saisir, a-t-il murmuré en accrochant mes clichés au fil qui traversait la pièce. C'est plus intime que si elle se déshabillait devant nous. Il fallait qu'elle ait sacrément confiance, pour se livrer ainsi.

J'ai rougi. Ces photos étaient à la hauteur de ce que j'avais espéré. Elles dévoilaient toute la beauté de Rosa, cette part vulnérable qu'elle protégeait farouchement, elle qui savait la cruauté des hommes.

— Et cet autoportrait, que dit-il de vous ? a-t-il interrogé en accrochant mon reflet à l'aide d'une pince à linge. Que vous avez survécu à ce qui aurait pu vous briser ?

J'ai scruté ce visage incertain, sillonné par les cicatrices du miroir, les taches d'humidité. J'avais survécu, mais je me sentais plus morcelée que jamais.

Pendant que les clichés séchaient, Robert m'a raconté comment il en était venu à gagner sa vie en photographiant ses semblables. Dans le studio de son père, les gens venaient immortaliser un mariage ou une communion. Adolescent, Robert s'y ennuyait ferme, jusqu'à ce qu'il découvre le travail de Lewis Hine et celui d'Alfred Stieglitz lors d'une exposition. Un choc. Il n'avait jamais oublié ces figures d'enfants noircies par la crasse des usines, corps efflanqués aux yeux démesurés. Hine et Stieglitz éclairaient ce que personne ne voulait voir, illuminaient au flash les ténèbres de la misère et de la

176

malchance. L'autre moitié de l'humanité. Celle qui survivait entassée dans les entreponts, les abris de fortune.

J'ai pensé à Alvin Jones et à ceux que j'avais emportés avec moi, cachés dans l'enveloppe.

Robert était entré en photographie en comprenant qu'elle lui permettrait de choisir son camp. À travers son travail, il exprimait sa rage devant les injustices et sa tendresse pour les petites gens, témoignait que leurs vies n'étaient pas dépourvues de lumière ni de fraternité. Il m'a montré les clichés qui ornaient les murs de son atelier : des hommes rassemblés dans une cour d'usine, des couples qui dansaient entre les machines. Sur une photo, deux femmes faisaient passer un panier de victuailles à un ouvrier à califourchon sur un mur qui le remontait à l'aide d'une corde. Un large sourire lui fendait les yeux.

— Mais Robert, ces gens faisaient la grève ? Ils ont l'air si joyeux ! Dans mon pays, les grèves sont très dures… La police charge les grévistes. Souvent, il y a des morts.

— Toute la France était en grève, m'a-t-il répondu. C'était pendant le Front populaire. Y avait d'la joie, comme dans la chanson de Charles Trenet, et de l'espoir… Je suis fier d'avoir été là pour en graver la trace. Mais assez parlé de moi. Ces portraits de Rosa m'impressionnent, ils sonnent juste. Vous avez un regard, un instinct. En fait, vous avez quelque chose de plus rare, qui touche à l'humanité. Il faut aimer Rosa pour nous la dévoiler. Avez-vous d'autres choses à me montrer ?

— Ma dernière pellicule...

— Mais à Paris, vous avez d'autres clichés ? a-t-il insisté.

J'ai hésité. Après tout, qu'avais-je à perdre? Il ignorait tout de Chicago et du South Side. Il ne devinerait jamais que ces photos avaient scellé mon destin.

— J'en ai d'autres.

Robert tenait à les voir. Nous sommes convenus que je les lui apporterais dans quelques jours. Il était tard, sa femme et le petit étaient rentrés, on percevait l'écho de leurs voix dans le salon. En quittant l'atelier, près de la porte, une photo m'a bouleversée : elle montrait son petit garçon endormi, une jambe en travers des draps, le corps replié sur lui-même. Un rai de lumière filtrant à travers les volets le bordait délicatement. Je suis restée figée, ce n'était plus le fils de Robert que je contemplais mais le mien, et j'ai été poignardée par la certitude qu'il ne me serait plus donné de le regarder dormir de ce sommeil d'enfant.

— Il ne ressemble déjà plus à cette photo, a murmuré Robert. À cet âge, ils changent tellement vite…

En redescendant la colline, le vent glacial me poussait dans le dos. J'ai couru pour attraper l'autobus. En face de moi, un passager dépliait l'édition du jour de *Combat*. Déjà le 23 décembre. Sam devait être en train de boucler sa valise. À cette pensée, un manque s'est creusé en moi. J'ai vérifié l'heure à la montre de mon voisin. J'avais peut-être encore le temps de le rejoindre. Je suis descendue à Châtelet et j'ai gagné Montparnasse en métro, je me suis perdue dans le quartier. Une vieille dame secourable a fini par m'indiquer la rue Delambre. Au numéro 35, l'Hôtel

des Bains ouvrait sur une cour intérieure défraîchie, au fond de laquelle un escalier s'enroulait avec une grâce désuète. Le cœur battant, j'ai demandé Sam à la réception. Jetant un coup d'œil au tableau des clefs, le patron m'a répondu qu'il était sorti.

— Savez-vous à quelle heure il doit revenir? ai-je insisté.

Il a haussé les épaules. Près de lui, une jeune femme au visage pulpeux m'a répondu que monsieur Brennan déjeunait souvent au café du Dôme. Je pouvais y tenter ma chance.

Je l'ai cherché en vain dans la salle de restaurant bondée où j'ai fini par accepter une table. Autour de moi bourdonnaient des conversations animées, il était question du réveillon et de l'heure de la messe de Noël. Tout en grignotant du bout des lèvres, je songeais à ce que Sam m'avait confié de son enfance. Il s'était enfin livré et en retour, je l'avais quitté sans explication. Cette pensée m'a remplie de tristesse. Son attirance pour moi se nourrissait de quelques miettes – il avait employé ce mot. Quelques miettes de vérité dans un océan de secrets, de mensonges. Était-il juste de lui reprocher de s'attacher à un mystère?

J'ai hélé un serveur et réglé l'addition, enfilé mon manteau. Dans le reflet de la porte à tambour, j'ai vu une exilée qui abritait une solitude infinie.

La voix de Sam m'a rattrapée:

— Violet! Je te cherche depuis ce matin. À l'hôtel, ils m'ont dit qu'ils t'avaient envoyée ici. J'ai eu peur de t'avoir manquée.

179

Il m'a enlacée sur ce trottoir gelé où des passants chargés de paquets slalomaient pour nous éviter. Il y avait là une évidence contre laquelle je n'avais plus envie de lutter. J'ai pris son visage entre mes mains :

— Laisse-moi te regarder. De quelle couleur sont tes yeux ? Ni tout à fait bleus, ni verts. Ils changent avec la lumière. Et là, cette cicatrice… Je ne l'avais pas remarquée. Quand tu souris, ton visage s'ouvre tout entier. Tes lèvres sont bien dessinées, ton nez… n'est pas droit.

— Il a été cassé et mal remis. La boxe est une passion brutale, m'a répondu Sam, docile sous la caresse de mes doigts. Je me suis souvent fait rafistoler… Plus d'une fois, on m'a conduit directement du ring à l'hôpital. Ma mère demandait ce qu'elle avait fait au Ciel, a-t-il ajouté en déposant un baiser au coin de ma paupière.

— Je la comprends. Mais tu me plais comme tu es. Quand repars-tu ?

— Demain. D'ici là, tout mon temps est à toi.

Il est encore tôt, le jour monte doucement derrière les voilages, je sens la chaleur de Sam endormi près de moi. Ma peau tiède vibre encore de ces heures partagées.

Nous avons marché jusqu'à l'épuisement, grisés par le sentiment que Paris nous appartenait. J'ai pris en photo des grappes d'enfants éblouis par les vitrines de Noël. Dans un café bruyant, j'ai montré à Sam les photos de Rosa. Il a pris le temps de les étudier avant de m'avouer qu'il ne connaissait rien à la photographie. Il ignorait ce qui faisait la valeur d'un cliché. Mes portraits

180

lui donnaient envie de connaître Rosa, il voulait savoir comment je l'avais rencontrée. Je lui ai raconté mon arrivée à Paris, l'hôtel de passe, la manière dont nous étions devenues amies. Il a paru surpris. Sans doute ne s'attendait-il pas à ce genre de transgression de ma part. J'étais encore étonnée d'être allée vers Rosa sans appréhension, obéissant à ma curiosité.

Nous nous sommes embrassés dans un jardin immobile sous la neige, au-dessus des voies ferrée de la gare Saint-Lazare, sur le muret de pierre d'une rue de Montmartre. Nous avons regardé le coucher de soleil embraser la ville blottie sous la basilique du Sacré-Cœur. À la nuit tombée, nous avons mangé des frites dans une brasserie de la place Clichy et observé, amusés, la foule interlope qui se fondait dans l'éclat des néons, sous les ailes du Moulin-Rouge. Avant minuit, Sam m'a proposé de me raccompagner au foyer en taxi. Je n'étais pas disposée à le quitter.

Le portier de l'hôtel nous a accueillis avec le sourire discret de ceux qui gardent les secrets et oublient les visages.

Une fois dans la chambre, j'ai posé mon appareil photo. Je voulais que cette première fois ressemble à une danse lente et profonde, un enchaînement limpide. J'ai fermé les yeux, abandonné mon corps à la découverte et à l'impatience. Oubliant ma timidité, j'ai arpenté chaque centimètre de Sam, assoiffée de tous les déserts traversés. Quand il m'a pénétrée, je l'ai regardé, traversant l'étendue de nos secrets, accélérant le mouvement jusqu'à sentir que

je n'étais plus reliée à la terre que par cet homme et que s'il me lâchait, je me dissoudrais en particules infinitésimales. Ses mains ont imprimé leur trace dans ma chair avant de se desserrer doucement.

Nous avons fait de la nuit notre territoire, ne dormant que par courtes redditions. Nous n'avions plus histoire ni passé, tenaillés par une faim insatiable. Son corps devenait la continuité du mien. Ma géographie l'émouvait.

Un bras replié sous la nuque, il dort.
Je le regarde avec étonnement.
Il est entré dans ma vie.

Chapitre dix-neuf

Sam est reparti pour New York, me laissant au silence du foyer déserté. Mes deux vies enchevêtrées y résonnent, égrènent des souvenirs et des sensations. Les émotions se redéposent et je gagne en profondeur de champ.

Dans le gémissement de la brise parisienne, j'entends la fureur du vent qui martelait la rue, le soir où Adam fêtait la fin du procès dans notre maison de Goethe Street. Je consentais à cette rage du vent, j'aurais voulu qu'il déracine les arbres et emporte les voitures de nos invités, dont les carrosseries rutilantes étaient époussetées chaque jour par d'autres Alvin Jones.

Adam n'aimait pas la robe que j'avais choisie.

— À défaut de te montrer enthousiaste, tu pourrais être décorative…

— Ne t'inquiète pas, je ne te ferai pas honte devant nos invités. Mais ne me demande pas de me réjouir qu'on ait envoyé ce pauvre type en prison.

Nous n'avions pas dû échanger plus de trois phrases depuis le verdict. Je supportais mal qu'il arbore cette bonne conscience. Abigail lui parlait derrière mon dos et je devinais sans peine la teneur de ses messes basses. Durant le procès, je l'avais soutenu avec réticence. J'avais accepté de poser à son bras devant les photographes mais refusé de témoigner à l'audience, malgré l'insistance du procureur, qui espérait que le récit d'une épouse traumatisée contrebalancerait celui d'Alvin Jones. Aux yeux d'Abigail, j'étais en dessous de tout, j'avais trahi Adam ; cela confirmait son opinion de toujours. Ce soir-là, elle paradait aux côtés de son fils comme si elle était la maîtresse de maison, distribuant sourires et gentillesses à ceux qu'il fallait flatter.

Je m'étais attardée jusqu'au dernier moment dans la chambre de Tim, puisant dans ce tendre rituel du soir assez d'énergie pour affronter la soirée. Le procès d'Alvin Jones m'avait révélé l'étendue de ma solitude. Je m'étais coupée de tous mes amis de jeunesse. Ma mère n'était pas un recours ; percevant mon désarroi, elle consacrait le peu de moments que nous partagions à me rappeler à mes devoirs maternels. Depuis mon mariage, je n'avais forgé que des amitiés mondaines. La plupart des femmes que je fréquentais convoitaient mon mari, un certain nombre avaient déjà couché avec lui. Tim était le dernier lien qui me rattachait à Adam, mais le plus puissant. Une culpabilité grandissante se mêlait à mon amour pour lui. Mon mariage s'effritait inexorablement, je ne savais comment prévenir les souffrances à venir.

184

Avant de rejoindre nos invités, j'étais passée chercher mon appareil photo dans ma chambre. Il me suffisait de le tenir en main pour me sentir armée.

Après avoir salué chacun d'un petit mot approprié, je m'étais mise à l'abri derrière mon viseur et appliquée à figer ces âmes charitables, qui ne voyaient dans la mort des enfants Jones qu'un accident regrettable. À les entendre, les Noirs n'étaient pas si malheureux, dans leurs petites cages malodorantes. La pénurie de logements du ghetto réinventait la tribu africaine, avec l'aide de quelques bons chrétiens. Près de moi, une femme rappelait doctement que la race noire était plus proche de l'animal. Soumis à l'autorité, la plupart d'entre eux se montraient doux et dociles mais certains étaient perdus, ils ne se civiliseraient jamais.

— Et que fait-on à un animal enragé? On le pique. C'est désolant, mais c'est le seul remède.

— Ce serait un moindre mal, la coupa son voisin. Mais grâce à tous ces libéraux qui occupent leur temps à s'indigner vertueusement – faut croire qu'ils n'ont que ça à faire – et à l'Internationale communiste, nos prisons grouillent de criminels qui vivent aux crochets de l'État!

— Dieu merci nous avons encore des lois et une police qui fait son boulot, intervint un courtier en assurances dont le père avait été bootlegger.

— Oui mais tout de même, cette histoire fait froid dans le dos, tempéra une vieille amie d'Abigail, dont la gorge tremblotait sous plusieurs rangs de perles. Penser que cet individu s'est fait passer pour un homme à tout

faire… Et qu'il est arrivé à tromper tout le monde! Ah, je n'en dors plus.

Je me taisais. Mon appareil les exécutait froidement.
On a sablé le champagne à la victoire d'Adam. Je crois que c'est à cet instant que j'ai remarqué le groupe près de la cheminée. Ils portaient des costumes élégants, fumaient des cigares et ne se mêlaient pas aux autres invités. Adam les soignait, les resservait lui-même en champagne et en bourbon. J'ai fini par reconnaître l'un d'eux, un petit homme taciturne au regard d'épervier qui souriait avec parcimonie. Mon mari me l'avait présenté à une réception. Je n'avais pas retenu son nom.

Je me suis éloignée vers la porte pour prendre quelques photos de ces inconnus. Je me demandais où Adam les avait rencontrés. Ils n'avaient pas les manières franches et chaleureuses de ses amis irlandais. Je décelais dans leur attitude une retenue, une prudence. Peut-être se sentaient-ils mal à l'aise dans ce cercle amical où personne ne leur adressait la parole à l'exception du maître de maison?

J'ai réarmé l'appareil, mais avant que j'aie pu appuyer sur le déclencheur, un gros type au cou de taureau a surgi devant moi et m'a demandé de lui remettre ma pellicule.

— Je vous demande pardon?

— Madame Donnelley, ces messieurs ne souhaitent pas être photographiés. Donnez-moi l'appareil, je vais retirer la pellicule.

Interdite, j'ai levé les yeux. «Ces messieurs» me fixaient sans aménité. J'ai cherché le regard d'Adam, qui conversait

186

à quelques mètres avec une jolie brune. Apercevant le gorille, il a froncé les sourcils et est allé échanger quelques mots à voix basse avec le petit homme taciturne. Quand il est revenu vers moi, son sourire transpirait la gêne :

— Mon amour, nos invités n'aiment pas les photos. Donne-leur ta pellicule, veux-tu ? Nous ne voulons pas qu'ils passent une mauvaise soirée.

J'ai songé à refuser d'obtempérer. Mais la pièce venait de se charger de tension et je percevais la nervosité d'Adam.

J'ai rembobiné et extrait la pellicule de l'appareil, puis je l'ai tendue au gorille qui l'a fait disparaître dans sa paume immense. L'incident était clos, la réception a repris comme si de rien n'était. Ici, on apprenait vite à détourner le regard de certaines réalités, de certaines connivences : *look the other way*. Cette part d'ombre était le prix implicite du rayonnement social.

Ce soir-là, j'ai compris qu'Adam était prêt à payer ce prix. Ces hommes n'étaient pas là par hasard. Leur présence scellait une entente, des transactions souterraines. Un halo de danger en émanait, telle une ombre portée.

Quelques jours plus tard, j'ai pris le El, surnom familier que nous donnons au métro aérien de Chicago, pour retourner dans le quartier de mon enfance. Dans la nuit, le vent avait gelé la ville et le lac. L'hiver s'abattait sur nous avec cette lumière dure, qui découpait les lignes des gratte-ciel et les silhouettes arc-boutées dans la gifle du vent.

J'ai retrouvé Hyde Park, ses rues animées et ses vieilles maisons de briques et de grès rouge, et poussé la porte d'une vie oubliée. La vue familière des bâtiments gothiques de l'université de Chicago m'a remplie d'émotion. À l'accueil du Département de sociologie, un étudiant m'a indiqué que le professeur Williams terminait son cours dans une salle à l'étage. J'ai attendu Henry derrière la vitre, intimidée par sa prestance, sa barbe de prophète, ses belles mains brunes qui valsaient dans l'air à l'appui de son propos. Je craignais qu'il me traite en étrangère. La salle s'est vidée, il est sorti le dernier et m'a jeté un regard aigu :

— Bonjour Eliza. Je pensais bien que tu viendrais me voir. En fait, je l'espérais un peu.

Pas d'embrassades. Il me tenait à distance, mais c'était celle que j'avais dressée entre nous. Je l'ai suivi dans un café voisin du campus, le Jack Spratt Coffeehouse.

— Il y a quelques années, ce café ne servait pas les Noirs, m'a expliqué Henry. Avec quelques amis de l'université, nous venions de fonder le Congrès pour l'égalité des races. On a organisé des *sit-in* devant la porte, jusqu'à ce que le patron comprenne que s'il voulait garder sa clientèle, il devait mettre fin à ses pratiques discriminatoires. Ce sont des victoires modestes, mais elles comptent, a-t-il conclu tandis que nous observions les étudiants noirs assis aux tables de formica.

Nous avons bu quelques gorgées de café en silence.

— Tu n'es pas juste venue retrouver un vieil ami ? Ça fait un long voyage, depuis la Gold Coast, a-t-il observé avec un peu de malice dans l'œil.

— Je suis heureuse de te revoir, Henry. Sincèrement. Mais je me pose des questions depuis le procès d'Alvin Jones. Tu peux peut-être m'aider à y répondre.

— Ne me dis pas que tu ignorais qui tu avais épousé? a-t-il raillé.

— Mon mari me cache beaucoup de choses. Je ne savais pas qu'il détenait des immeubles dans le ghetto. Adam et moi nous sommes battus des années contre les clauses restrictives. Quand la Cour suprême les a abrogées, l'an dernier, j'ai espéré que ça serait la fin du ghetto...

— Tu croyais à l'avènement d'un monde meilleur? Malheureusement, ça ne change pas grand-chose. Les clauses sont devenues illégales mais les propriétaires continuent à s'en servir pour barrer la route aux locataires noirs. Et ton mari et ses amis ont déjà trouvé des parades pour récupérer cette petite ouverture à leur profit.

— Je l'ai épousé parce que je croyais que nous partagions la même vision du monde, l'ai-je coupé, au bord des larmes. Henry, si j'avais su le dixième de ce que j'ai entendu au procès, jamais...

Ma voix s'est brisée. Il m'observait en silence mais son regard sévère s'était radouci.

— Eliza, je me souviens m'être trouvé à une réception de la mairie avec ton père, peu de temps avant sa mort. Ton futur mari est venu le saluer, et ton père a refusé de serrer la main qu'il lui tendait. À l'époque, Donnelley était encore un jeune coq qui prétendait jouer dans la

cour des grands, mais il symbolisait déjà tout ce que nous combattions. Ce jour-là, Arthur lui a infligé un camouflet public. Crois-tu qu'il aurait béni ce mariage?...

La tête me tournait, je n'imaginais pas qu'Adam et mon père avaient pu se rencontrer. Il avait déployé tant d'efforts pour me conquérir... M'avait-il aimée au point de passer sur cette blessure d'orgueil? Ou en réparation?

— Mon enfant, où t'es-tu égarée? m'a demandé Henry de sa voix chaude, s'adressant à celle que j'avais été.

Il avait raison, je m'étais perdue et j'avais trahi mon père. Cette conviction m'a submergée de tristesse. Henry est venu s'asseoir près de moi, m'offrant l'asile de ses bras comme autrefois.

— Pleure, mon petit. Parfois, c'est nécessaire.

— Comment ai-je pu être aussi aveugle, ai-je balbutié. Maintenant, je suis dans une impasse...

— Non, Eliza, c'est ta peur qui parle. J'ai vécu plus longtemps que toi sur cette Terre. Assez pour savoir qu'il n'y a pas d'impasse. Seulement des murs que nous dressons nous-mêmes.

Quand j'ai eu pleuré tout mon soûl, je me suis détachée à regret de ces bras qui me ramenaient en enfance. Même si le personnel acceptait de servir les Noirs, notre couple s'attirait une attention malveillante. Henry m'a tendu un mouchoir.

— Je veux tout savoir, ai-je dit. Je veux rencontrer les locataires d'Adam, je veux voir les taudis qu'il leur loue si cher. J'ai besoin de toi. Si j'y vais seule, ils refuseront de me parler.

— Tu es sûre ? m'a demandé Henry. Tu as vécu des années sur une planète éloignée, tu y as bâti une famille. Es-tu prête à risquer de la perdre ? Je veux que tu y réfléchisses. Que tu pèses les conséquences... As-tu des enfants ?

— Un petit garçon.

— Tu as le droit de sauvegarder ta vie, Eliza. Pour cet enfant. Il est innocent des crimes de son père.

L'image de Tim s'est superposée à celle d'Adam. Mon fils rêveur et sensible, qui dormait mal et avait peur des monstres. Que pourrais-je lui transmettre si je sacrifiais à notre sécurité tout ce que j'étais, ce en quoi je croyais ?

— Je dois aller jusqu'au bout. Il est trop tard, tu comprends ?

Henry a hoché la tête. Il m'a donné rendez-vous deux jours plus tard à une adresse sur Grand Avenue, au sud-ouest du Loop. Il avait quelqu'un à me présenter.

Chapitre vingt

Ce soir-là, mon mari avait invité quelques amis à dîner. Agité, Tim avait eu du mal à s'endormir. Quand je suis descendue au salon, Adam m'a accueillie en levant son verre :

— Touché que tu nous fasses l'honneur de ta présence, mon amour. Pas d'appareil photo pour te distraire de l'ennui de nos conversations ? Nous tâcherons d'être dignes de ce privilège.

— Ne sois pas jaloux de mon appareil, ai-je répondu en souriant. Tu sais que j'aime garder une trace des bons moments. Le temps passe si vite…

Je n'ai pas réussi à le désarmer. Toute la soirée il n'a cessé de me provoquer, avec tant de férocité que nos amis ont trouvé un prétexte pour s'éclipser vers vingt-deux heures.

Après leur départ, Adam s'est resservi un bourbon, signe avant-coureur d'orage. Abigail passait la soirée chez une de ses amies. J'étais seule avec mon mari mais j'aurais préféré qu'il m'abandonne pour finir la soirée avec une autre, ce dont il ne s'était pas privé pendant le

procès. Il était déjà gris, une langueur indécise flottait dans ses prunelles tandis qu'il regardait l'alcool chatoyer dans son verre.

— Où est-elle, la douce épouse qui me rejoignait dans mon lit et s'offrait avec des pudeurs de vierge? m'a-t-il demandé, acide.

— Adam…

— Que sont devenus les délices que tu programmais pour ma guérison? Les week-ends au lac, les nuits brûlantes… Tout ce que tu m'as vendu quand la douleur m'empêchait de baiser et que tu venais m'allumer sur mon lit d'hôpital. Tu n'as pas oublié?

— Arrête ça, je t'en prie.

— Pourquoi? Après tout, tu as fait le serment de me chérir pour le meilleur et pour le pire…

Il m'a attrapé les épaules et sa bouche a frôlé la mienne.

— As-tu oublié ce que tu as promis dans une église remplie de témoins? De m'aimer dans la joie et dans la peine. De m'ouvrir ton cœur et tes cuisses. D'honorer l'homme dont le travail te fait vivre.

Je l'ai écarté, terrassée par une immense lassitude.

— Je suis fatiguée, Adam.

— Mais de quoi peux-tu bien être fatiguée? Ce n'est pas toi qui as pris deux balles dans le ventre! Toi, tu t'es contentée de me regarder me vider de mon sang. Et aujourd'hui tu réserves ta compassion à mon meurtrier!

Il était de nouveau sur moi, menaçant. Son corps appuyait durement contre le mien. Il me cherchait avec la rage d'un enfant blessé.

— Lâche-moi, lui ai-je ordonné, luttant contre l'étau de ses bras.

— Qu'est-ce qu'il y a, tu préfères les Nègres ? C'est ça ? Avoue, tu en rêves depuis toujours…

Sa main droite me fouillait sans égards, il a enfoncé sa langue dans ma bouche. Un filet de sueur glacée glissait le long de mon dos. Je l'ai repoussé de toutes mes forces et l'ai giflé à lui couper le souffle :

— Qu'est-ce que tu vas faire ? Me forcer ? Forcer la mère de ton fils ? Et après, tu iras te confesser au père Keegan ?

Il m'a dévisagée, frappé de stupeur. Il a relâché son étreinte et j'en ai profité pour me dégager. Ma robe froissée, l'odeur de sa transpiration, les traces rouges sur mes bras nus. Je tremblais de colère.

— Tu me dégoûtes, ai-je sifflé comme si je lui crachais au visage.

J'ai quitté le salon, gravi l'escalier. En passant devant la chambre de Tim, je l'ai entendu pleurer. Je me suis assise sur son lit et j'ai posé ma main sur son front.

— Pourquoi tu as crié sur Papa ? m'a-t-il questionnée. Il t'a fait mal ?

Cette pensée le ravageait.

— Parfois, ton papa est malheureux, alors il dit des choses méchantes, ai-je murmuré. Quand ça lui arrive, c'est surtout à lui qu'il fait du mal.

— Papa n'est pas heureux avec nous ?

— Si, bien sûr. Il tient à nous, il t'aime de tout son cœur. Mais parfois ses soucis prennent toute la place.

Je l'ai serré dans mes bras, éprouvant le battement trop rapide de son cœur contre le mien. Je lui ai murmuré que tout irait bien, tout s'arrangerait. Je crois que j'essayais de nous consoler tous les deux. Je l'ai bercé longtemps et nous avons fini par nous endormir, enveloppés par le silence de la maison.

Le lendemain, j'achetai le Rolleiflex dans une boutique de photo de State Street. Je l'avais repéré depuis un moment dans la vitrine. Il était plus perfectionné que l'ancien. Le vendeur me vanta la qualité de son objectif Tessar 3,5, sa précision. Sa chambre de visée à hauteur de poitrine me permettrait de photographier les gens sans qu'ils en aient conscience. C'était exactement ce que je cherchais. La pensée d'Alvin Jones entrant chez Mages Sport pour se procurer un revolver acheva de me décider. Le poids de l'arme dans son holster, intimidant comme un serment.

Dans sa sacoche de cuir, celui de l'appareil renforçait ma résolution.

À mon soulagement, Adam ne se montra pas de la journée. Il était parti avant l'aube et dormit ailleurs. Nerveuse, Abigail me jetait de temps à autre un regard soupçonneux. Si son fils désertait la maison, ce ne pouvait être que de ma faute. Dans l'après-midi, je pris des clichés de Dinah, de Solly et de Tim qui enduraient la pose avec plus ou moins de patience. J'avais besoin de me familiariser avec l'appareil.

Le matin suivant, je traversai la ville en taxi en direction de l'ouest. Il faisait encore plus froid. Cet hiver 1949 était redoutable, on annonçait encore des chutes de neige pour la fin de la semaine. Les eaux glauques de la Chicago River emprisonnaient dans la glace des déchets industriels et des restes de charognes. Ses rives résonnaient de fracas de tôle et de marteaux-piqueurs. Henry m'attendait devant les bâtiments imposants d'un centre d'œuvres sociales qui avait été créé au début du siècle, dans le même esprit que la Hull House de Jane Addams. Il me donna une accolade affectueuse.

— Ne t'avise pas de me prendre en photo, jeune fille, me prévint-il en fronçant les sourcils. Je me rappelle encore l'époque où tu me poursuivais avec ce petit appareil que ton père avait fait la bêtise de t'offrir.

Amusée, je l'immortalisai emmitouflé dans son manteau noir, la pointe de sa barbe disparaissant dans un élégant foulard de cachemire. Je sentis que j'avais déjà adopté ce Rolleiflex.

La directrice du centre nous reçut dans son bureau. Alma Miller était une vieille amie d'Henry. D'emblée, je fus séduite par l'énergie que dégageait cette petite femme d'une cinquantaine d'années, au corps sec et vigoureux. Un chignon serré et des lunettes cerclées de métal donnaient à son regard profond une sévérité de surface, que venait démentir la chaleur de sa voix. Henry m'ayant présentée sous le nom de miss Bergman, elle marqua un temps d'arrêt :

— Êtes-vous de la famille d'Arthur Bergman ?

— C'était mon père, répondis-je, et il me sembla faire un bond dans son estime.

— Arthur était comme un frère pour moi, j'ai vu grandir sa fille. Elle cherche des informations sur Adam Donnelley, dit Henry.

— Que voulez-vous savoir? me demanda Alma Miller. Ici, vous ne trouverez que des gens qui ont à se plaindre de lui, j'en ai peur.

— J'ai suivi le procès Alvin Jones, lui répondis-je. J'aimerais connaître la vérité sur ses activités immobilières dans le ghetto.

Lui assurant qu'elle pouvait me parler librement, Henry insista sur le caractère confidentiel de ma visite: rien de ce que nous nous dirions ne devrait filtrer au-dehors.

— Dans ce cas... Dieu sait que les requins ne manquent pas dans cette ville, mais Donnelley est l'un des pires, répondit Alma. Il possède des dizaines d'immeubles dans le South Side. Tous sont dans un état épouvantable. Depuis quelques années, il en rachète aussi en bordure du ghetto et dans le West Side. Les Blancs déménagent en banlieue et libèrent des logements. Il les redécoupe pour louer des «kitchenettes» insalubres à des familles noires qui paient quatre fois le prix que paierait un Blanc. Ses employés font du porte à porte pour avertir les propriétaires blancs que «les Noirs arrivent», ils nourrissent leur terreur d'une invasion pour les pousser à vendre vite et à bas prix. Bien sûr, Donnelly ne dépense pas un cent pour rénover ces logements. Il les laisse tomber en décrépitude. Il sait que faute de choix,

les Noirs prendront ce qu'on leur donne. Il leur loue des taudis sans eau ni chauffage. L'état des installations électriques est tellement catastrophique que rien que l'année dernière, il y a eu près de sept cent cinquante incendies entre la 26e et la 59e Rue. Vous imaginez? À chaque fois, il y a eu des morts. Beaucoup d'enfants. Donnelley n'est pas seul en cause. Ils sont quelques-uns à se partager le gâteau.

Elle me fournit ces détails avec une précision clinique.

— Sept cent cinquante incendies en un an? Comment est-ce possible? Pourquoi ça ne fait pas les gros titres de la presse?

— Parce que les victimes cumulent le handicap d'être noires et pauvres, Madame. Leur destin n'intéresse pas les quotidiens du Loop, à l'exception du *Chicago Defender* et de quelques feuilles militantes. Quand ils consentent à en parler, ça occupe un entrefilet dans les pages intérieures.

— Ces incendies sont-ils criminels?

— Une partie d'entre eux. Mais on n'arrive jamais à le prouver, intervint Henry. J'ai récemment participé à un jury de personnalités de la ville dans une affaire similaire. Le coroner enquêtait sur une présomption d'incendie criminel. Au moment des audiences, comme par hasard, les témoins avaient des trous de mémoire, les suspects avaient échappé à la police… Les magnats de l'immobilier se serrent les coudes. Personne n'est jamais condamné.

Avant notre départ, Alma nous conduisit dans un vaste auditorium. Sur la scène, un groupe de jeunes filles noires et quelques Blanches répétaient pour le spectacle de la chorale.

— Ici nous travaillons chaque jour à l'harmonie entre les races, sourit la directrice. Quand on apprend à vivre ensemble, la peur disparaît et les préjugés avec. Encore faut-il offrir les mêmes chances à tout le monde… C'est une longue bataille, rien n'est jamais gagné.

— Bien sûr, murmurai-je, songeant que mon père aurait pu prononcer ces mots.

— Il y a quelques mois, un immeuble a brûlé pas très loin d'ici, sur West Ohio Street, ajouta-t-elle. Il était situé au cœur de Little Italy et appartenait à Adam Donnelley. Il avait chassé les locataires italiens pour le redécouper en studios d'une pièce et y installer des Noirs. Une opération très lucrative… Mais les gens du quartier étaient furieux et s'en prenaient violemment aux Noirs. On pense qu'ils ont fini par mettre le feu à l'immeuble. Il y a eu onze morts et des dizaines de blessés, seize familles se sont retrouvées sans abri. Nous avons recueilli les survivants les premiers jours. Nous connaissions la plupart d'entre eux. Ils participaient à nos activités, aux formations et aux apprentissages… Après l'incendie, ils étaient mutiques, en état de choc. Ils avaient tous perdu un enfant ou un proche. Leurs vies avaient volé en éclats. Je me suis battue pour les reloger. Je suis allée voir le maire pour obtenir son appui. Nous lui avons demandé de renforcer le code de prévention des incendies, d'ordonner l'inspection des

immeubles insalubres, de condamner les propriétaires. Nous avons pétitionné, mobilisé les militants et nos amis journalistes. À votre avis, qu'avons-nous obtenu ?

Je connaissais la puissance d'inertie de la mairie, ses stratégies d'évitement quand il s'agissait de garantir les intérêts des partenaires financiers de la ville. Les gens comme Adam avaient des amis haut placés dans la police et parmi les juges, les procureurs, les conseillers municipaux.

Le maire était sûrement triste pour ces enfants brûlés et ces familles à la rue. Mais il continuerait à protéger ceux qu'il invitait dans sa loge à Comiskey Park, les soirs de match des White Sox.

Après avoir pris congé d'Alma Miller, je me souviens qu'Henry et moi sommes allés marcher dans le vent coupant, à la recherche des vestiges de l'immeuble de West Ohio Street. Nous avons fini par retrouver quelques ruines noircies sur un terrain vague. Des enfants y jouaient à la guerre. Leurs visages ombrageux se riaient de la mort.

Nous sommes restés un moment à les observer, j'ai pris quelques photos. Henry m'a confié que sa santé s'était dégradée depuis quelques mois. Il dormait mal, souffrait d'hypertension.

— Le médecin m'a recommandé d'arrêter de m'occuper des questions raciales... Il dit que c'est mauvais pour moi ! Il a raison. Nos petites victoires ne compensent pas l'océan de nos défaites... Ces injustices me pèsent de plus

en plus, Eliza. Je crois qu'elles auront ma peau. Mais je n'arrive pas à lâcher, tu vois. C'est plus fort que moi.

— Je comprends. Il n'y a pas de retour en arrière. Pour moi non plus, Henry. S'il te plaît, emmène-moi dans le ghetto.

Chapitre vingt et un

L'une après l'autre, Robert sort les photos de l'enveloppe pour les examiner à la lueur de sa lampe de bureau. Ce matin, le ciel laisse peu de chances à la lumière, un banc de nuages serrés lui barre la route. Robert se tait, une ride de concentration au-dessus du nez. De temps à autre, il jette un coup d'œil aux annotations que j'ai griffonnées au dos des clichés, avale une gorgée de café tiède. Je n'ose le déranger, j'observe le jardin qui fait grise mine. Une pluie fine et persistante creuse des trous dans la neige ternie.

Ça dure longtemps. Puis il me demande de lui raconter l'histoire de ces photos. Il veut savoir.

Je me demande quelle part de vérité je peux lui confier. Ses yeux me sondent, il insiste, se dit impressionné par la force de ces portraits. Il a besoin de savoir comment j'ai pu aller chercher de telles images.

— Je les ai prises à Chicago, finis-je par lui avouer. Dans le ghetto noir. Êtes-vous déjà allé à Chicago, Robert ?

— La ville d'Al Capone ? sourit-il. Jamais. Il y a un ghetto noir là-bas ? Comme à Harlem ?

— Capone est mort il y a deux ou trois ans à Miami. D'après les journaux, c'était un légume rongé par la syphilis. Le maire serait mortifié d'apprendre qu'aux yeux d'un photographe parisien, Chicago est encore la «ville d'Al Capone»!

— Désolé pour la gaffe, répond Robert en riant. Vous m'excuserez auprès du maire… Revenons à vous, et à ce ghetto.

Je lui parle d'une ville où la ségrégation ne s'affiche pas sur des pancartes, où on ne lynche pas les Noirs devant des croix enflammées pour leur apprendre à rester à leur place. Une ville dont ils découvrent les règles à leurs dépens s'ils s'écartent de certaines rues, entrent dans certains bars, postulent pour certains emplois. Je lui raconte les représailles qu'ils subissent lorsqu'ils emménagent dans un quartier blanc. Les bombes déposées sous leurs porches, les foules haineuses, la passivité complice de la police.

Robert tombe des nues. Il se figurait que les villes du Nord étaient une terre promise pour les Noirs du Sud.

— C'est encore pire dans le Sud, lui dis-je. C'est pourquoi ils continuent à venir par milliers, dans l'espoir d'une vie meilleure.

— Vous voulez que je vous dise, Violet? On ne touche jamais le fond de la saloperie de l'homme. Mais vous, petite femme blanche dans ce grand pays empoisonné par le racisme, comment vous retrouvez-vous à photographier ces gens?

— Ma vie est liée à ce ghetto. Ce serait trop long de vous expliquer pourquoi. Ça a commencé avec mon père.

Bien après sa mort, j'ai retrouvé un de ses amis, qui habite Bronzeville, la partie «chic» du ghetto. Il a accepté de m'accompagner dans les quartiers pauvres. Sans lui, je ne m'y serais pas risquée. Une femme blanche, seule…

— Il y a mille questions que je brûle de vous poser, mais je serai sage. Continuez.

Parcourant le tas de photos, je retrouve la première : un petit garçon y escalade un tas d'ordures et de gravats. J'avais écrit son prénom au dos de la photo : Joseph. Il n'avait pas plus de trois ou quatre ans et portait une casquette en laine, un pantalon usé et un pull trop grand qui lui descendait à mi-cuisses. Il grimpait sur le monticule et le redescendait en courant, glissant sur de vieilles boîtes de conserve et des bouts de métal rouillé. De temps en temps, sa mère passait une tête par la fenêtre de l'immeuble voisin, sans s'inquiéter outre mesure. J'ai attendu que l'enfant soit presque au sommet pour appuyer sur le déclencheur. Je l'ai pris le bras tendu fièrement en avant, tel un explorateur. Quand il est redescendu, nous lui avons demandé de nous conduire à sa mère.

Elle s'appelait Myrtle Taylor et n'avait pas vingt ans. Depuis que le père du petit les avait quittés, elle vivait de l'aide sociale et de quelques travaux de couture ou de repassage. Lorsque Henry et moi nous sommes présentés, elle a d'abord craint que nous soyons venus lui retirer les maigres subsides qui lui permettaient de payer un loyer de 35 dollars par mois pour un cagibi sans eau chaude, dont les murs lézardés étaient recouverts de papier journal. Son fils et elle y cohabitaient avec de gros rats qui les

mordaient pendant leur sommeil. L'immeuble en était infesté. Henry a expliqué à Myrtle que nous faisions une enquête sur les conditions de vie dans le ghetto. Elle nous a montré les toilettes bouchées que se partageaient une trentaine de locataires, les tuyaux percés dans l'unique salle de bains, l'état des planchers et des escaliers extérieurs. Entre les kitchenettes, les cloisons étaient tellement fines qu'on y vivait dans le vacarme des voisins, les odeurs de cuisine et la puanteur des autres. J'ai pris Myrtle en photo sur ces escaliers, avec sa robe à fleurs dépassant d'un manteau noir mité, son beau visage buté sous les cheveux luisants tressés en couronne, et dans ses yeux, un reste de jeune fille qui s'accrochait à des rêves brisés.

Henry connaissait bien ces arrière-cours et ces terrains vagues jonchés d'ordures, ces pièces sans lumière dont une petite cuisinière était le seul confort. Il avait passé des années à rendre visite à ceux qui y vivaient, nourrissant la première enquête sociologique réalisée sur la vie du ghetto noir. Plusieurs jours durant, il m'a accompagnée dans ces ruelles privées de soleil ; nous avons frappé aux portes qui s'ouvraient sur des visages fermés, effrayés ou méfiants. En évoquant ces rencontres, je me rappelle cette sensation d'une barrière invisible entre eux et moi, et le mal que j'avais à la faire tomber. Je n'y réussissais pas toujours. La plupart du temps, ils répondaient à mes questions en s'adressant à Henry. J'étais cette femme blanche qui venait du nord de la ville. Le simple fait que je me sois déplacée jusqu'ici pour les écouter et les photographier me rendait suspecte. Je me souviens de

cette femme qui s'était raidie en me voyant caresser les cheveux laineux de son bébé. J'avais retiré ma main et le bébé s'était réfugié dans ses jupes. Je pris l'habitude de laisser Henry leur parler, installer une forme de connivence dont j'étais exclue avant de m'y inviter tranquillement, leur faisant comprendre qu'ils n'avaient rien à craindre de moi. Peu à peu, certains se détendaient, retrouvaient leur naturel et cessaient de me traiter en intruse.

— Aucun n'a eu de réaction violente ? m'interroge Robert.

— Le deuxième jour, j'ai photographié un groupe d'adolescents assis sur les marches d'un immeuble, dans le ghetto ouest. Je pensais qu'ils ne s'en rendraient pas compte, grâce à la visée à hauteur de poitrine ; mais ils se sont dressés, ont commencé à me prendre à partie. Leurs regards étincelaient de colère. L'un d'entre eux a ramassé un caillou et l'a lancé, je l'ai évité de justesse ! Henry a réussi à les calmer, avec un mélange d'autorité et d'humour. Mais on n'était pas très rassurés, on s'est dépêchés de partir.

— C'est cette photo ? Ils n'ont pourtant pas l'air si méchants… Ils ont quel âge, treize, quatorze ans ?

— À douze ans, certains sont déjà les caïds du quartier. Quand ils m'ont vue, ce n'était plus les mêmes gamins : s'ils avaient pu me tuer d'un regard, je ne serais plus là.

— On peut comprendre la rage, quand on est obligé de grandir entre les tas d'ordures et les rats, observe Robert, pensif. De quoi peuvent-ils bien rêver ?

— D'échapper à leur cage, dis-je. D'avoir les mêmes chances que les autres. Et sans doute… d'être délivrés du regard des Blancs.

Pour chaque cliché, j'ai une histoire à lui raconter. Celle d'Helen et de James, qui s'étaient rencontrés dans le train pour Chicago et se marièrent deux mois plus tard à l'église baptiste de Marxwell Street. En nous le révélant, Helen s'est souvenue que James avait comparé sa robe de mariée à un vieux rideau. Sur la photo, elle a ce rire magnifique et lumineux que je suis heureuse d'avoir réussi à saisir. Et voilà Earl, ancien porteur Pullman qui aimait évoquer le temps où il profitait de son service sur les trains de nuit pour jeter des piles de *Chicago Defender* à travers les champs de l'Alabama ou du Mississippi. Vingt ans plus tard, un sourire malicieux plissait ses yeux en pensant à ce bon tour joué aux Blancs.

— C'est le même journal ? me demande Robert, me tendant la photo d'un crieur en train de vendre l'édition du jour au coin de la 35ᵉ Rue.

— Oui. Le *Defender* a joué un grand rôle dans la migration des Noirs du Sud. Ce petit gars s'appelait John. Il était fier d'appartenir au Bud Billiken Club, un club de jeunes lecteurs créé par le journal. Ses membres participent à la grande parade annuelle, au mois d'août. Pour ces gamins, c'est un honneur et un événement.

Je n'ai pas oublié le sourire de John, qui découvrait deux fossettes irrésistibles. Il le refusait obstinément à mon objectif, estimant sans doute qu'il lui donnait l'air

trop enfantin. Il préférait poser en petit homme, déjà conscient de ses responsabilités.

Robert s'attarde sur le portrait que j'ai fait de Paula, six ans. Son beau visage café au lait, ses yeux immenses et ses nattes coquettes accrochent la lumière. Une princesse en haillons flottant dans ses godillots, son manteau rapiécé. Elle était trop intimidée pour me parler mais s'est tenue immobile dans l'encadrement de la porte, tout le temps de ma visite, observant l'étrangère qui bavardait avec sa mère. La pièce avait beau être pleine d'enfants et de voisins, bruissant d'un brouhaha familier, ma présence lui donnait un caractère extraordinaire qui la poussait à se mettre à distance. C'est ainsi que j'ai photographié Paula, en lisière d'un monde qui lui apparaissait soudain bouleversé, énigmatique.

— Violet, quelle était votre intention en prenant ces clichés ? m'interroge Robert en bourrant sa pipe.

— Réunir des preuves de la façon dont ces gens étaient traités.

— Un dossier à charge, en quelque sorte ?

— On peut dire ça, dis-je.

— C'est ce que vous vouliez faire, me dit Robert, embrassant d'un geste la pile de photos. Mais ce que vous nous montrez, c'est leur beauté, leur fierté. Regardez ces visages de gosses, ces jeunes femmes qui nous sourient dans leur décor glauque, ces vieillards qui ont l'air de traverser le temps, d'avoir fait toutes les guerres… Ce qui touche, ce n'est pas leur univers sordide, c'est le regard que vous portez sur eux. Rien de misérabiliste, vous n'en

faites pas des victimes. Au contraire, vous leur rendez leur dignité. En miroir, vous ridiculisez ce monde blanc qui les traite en inférieurs. Ces photos nous parlent aussi de celle qui les a prises…

Je suis trop émue pour répondre. Je crois que j'ai toujours su que ces photos dépassaient mon intention originelle, étaient la trace vive de ces rencontres qu'Henry avait rendues possibles. Elles m'étaient si précieuses que je les ai emportées dans mon exil. Avant de partir, je les ai tirées une à une. Mon trésor de guerre.

— Je suis invité à participer à une grande exposition itinérante qui passera par New York, Boston et Chicago avant de tourner en Europe, continue Robert, en tirant sur sa pipe. Elle a pour but de mettre en valeur la richesse de la photographie humaniste. Nous sommes déjà cinq Français et trois Américains retenus, nous donnerons des conférences en marge de l'exposition. Votre travail y aurait sa place. C'est bien payé, mais surtout c'est une opportunité de vous faire connaître auprès d'un public exigeant. Qu'en dites-vous ? Seriez-vous partante ? Si vous êtes d'accord, je peux vous faire rencontrer l'homme qui a eu cette idée folle. C'est un passionné, je crois qu'il vous plaira.

— Mais Robert, c'est un travail d'amateur ! Je n'ai jamais envisagé de montrer ces photos. Je les ai prises pour moi…

— Qu'est-ce qui fait la valeur d'un photographe, Violet ? Est-ce de pouvoir en vivre, de travailler pour *Vogue* ou pour *Life* ? Non, c'est la singularité du regard.

209

Et la capacité de traduire ce regard en cadrage, en composition, en instinct. Vous avez tout ça. Vos clichés méritent d'être exposés. Ces habitants du ghetto, n'avez-vous pas envie de les partager, de les révéler à ceux qui ne veulent pas les voir?

— Je ne sais pas.

— Moi, je crois que vous savez. Prenez le temps d'y réfléchir. L'exposition débute le 15 avril. Chez vous, à New York.

New York, Chicago. Tourbillon insoutenable de craintes et d'espoir.

Je prends congé de Robert avant de laisser affleurer le chaos dans lequel il vient de me plonger. Il me rattrape au bas des escaliers :

— Moi aussi, j'ai envie de vous présenter les gens qui me touchent. J'aimerais vous emmener à Aubervilliers. Êtes-vous libre vendredi?

— Les enfants rentrent demain. Vendredi, je travaille.

— Emmenez-les! suggère Robert en refermant le portail.

Ce n'est plus qu'un filet de voix, à bout de souffle. Cette nuit-là, c'est parce que je n'arrive pas à dormir que j'entends la voix de Rosa. Au début, il me semble l'avoir rêvée. Et puis j'entends mon prénom, *Violet*. Une prière.

J'ouvre le volet. Cette forme affaissée qui titube sur le trottoir de la rue des Feuillantines ressemble à peine à Rosa. Mon cœur bondit dans ma poitrine. J'enfile mon

manteau sur ma chemise de nuit, je dévale les marches quatre à quatre, traverse à l'aveuglette l'entrée, que Brigitte a baptisée «Le Purgatoire», pour aller toquer à la porte d'Hélène Roche. Je cogne à m'en abîmer les poings et elle finit par s'ouvrir sur son visage inquiet. Je n'ai qu'un mot à prononcer pour qu'elle me suive, comme si nous avions toujours su que cet instant arriverait. Elle déverrouille la porte du foyer et nous nous précipitons à la rencontre du corps ployé, méconnaissable de Rosa. Avec précaution, pour ne pas la blesser davantage, nous la soutenons pour l'aider à marcher jusqu'aux appartements de la directrice et à s'allonger sur le lit de la chambre d'ami. Ses yeux à demi clos peinent à nous fixer, son visage est un masque sanglant.

— Je vais la conduire à l'hôpital, dit Hélène Roche.

Rosa s'y oppose dans un souffle. Elle redoute les questions, le fichage, tout ce qui ressemble de près ou de loin à la police.

— Il faut qu'elle voie un médecin, murmure la directrice. J'appelle quelqu'un que je connais, il habite tout près. Il ne dira rien, ne t'inquiète pas, ajoute-t-elle en se penchant vers Rosa. Il va te soigner. Tu ne peux pas rester comme ça.

Quand elle a quitté la pièce, je me penche à mon tour vers le corps supplicié :

— C'est Louis qui t'a fait ça ?

Rosa ferme les yeux. Des larmes se fraient un chemin entre les ecchymoses.

Chapitre vingt-deux

Sam m'a donné rendez-vous à la Closerie des Lilas. Une dernière visite à Rosa m'a mise en retard et je me hâte sur le boulevard Raspail. Je me demande si mon amie tient encore à la petite frappe qui l'a esquintée, si elle redoute des représailles. Elle est venue à nous dans un élan de survie avant de réaliser qu'il ne serait pas sans conséquences. Les plaies de Rosa se refermeront et l'empreinte de la peur finira par s'effacer, mais j'ignore si elle parviendra à s'émanciper de Louis. Tout à l'heure, elle a articulé laborieusement qu'il «devait se faire un sang d'encre pour elle». Un sang d'encre, quelle expression étrange. Je visualise une humeur noire qui circulerait dans son corps, matérialisant l'emprise de cet homme sur sa vie.

— Elle ne peut pas y retourner, m'a dit Hélène Roche. Il la tuera.

— Elle finira par le comprendre. Il faut du temps, lui ai-je répondu.

— Vous croyez? Elle arrive à le plaindre, après ce qu'il lui a fait...

212

— Nous l'aiderons à ouvrir les yeux, l'ai-je rassurée.

J'ai gardé mes inquiétudes pour moi. Louis m'a rencontrée, il sait que Rosa a vécu au foyer. Tôt ou tard, il viendra tambouriner à la porte.

Apprenant que j'avais un rendez-vous ce soir, Hélène Roche m'a souri :

— Un amoureux ? Je suis sûre que vous les choisissez mieux que Rosa. Vous avez la tête sur les épaules. Dans la vie, ce sont les qualités morales qui nous tiennent lieu de gouvernail. C'est une leçon précieuse que nos pensionnaires devraient apprendre…

En marchant, je songe que si Hélène Roche me connaissait mieux, elle douterait de mes qualités morales. Et je souris de ce que Rosa m'a confié : certaines nuits, le médecin qui la soigne rend visite à la directrice. Le colonel, vieil ami du défunt mari d'Hélène, a perdu une jambe à la guerre et gagné une amante. Les soirs où il vient dîner, Rosa fait semblant de dormir et les écoute s'aimer dans la chambre d'à côté. C'est donc lui que j'entendais claudiquer pendant mes insomnies. Le son mat de sa canne sur les dalles a perdu en mystère ce qu'il vient de gagner en romanesque.

Je trottine en talons vers le nid de lumière et de feuillage où m'attend Sam et mon cœur cavalcade. Sous mon manteau, une robe en lainage bleu roi soulignée à la taille par une ceinture de velours noir, des bas soyeux, une lingerie que je portais autrefois avec indifférence, et que je mets désormais en pensant au moment où il me l'enlèvera. J'ai relevé mes cheveux sur ma nuque, cherchant à

reproduire les torsades élégantes de Dinah. Dans ma hâte, j'ai oublié mon Rolleiflex sur la table. Je m'en suis aperçue dans le métro avec la brusque sensation d'être nue, visible. Dans la rame, un homme me fixait avec insistance derrière de fines lunettes d'écaille. C'est avec soulagement que je suis remontée à l'air libre.

Un serveur en livrée m'accueille comme s'il m'avait secrètement espérée, m'aide à ôter mon manteau et me guide vers Sam dans un brouhaha de conversations et de piano jazz. Sam se lève en me voyant, épaules carrées et sourire chaleureux, il me baise la main sous le regard complice de l'homme en livrée. Les effluves de son eau de Cologne ravivent le manque de sa peau. Sagement replié derrière la table, mon corps n'est qu'une pulsation, un appel.

— Tu es à couper le souffle, me murmure Sam. Bonne année, Violet. Que puis-je te souhaiter ?

Mon vœu le plus essentiel, revoir mon fils, tient tout entier dans une exposition de photos. Il me brûle et m'obsède, se tient à portée de ma main, réveille tous les dangers, tous les espoirs.

— De ne plus me perdre.

— Tu t'es déjà perdue ? m'interroge Sam en haussant les sourcils.

— Une vieille histoire… As-tu passé un bon Noël ?

— Oui, mais un peu triste. Ma mère décline, je sens qu'elle se détache de la vie. Elle s'est tellement battue pour survivre, pour m'élever… Elle est lasse. Elle ne me reconnaît plus, elle m'appelle Colm, ou Patrick. Elle avait

l'air contente que je sois là. On a écouté de vieilles chansons irlandaises à la radio, je l'ai emmenée à la messe de Noël. Elle a toujours froid, je lui ai offert un grand plaid en laine. Quand je la vois, je me dis que c'est peut-être la dernière fois.

L'amour qui vibre dans la voix de Sam me ramène à la dernière fois que j'ai vu ma mère. J'avais emmené Tim, elle ignorait qu'elle ne me reverrait pas avant longtemps. Elle qui ne s'était jamais montrée affectueuse réussissait à l'être avec mon fils. Leur complicité m'émouvait et me révélait un manque dont je n'avais pas eu vraiment conscience, tant mon père occupait de place. Depuis l'enfance, j'étais pour elle un souci perpétuel. Même installée dans une situation si enviable, j'arrivais à la mettre en péril. J'étais immature. Il était temps de tenir mon rôle de femme et de mère, d'accepter un époux imparfait, une belle-mère asphyxiante. C'était le prix à payer pour être abritée des ténèbres qui menaçaient la vie des femmes. «Tu te figures que tu es la plus malheureuse du monde, Eliza, mais tu sais, c'est un titre très convoité», m'avait-elle glissé avant de nous quitter.

— Et pour toi, comment s'est passé ce premier Noël loin de South Haven? m'interroge Sam tandis que je goûte un cocktail à la suavité aussi piégeuse que son nom: Huis clos.

Je lui parle de Rosa, de Louis, j'évoque la photo de Hans que j'ai recollée et rendue à sa propriétaire, et puis cet appel exténué sous ma fenêtre, déchirant la nuit paisible. Le visage de Sam se tend. Il me pose des questions précises:

— Depuis quand travaille-t-elle pour ce type? Tu dis qu'il est sicilien?

Je lui confie ce que je sais, et notre espoir que ce drame ouvre une nouvelle vie à Rosa. Il me coupe:

— Il ne la lâchera pas. Elle est sa propriété, son investissement. Tôt ou tard, il viendra la chercher.

— Alors il faut la cacher plus loin, dans une autre ville. Hélène Roche connaît peut-être quelqu'un, ou le colonel…

— Je ne sais pas, Violet. Il doit déjà être sur sa trace. Ton cœur est généreux, mais cette histoire te met en danger. Tu n'es pas de taille à te mesurer à ce type et à ses amis. L'histoire de cette fille est triste, malheureusement c'est la sienne.

Il attrape mon poignet, capte mon regard.

— Je ne veux pas que tu t'attires des ennuis.

— Je n'y tiens pas non plus. Mais je n'abandonnerai pas Rosa. Il doit y avoir un moyen. Attends-moi, je reviens.

— Tu reviens? insiste-t-il en retenant ma main.

— Je reviens, dis-je, et j'embrasse sa main.

Le serveur m'indique que les postes de téléphone sont au sous-sol. Je compose le numéro d'Hélène Roche. Par chance, elle répond à la troisième sonnerie. Je la préviens qu'il faut éloigner Rosa au plus vite. Elle me répond qu'elle va y réfléchir. Son « ami médecin » vient dîner avec elle, il sera certainement de bon conseil. Nous convenons que je passerai la voir demain avant de retrouver les enfants Galland. « Prenez soin de vous », lui dis-je. Elle

216

me rassure : le colonel a été deux fois décoré au feu. Ce soir, Rosa et elle seront sous bonne garde.

Rassérénée, je retrouve Sam et lui raconte l'énigme des visites nocturnes, ce bruit de canne que j'avais fini par attribuer à un fantôme familier.

— Malgré sa droiture morale, la directrice ne nous dit pas tout !

— Et toi, tu lui caches l'existence de ton amant américain, me répond Sam avec un sourire tendre. Vous êtes quittes.

— Détrompe-toi. Ce soir, je lui ai avoué que je fréquentais un agent secret. Que ton vrai prénom était Wladimir, et qu'il t'avait fallu des années pour dissimuler l'accent russe sous l'accent irlandais de Brooklyn.

Il rit, prétend que l'accent russe l'emporte toujours. Je l'observe, le désir électrise chacun de ses gestes et je voudrais que nous soyons vraiment nus l'un devant l'autre. Sans parade, sans tricherie. C'est un rivage défendu, une ville blanche et poudreuse qui ressemble à un mirage. Le lieu où nous pourrions déclarer avec une gravité solennelle : « Je sais qui tu es, je t'aime. » La virgule symboliserait des abîmes éclairés à la torche, le palier franchi pour s'aimer en dépit de nos lâchetés, de nos défaites. La prudence nous retient en amont de ce point, seuls nos corps se tiennent un langage sincère. Mais nos silences ont le dernier mot et je ne sais lui dire ce qui m'attache à lui.

Alors je lui parle de mon équipée à Aubervilliers avec un photographe et trois enfants turbulents. Les sacs à pique-nique remplis de victuailles, les chansons à tue-tête

dans le train de banlieue, les toits de Paris qui s'éloignaient sous le crachin, laissant place à un paysage de voies ferrées et de trémies, d'immeubles poussés de travers entre les cheminées d'usine. Les gens qui s'y rendent ne voyagent pas, ils vont d'un point à un autre.

— Raconte encore, dit Sam.

Je lui dépeins cette gare où nous sommes arrivés comme en pays étranger, les transporteurs qui se pressaient sur les docks, les friches industrielles, les bâtiments d'usine inachevés qui se dressaient dans le ciel changeant. Ici vivaient de petites gens aux existences laborieuses. Ils habitaient des maisons de bois disjoint qui prenaient l'eau, des roulottes. Ils travaillaient à l'usine Saint-Gobain ou à Paris, partaient tôt et rentraient tard, regardaient le soleil se coucher derrière la vitre d'un wagon. Les enfants Galland écarquillaient les yeux devant la ribambelle de mioches qui se poursuivaient dans les rues, se livraient à des courses de brouettes sur les terrains vagues, construisaient des cabanes de vieilles chambres à air. On était jeudi, il n'y avait pas d'école et ils célébraient ce jour par une liesse sauvage. Olivier et Catherine s'impatientaient, même Alain brûlait de se joindre à eux.

Robert m'a présenté quelques amis, rencontrés à l'occasion d'un reportage photo pour *France-Soir*. Nous les avons retrouvés au bistrot du quartier. Il y avait là Martial, qui travaillait dans une fabrique d'acide sulfurique et faisait sa pause casse-croûte, Antoine, qui venait de terminer sa tournée de postier, et Selim le Berbère, employé comme maçon sur les chantiers alentour. Ce jour-là, il chômait et

passait le temps en attendant l'heure où il pourrait regagner sa chambre d'hôtel, louée à la semaine. Comme je m'en étonnais, Selim m'a avoué qu'une chambre au mois était pour lui un rêve inaccessible. La majorité des hôteliers refusaient de louer à des musulmans. Lui logeait tout près, dans un meublé miteux dont le patron n'acceptait les Arabes que « sans bagages », à condition qu'ils ne rentrent pas dans leur chambre avant huit heures du soir.

— En somme, Selim, tu bâtis des maisons pour les autres mais toi, tu es sans domicile fixe, a résumé Robert en lui offrant une cigarette.

— J'ai l'habitude, a répondu Selim avec un sourire à broyer le cœur. Parfois je reste dans un café, puis je vais dans un autre, et quand il ferme, je marche dans la rue en attendant l'heure d'aller au chantier. Je fais ça pendant deux mois, c'est l'hiver. Et puis je trouve cette chambre avec Abdel. Il travaille de nuit, c'est de la chance. Pour le lit, on s'arrange.

Après l'avoir quitté, Robert m'a dit que les Maghrébins étaient les Noirs des Français.

Je m'interroge sur le besoin qu'ont les hommes de se fabriquer des inférieurs, sous toutes les latitudes.

— Regarde les Irlandais, me répond Sam. Quand ils sont arrivés en Amérique, ils étaient traités comme des chiens. En réalité, ils étaient moins que des chiens. C'était la dure leçon de l'Amérique, après la misère de l'Irlande. Je crois qu'ils avaient besoin de se convaincre qu'ils n'étaient pas la lie de la Terre. Si les Noirs étaient en dessous d'eux, ils n'étaient pas tombés si bas, ils pouvaient remonter.

Je me résous à poser la question qui me brûle les lèvres :

— Mais toi, quel est ton sentiment envers les Noirs ?

— Quand j'étais gosse, on se battait contre eux, bande contre bande. On défendait notre territoire, et on ne pouvait pas les sentir. Pendant la guerre, je me suis battu *avec* eux. On avait la même trouille au ventre, la même volonté de survivre. Leur mort me hante autant que celle de mes amis blancs. J'ai compris qu'ils n'étaient pas différents de nous, mais que certains avaient intérêt à nous le faire croire.

— Pourquoi ?

— Parce que si on veut contrôler les pauvres, il faut commencer par les diviser. Et surtout, si tu es mon inférieure, je peux te payer à bas prix, ou ne pas te payer du tout. Je peux te voler ta terre et décréter que c'est pour ton bien. Je peux te tuer sans grand préjudice. Admettre que les hommes sont égaux mettrait l'équilibre du monde en péril. Il y a trop d'intérêts en jeu, depuis trop longtemps.

— Donc pour toi, c'est sans espoir ?

— Malheureusement oui. Notre prospérité repose sur l'injustice, il faut composer avec ça, me répond Sam, et son pragmatisme me blesse.

— Pourtant, tu t'es battu pour défendre la liberté et l'égalité, lui dis-je.

Il m'adresse un sourire attendri :

— Tu crois que c'était le but de cette guerre ? Nous l'avons cru aussi, remarque, et beaucoup le croient encore. Peut-être que ça les aide à vivre avec. Mais si on a envoyé des millions de pauvres types au casse-pipe, ce

n'était pas pour délivrer les peuples asservis par Hitler. Ça c'était la raison noble, officielle. Le mobile souterrain était de rafler de nouveaux territoires et de nouveaux marchés. Redistribuer les cartes. Il n'y a pas de «bonne guerre», Violet. Seulement des intérêts économiques. Cette guerre-là a été notre ticket gagnant pour sortir de la Dépression. Et regarde : nos ennemis d'hier sont déjà devenus nos alliés, et on n'a pas attendu l'armistice pour considérer les Russes comme nos adversaires.

Tout sourires et sans paraître s'apercevoir que la tonalité de notre dîner en amoureux s'est modifiée, le serveur dépose devant nous deux assiettes de saumon fumé et nous sert un chardonnay bien frais. Avec étonnement, je me rends compte que le piano joue toujours. Autour de nous, les gens conversent de choses agréables. J'avale une bouchée sans appétit et lui réponds froidement :

— Le monde que tu dépeins est sinistre... Peut-être que je suis naïve et que tu vois clair. Admettons que la partie soit jouée d'avance. Dis-moi comment on «compose» avec l'injustice. Moi je n'y arrive pas. Je crois que je préfère me battre en pure perte. Toi, n'y a-t-il rien que tu sois prêt à défendre ?

— Je te déçois ? Quand j'étais gamin, je croyais qu'on pouvait mener sa vie sans faire de compromis. J'ai appris que la réalité était plus complexe. Que si je voulais m'en sortir, je devais faire avec ce qui ne m'allait pas. Devant chez moi, à New York, il y a un pauvre type qui a creusé les souterrains du métro. Il n'a même pas de quoi se payer sa gnôle quotidienne. Je lui glisse quelques dollars quand

je passe, parfois je l'invite à boire un verre au bar du coin. Quand il est vraiment soûl, il me pleure sur l'épaule. Alors oui, le monde est injuste. Tant qu'une poignée de gens se partagera les leviers économiques, ça ne changera pas. Si je peux en aider quelques-uns à vivre un peu mieux, je suis content. Ça manque peut-être d'ambition à tes yeux, mais ça me va.

— Je ne te juge pas, lui dis-je d'une voix sourde.

— Bien sûr que si, Violet. Tu vois, mon horizon est plus limité que le tien. J'essaie d'être fidèle à la poignée de gens qui m'importent, et à ma mère. Elle aussi avait des rêves modestes, mais elle était là tous les soirs, continue Sam comme s'il m'enfonçait un poignard long et effilé dans la cage thoracique. Je ne sais pas ce que je serais devenu sans elle. J'aurais sûrement fini comme mon père, plus tôt et plus mal. Elle m'a permis de grandir droit, m'a donné assez d'amour pour une vie entière. Je crois à ça, ce qu'on donne à ses enfants. Parce que tout commence là, rien ne peut le remplacer.

— Tu as raison, dis-je dans un effort considérable, et ces quelques mots libèrent les larmes que je ne peux plus contenir.

Désarçonné, Sam se penche vers moi, prononce doucement mon prénom, me tend la main.

— Pardonne-moi, je n'y arrive pas, réussis-je à articuler en me levant.

Le serveur m'aide à remettre mon manteau d'un geste empreint de compassion discrète, et je me glisse dans la nuit, comme si je pouvais m'y dissoudre.

Chapitre vingt-trois

La nuit se densifiait sous le ciel lourd, réduisant le faisceau des réverbères à des trouées de lumière jaune. J'ai pris la direction du foyer, la vue brouillée par mes larmes. Désormais, je savais ce que Sam penserait de moi si je parvenais à lui dire ce que j'avais fait. Cet aveu scellerait la fin de notre histoire, la scellait peut-être déjà. Je pourrais plaider que j'avais laissé mon fils avec un père aimant, qui se serait fait couper la main plutôt que de lui faire du mal. Il me demanderait comment j'avais pu abandonner la prunelle de mes yeux à un homme que j'étais résolue à fuir jusqu'au bout du monde. Et il aurait raison.

Mes talons résonnaient sur l'asphalte des petites rues endormies, entre les formes opaques des immeubles où brillait çà et là une fenêtre éclairée. Je pensais à cette soirée d'hiver où j'avais avoué à Adam ce que j'avais découvert sur lui, et que plus jamais je ne le laisserais me toucher. Que je ne supportais plus de vivre au même endroit que lui, de le voir complimenter Dinah ou June, lui qui

223

profitait de la *color line* pour rançonner leurs semblables et les obliger à vivre dans des trous à rats, des pièges à feu.

— Ah, je n'ai pas assez d'éthique pour toi? avait ricané Adam en se reservant un verre. C'est de famille: ton père donnait des leçons à la terre entière. Mais j'ai du mal à comprendre d'où te vient cette supériorité morale. Je t'entretiens depuis des années, je m'épuise pour que tu vives comme une princesse...

— C'est ce que je suis à tes yeux? Un genre de prostituée?

— Non, tu es plus chère. Et pour ce prix, tu te donnes moins de mal. Tu es une mère acceptable. Mais en dehors de ça... Ah si, pardon, tu prends des photos. Tu es une artiste! Et surtout, tu as des *valeurs*. C'est bien tout ce que ton père t'a laissé. Pendant toutes ces années, tu as vécu sans te poser de questions mais tout à coup mon argent te salit, il te fait honte. Il aurait peut-être fallu y réfléchir avant de m'épouser?

— Sans doute, mais je ne peux pas rattraper le passé. Je veux divorcer, Adam, avais-je répondu, détachant les syllabes comme de minuscules couperets.

J'avais réussi à le surprendre. L'espace de quelques secondes, il avait paru accuser le coup. Il n'avait pas envisagé que je puisse vouloir le quitter. Un éclair de souffrance était passé dans ses yeux. Ses doigts tremblaient légèrement. À son front perlaient de fines gouttes de sueur. Il avait desserré son col de chemise. Le silence s'épanchait entre nous, laissait remonter des vérités tranchantes.

— Jamais, Eliza, avait-il lâché. Tu m'entends ? Jamais je ne te laisserai détruire cette famille et la vie de Martin.

Le prénom de notre fils avait résonné de manière intimidante. Je ne l'appelais jamais ainsi, lui préférant la douceur du diminutif de Timothy, son deuxième prénom que j'avais choisi. Martin était un prénom d'homme. Il portait le reflet de l'adulte qui serait en mesure de me juger, de me reprocher mes choix.

J'avais tenté de démontrer à Adam qu'il n'était pas heureux dans ce mariage. Notre histoire se réduisait désormais à un jeu de pouvoir stérile. Il devait me rendre ma liberté, reprendre la sienne. Chaque mot que je prononçais semblait le blesser physiquement, il les repoussait de la main, répétant qu'il y avait des choses sacrées, que le mariage en était une. Nous avions passé la nuit à nous affronter. Je percevais qu'Adam était aux prises avec ce qui l'avait construit, ce qu'il estimait être les responsabilités d'un homme. Il ne pouvait laisser ce mariage se défaire sans en porter la faute devant l'Église et la honte devant sa mère. À cela s'ajoutait peut-être un reste d'amour blessé, qui revenait le torturer à l'instant de me perdre. Que j'envisage de lui préférer le néant des femmes divorcées, moi qui n'étais rien sans lui, portait un coup meurtrier à son orgueil. Et tout ça parce qu'il tirait certains avantages de la ségrégation ? S'il y avait renoncé, d'autres l'auraient fait à sa place. Le monde était impur, à Chicago comme ailleurs. Pour réussir, il fallait se salir les mains, mettre ses idéaux dans un mouchoir. Il admettait m'avoir menti par

omission, conscient que je ne pourrais entendre certains arguments. Il répétait que la transparence était impossible entre mari et femme. Les épouses vivaient dans une bulle privilégiée, entre les enfants et les activités mondaines. Elles ignoraient tout des dilemmes auxquels les hommes étaient confrontés, du fardeau qui s'alourdissait sur leurs épaules, de la compétition sans merci qui régissait le milieu des affaires.

— Avant de me juger, t'es-tu demandé une seule fois ce que je faisais pour Martin, et pour toi ? Comment je vous assurais une belle vie ? Mon grand-père déchargeait des palettes dans le port de New York pour moins d'un dollar par jour. Tu crois peut-être qu'on lui a tendu la main, ou qu'on l'a tendue à mon père ? J'ai dû me battre pour chaque centimètre de terrain. Maintenant, je dois me battre pour ne pas les perdre.

— Je sais tout ça, Adam. Tu me l'as assez répété, ça ne change rien à ma décision… Je veux divorcer. Tu verras Tim chaque fois que tu le voudras. Nous trouverons un arrangement.

Il m'avait fixée avec une expression haineuse :

— Tu t'imagines que tu m'auras à l'usure, hein ? Ah, Eliza… Tu as toujours été naïve mais là, tu te surpasses. Je te le dis pour la dernière fois : nous ne divorcerons jamais. Tiens, je vais être franc : je préférerais être veuf.

Dans l'échauffement de la discussion, je n'y avais pas prêté attention. Cette nuit épuisante émoussait ma clairvoyance. Derrière le bow-window du salon, l'aube perçait déjà les nuages, minuscule point de lumière rosâtre

dont personne n'aurait songé à se méfier, mais qui dans quelques minutes embraserait le ciel.

— J'en serais triste, avait continué Adam en m'offrant un sourire radouci. Ce serait un choc terrible pour Martin. Mais la vie peut être cruelle, n'est-ce pas ? Cruelle et injuste.

Ces dernières phrases délivraient un poison patient dont je commençai à ressentir les effets les jours suivants. La nuit je peinais à trouver le sommeil, remuée par des visions précises et redoutables. J'y croisais le petit homme taciturne qui refusait d'être photographié, ses yeux froids et perçants d'oiseau de proie. Son gorille impassible me guettait dans l'obscurité. Le soir, je verrouillais la porte de ma chambre. Parfois Adam venait frapper. Je ne répondais pas. Le reste du temps, je vivais une vie suspendue. J'accomplissais des gestes quotidiens, mes journées s'organisaient autour de Tim. Adam et moi excellions à jouer la partition d'une affection distante. Nous échangions quelques paroles distraites sous l'œil vigilant d'Abigail. Je sursautais s'il m'effleurait par inadvertance. Il dormait rarement à la maison. Vers trois heures du matin, il m'arrivait d'entendre son pas trébucher dans l'escalier, sa respiration haletait un instant derrière ma porte avant de s'éloigner dans le couloir.

Quelques semaines plus tard, je résolus de m'en ouvrir à Henry. Il m'avait invitée à déjeuner dans sa maison de Bronzeville. Dehors, l'hiver retenait la ville dans un halo

de brume qui escamotait la surface du lac. Les rails du El avaient encore gelé durant la nuit. Il paraissait impossible que le printemps revienne avec ses pluies ravageuses et ses odeurs de terre. Tandis que nous nous réchauffions devant l'âtre, je me décidai à évoquer le pouvoir opaque que personne, ici, ne mentionnait sans regarder derrière son épaule. Il suffisait en général de prononcer les mots *The Outfit*, l'Organisation, pour que les pupilles de votre interlocuteur deviennent étrangement mobiles. Henry m'interrogea sur le petit homme et sur ses acolytes. Il voulait savoir comment ils s'étaient salués, dans quelle langue ils se parlaient, quels gestes ils avaient échangés. Prenaient-ils soin de rester face à la porte et aux fenêtres ? Depuis combien de temps mon mari les fréquentait-il ? Henry pensait qu'Adam avait conclu avec eux un échange de bons procédés. Sans doute les faisait-il bénéficier de ses appuis politiques contre certains services rendus, lesquels pouvaient impliquer de mettre le feu au logement de locataires noirs récalcitrants.

— Je comprends ton angoisse conclut Henry. Mais il s'agit de ton mari ! Aller jusqu'à te faire assassiner ? Ça me paraît très extrême… C'est une menace en l'air, pour t'effrayer.

En vérité, j'ignorais ce qu'Adam était prêt à faire pour protéger sa réputation, et à quel point j'étais devenue encombrante. Je n'arrivais plus à préserver les apparences ni à tenir mon rôle mondain. Je n'avais jamais réussi à l'aimer vraiment, et j'en étais venue à le haïr. S'il avait éliminé la famille Jones, il l'avait fait pour moins que ça.

Bien sûr, j'étais la mère de son fils, mais cela suffirait-il à me protéger ? Henry me conseilla de prendre mon mal en patience, d'attendre de voir comment les choses tourneraient. Il me glissa la carte d'un avocat qui serait de bon conseil. Avant de nous quitter, il me serra dans ses bras avec émotion :

— Sois prudente, Eliza, ne présume pas de tes forces... Tu sais, je regrette d'avoir été si loin de toi quand tu as rencontré cet homme. Ma tournée de conférences m'accaparait, je n'ai pas vu que tu avais besoin d'aide. J'aurais dû te mettre en garde. Je déteste te voir dans cette impasse... Même s'il n'y a pas d'impasse, tu te souviens ?

— C'est une vue de l'esprit, répondis-je avec un sourire brillant de larmes.

— Et n'oublie pas que ton vieux Henry est là, et qu'il n'est pas encore bon à mettre à la casse.

C'était il y a neuf mois. Je ne l'avais pas revu avant mon départ.

Pourchassée par la bise glacée, je songeais en marchant vers le foyer que la philosophie d'Henry s'appliquait aussi à Sam. Ce qui paraissait fermé ne l'était qu'en apparence.

À partir de là, mes souvenirs deviennent confus. J'ai tourné dans une rue mal éclairée, bordée de hauts murs et de façades éteintes. Mon regard a été aimanté par l'arc sculpté d'une chapelle. À cette distance, son centre ressemblait à un masque dérangeant aux yeux exorbités. J'ai pressé le pas, troublée par l'épaisseur du silence.

Il a dû surgir sur ma gauche, mais je ne pourrais le jurer. Il a bondi sur moi, empoigné mes cheveux. J'ai senti une lame sur ma gorge, son souffle précipité à mon oreille. M'ordonnant de rester tranquille, il m'a entraînée dans l'obscurité d'un jardin envahi de broussailles, derrière la chapelle. J'ai reconnu l'accent pointu, les r roulés à l'italienne. Une terreur pure m'a envahie tandis que mon corps devenait cette cage dissociée. Je me souviens de la puanteur de nos sueurs mêlées et de cette sensation d'être aspirée au fond de moi. Moqueur, Louis m'a chuchoté qu'il était imprudent de me promener seule la nuit. Appuyant ce constat, le couteau a entamé ma chair. J'ai tressailli sous la douleur et senti le sang couler sur ma gorge. Il m'a demandé si je voulais mourir. Le froid de la lame contre ma peau. Mon corps s'est raidi sous son étreinte.

Il m'a dit que j'avais une mauvaise influence sur Rosa. Sa voix vibrait de colère. Il déplorait que je lui aie donné des idées d'indépendance, il avait dû la corriger. Il y était peut-être allé un peu fort pour qu'elle retienne la leçon. Mais maintenant finie, la comédie, il venait la chercher.

— Pas juste pour l'oseille. Je tiens à cette petite garce. Et tu vas me conduire à elle gentiment, sinon je te taillade. C'est mon jeu préféré, j'suis un artiste, m'a-t-il murmuré.

Sa langue a léché le lobe de mon oreille et sa main libre est venue palper mon sein avant de me replier le bras dans le dos, m'arrachant un cri de douleur.

Il a ôté le couteau de ma gorge pour me piquer entre les omoplates :

— Allez, on y va. Bien sage, a-t-il ajouté, mais au même instant il y a eu un mouvement étouffé dans mon dos et la voix de Sam a retenti derrière nous, en français :

— Lâche-la.

Louis a instantanément desserré son emprise et j'ai chancelé dans le vent. D'une voix sourde, étrangère, Sam m'a demandé de l'attendre. Maintenant le lacet qui étranglait la gorge de Louis, il l'a poussé vers le fond du jardin et leurs ombres se sont fondues entre les arbres, découpées par le rayon de lune. Celle de Sam semblait démesurée. De là où je me trouvais, je l'ai vu attraper Louis par le col et je l'ai entendu gronder quelques phrases en italien. Puis il a commencé à le cogner, ses poings s'abattant avec la violence d'un orage, sourds aux gémissements de son adversaire qui se défendait comme il pouvait, ramassé sur lui-même. Pris d'une rage concentrée, méthodique, Sam ne lui laissait pas le temps de reprendre son souffle, il le pliait en deux, le martelait, le concassait. Lorsqu'il en a eu fini avec lui, Louis n'était plus qu'une forme incertaine, recroquevillée dans son sang. Alors Sam s'est de nouveau adressé à lui en italien, détachant les mots comme s'il souhaitait les graver dans sa chair meurtrie.

Il l'a abandonné sur l'herbe givrée, envahie par les ronces.

Il a ôté ses gants maculés de sang, les a fourrés dans une poche de manteau et s'est précipité vers moi, le regard changé, comme s'il extrayait d'un rêve :

— Violet, tu es blessée ? Viens là, tu trembles…

231

Je grelottais sans m'en rendre compte. Il m'a serrée contre lui, murmurant qu'il n'aurait jamais dû me laisser repartir seule.

Sam a arrêté un taxi dans la rue Saint-Jacques et lui a donné l'adresse de l'hôtel. Sur la banquette, je me suis blottie contre son épaule et il m'a dit : « Il faut qu'on parle de cette manie que tu as de t'enfuir à tout bout de champ », faussement sérieux, comme si mon départ avait été la seule péripétie de la soirée.

Et moi, je pensais aux gants qu'il avait fait disparaître avec désinvolture, souillés par le sang d'un proxénète italien qui serait peut-être mort dans quelques heures, et je le laissais m'embrasser, étouffant la question qui me brûlait les lèvres : *qui es-tu, Sam ?*

— Je ne veux plus que tu me laisses comme ça, a-t-il continué. Parfois je suis maladroit. Je préfère que tu me le dises, que tu te mettes en colère, mais que tu restes.

— D'accord, ai-je répondu dans un souffle, et à cet instant tout ce que je voulais, c'était retrouver son corps et qu'il me console.

Il m'a portée jusqu'au lit, déshabillée avec des gestes précautionneux. Il a embrassé le sang séché sur ma gorge, l'estafilade que m'avait laissée Louis. Un picotement de douleur s'est mêlé au plaisir, mon corps est devenu liquide et salé, il est entré dans sa douceur et nous sommes restés quelques minutes immobiles, flottants et reliés, comme si rien d'autre n'avait d'importance.

Chapitre vingt-quatre

Sam n'était plus là quand je me suis réveillée. Il m'avait laissé un mot sur la table de nuit : il devait se rendre à Marseille et n'avait pas eu le cœur d'écourter mon sommeil. Il reviendrait demain soir et me donnait rendez-vous devant les grilles du Luxembourg. Il avait réservé une table au restaurant où nous avions dîné la première fois, un pèlerinage. Au petit déjeuner, les employés de l'hôtel m'ont appelée « Madame Brennan » et je ne les ai pas détrompés, m'imaginant rencontrer Sam dans un contexte où je n'aurais pas été une épouse en fuite vivant sous un faux nom. Il m'aurait fait une cour patiente, je l'aurais laissé m'embrasser au deuxième rendez-vous. Au lieu de ça, notre rencontre avait été une effraction, un feu élémentaire qui fondait mes repères d'autrefois. Je l'aimais avec une liberté qui m'aurait paru inconcevable quelques mois plus tôt. Condamnée à vivre au présent sans former de projet, j'y trouvais une forme de bonheur insoupçonné, hors du cadre. Je ne me demandais pas ce que Sam pensait de moi, s'il me voyait comme une femme légère. Seuls

comptaient les instants volés que nous partagions, parenthèses qui me délivraient de l'angoisse.

Lorsque je suis entrée dans l'appartement des Galland,
il y régnait un silence inhabituel. Aucune trace de la tempête matinale qui laissait la cuisine dévastée, le sol jonché
de cubes et de chaussettes dépareillées. Où étaient les
enfants?
— Bonjour Violet, je vous attendais. Entrez, je vous
en prie, m'a dit Geneviève Galland d'une voix lisse.
Vêtue d'une jupe évasée et d'un twin-set assorti, seuls
les cernes sous ses yeux trahissaient le dérangement d'une
harmonie pointilleuse. Elle m'a précédée dans le grand
salon dont le balcon fleuri donnait sur une cour ensoleillée. Elle m'a servi une tasse de café.
— Vous savez de quoi il s'agit, j'imagine, m'a-t-elle
déclaré en préambule.
— Pas du tout.
Elle m'a jeté le regard qu'elle réservait à ses enfants
lorsqu'ils s'entêtaient à ne pas comprendre.
— Catherine nous a tout dit. Elle avait le sentiment
de trahir votre confiance, vous vous rendez compte? Ce
n'est qu'une enfant, vous n'auriez pas dû faire peser cette
responsabilité sur ses épaules.
J'étais tentée de lui répondre que le seul fardeau qui
entravait Catherine était l'exigence de sa mère, qui la
poussait à se gendarmer en permanence. Je me suis
contentée de préciser que je ne lui avais rien demandé de
tel et que j'étais désolée de ce malentendu.

234

— Vous voyez, c'est exactement pour ça que mon mari et moi ne voulions pas d'une Américaine, a soupiré Geneviève Galland. Vous n'entendez rien à nos valeurs. Je n'imagine pas qu'une nurse anglaise aurait eu l'idée saugrenue d'emmener nos enfants à Aubervilliers. C'est cocasse! Sérieusement, Violet, qu'est-ce qui vous est passé par la tête? Si vous vous ennuyiez au Luxembourg, vous n'aviez qu'à aller au parc Monceau ou aux Tuileries, je ne sais pas, ce ne sont pas les jardins qui manquent!

Je me demandais quelle justification elle pourrait accepter et n'en voyais aucune. Elle me rappelait ma tante, convaincue que l'endogamie était la colonne de l'existence, le sentier balisé dont il ne fallait pas s'écarter. En l'écoutant je mesurais ma chance d'avoir eu un père comme le mien, pendant que mes cousines posaient à leur tour sur le même perron que leur arrière-grand-mère, au bras d'un héritier de l'industrie du sucre ou d'un officier de la Navy. Elles ne côtoieraient toute leur vie que des gens qui leur ressemblaient, auraient sur le monde un point de vue hérité de leurs pères ou de leurs maris, éternellement captives de l'étroit périmètre qui leur avait été assigné.

— Je voulais leur faire découvrir autre chose. Nous étions avec un ami photographe qui connaît bien Aubervilliers. Les petits ont passé une journée merveilleuse. Je peux vous montrer les clichés que j'ai faits d'eux. Je ne les avais jamais vus s'amuser autant.

J'entendais encore le rire de Catherine, et la revoyais courir à perdre haleine dans la plaine gelée, escalader la

vieille traction désossée avec les enfants du postier. Au moment de partir, elle m'avait suppliée de revenir un autre jour. Elle avait tenu à donner une jolie barrette à chacune de ses nouvelles camarades. Je l'avais photographiée les yeux brillants et les joues en feu, debout sur le capot de la traction, figure de proue radieuse d'un navire plein de matelots enfiévrés. Il me semblait que je la rencontrais enfin.

— Non merci, m'a répondu Geneviève Galland en haussant ses sourcils délicats. Je me passe de voir mes enfants « s'amuser » avec des loqueteux pleins de microbes. Estimons-nous heureux qu'ils n'aient pas attrapé la gale! Vous êtes complètement inconsciente, ma fille. Mais c'est terminé, l'expérience américaine s'arrête aujourd'hui. Je vous paie pour appliquer nos principes d'éducation, pas pour mettre mes enfants en danger.

Elle m'a tendu une enveloppe, ajoutant que je pouvais lui être reconnaissante de ne rien retenir sur mes gages, mais que son indulgence s'arrêtait là. Elle se verrait contrainte de prévenir ses relations contre moi. Lorsque j'ai demandé si je pouvais dire au revoir aux enfants, elle m'a toisée, sidérée par mon culot :

— Écoutez, je crois que vous avez fait assez de dégâts comme ça. Ma mère les garde pour la journée. En partant, laissez la clef sur le chiffonnier de l'entrée.

Congédiée. Je marche sans but dans ces rues que j'arpentais depuis des mois avec Alain en poussette, écoutant d'une oreille distraite Olivier et Catherine se

chamailler ou commenter les péripéties de leur journée d'école. Pour autant, je ne regrette pas notre équipée à Aubervilliers. J'avais cerné le caractère de Geneviève Galland dès le début, j'ai pris ce risque en conscience. J'espérais leur transmettre un peu de ce que j'avais reçu dans mon enfance, la curiosité d'aller voir comment les gens vivaient au bout de la rue. Ce qui me peine, au-delà de la perte d'une sécurité relative, c'est de n'avoir pu leur dire adieu, expliquer à Catherine que rien de tout cela n'était de sa faute. Je réalise à quel point je m'étais attachée à ces petits. Il m'était impossible de partager leur intimité sans les aimer un peu.

Je m'arrête grignoter quelque chose au café de la place Saint-Sulpice et j'en profite pour feuilleter les quotidiens. On n'y mentionne nulle part la découverte d'un cadavre près de Port-Royal. Le soulagement se mêle à l'angoisse d'imaginer Louis rôder autour de nous. Combien de temps serai-je condamnée à vivre en sursis, mon horizon réduit à une lucarne ?

Même après ma conversation avec Adam, une part de moi refusait de croire à la réalité de sa menace. Les orages de printemps ruisselaient sur les vitres des gratte-ciel, impuissants à laver la ville de ses péchés. Les eaux du lac enflaient, boueuses et colères. Mon mari couchait avec une chanteuse d'opéra. Une nuit, il avait enfoncé ma porte et relevé ma chemise de nuit. Les pleurs de Tim dans le couloir l'avaient arrêté. Le lendemain, j'avais pris rendez-vous avec l'ami d'Henry, qui avait un cabinet sur

West Washington Street. Comme moi, maître Gibson avait grandi à Hyde Park. Il connaissait les rouages secrets de la ville et n'en sous-estimait pas la puissance. Divorcer d'Adam Donnelley serait difficile mais il se voulait optimiste. Les frasques de mon mari joueraient en ma faveur. Il était riche et puissant, j'étais une épouse bafouée, une mère aimante. Bien sûr, la partie adverse ne reculerait devant rien pour me salir. Je devais me préparer à une bataille sans merci dont personne ne sortirait indemne. Pour finir, il avait évoqué le nerf de la guerre : avais-je un peu d'argent de côté ? Je comptais vendre certains bijoux pour régler ses honoraires. Par amitié pour Henry, il était prêt à les moduler. Je sentais que la perspective de ce combat inégal l'excitait.

J'avais rejoint la station de Washington/Wells, perdue dans mes pensées. Accomplir ce pas irréversible m'intimidait. Sur le quai, un groupe de vendeuses de chez Marshall Fields bavardaient en attendant le El, et leurs imprimés fleuris éclaboussaient de couleurs un océan de chapeaux et d'imperméables gris. L'une d'elles travaillait au rayon des parfums et était contente de finir tôt, elle avait ce soir-là un rendez-vous prometteur. Je me rappelle m'être demandé en les observant si ma vie ressemblerait bientôt à la leur. Le métro approchait de la station quand j'ai vu cet homme se détacher de la foule et avancer sur moi, masse compacte et brutale. Je me suis écartée par réflexe au moment où l'inconnu, infléchissant sa trajectoire, me percutait d'un mouvement d'épaule et me poussait vers la voie. Alors que je perdais l'équilibre,

j'ai senti qu'on me tirait violemment en arrière et mon cri s'est noyé dans le hurlement des freins. Aujourd'hui encore, il m'arrive de sentir le souffle du El sur mon visage, j'entends l'affreux crissement du métal, le vertige me submerge et je ne veux pas regarder en bas, de peur de voir mon corps en bouillie sur les rails. J'ai oublié les traits du bon Samaritain qui m'a sauvée d'une mort atroce. Dans l'intensité de l'effort, sa veste de costume s'était déchirée. Tout était allé si vite, il n'avait pas eu le temps de voir l'homme qui m'avait bousculée, la foule l'avait ravalé aussitôt.

Je ne saurais jamais si cette agression avait été planifiée, mais elle me remplit de terreur.

— Quand comprendras-tu que cette ville est dangereuse? me reprocha Adam quand je lui confiai ma mésaventure. Comme si tu avais besoin de prendre le El!

Je me mis à prêter attention à des petits détails, à noter les allées et venues de mon mari, épier des bribes de conversation, vérifier sans cesse si j'étais suivie. Je n'osais plus rendre visite à Henry; le South Side était quadrillé de ruelles sinistres où personne ne m'entendrait crier. L'été s'installait, avec ses sorties de voile et ses cocktails sur la plage, mais ma peau avait pris une couleur de cendre et j'avais le regard d'une noyée. Ma mère s'en alarma. Je fus tentée de lui parler mais y renonçai. Désormais, ma priorité n'était plus de divorcer d'Adam mais de rester en vie. Attendre me mettait à sa merci. Il me fallait agir, risquer. Quelque part dans cette ville, des gens pouvaient m'aider. Le premier tenait un bouge sur

Division Street où j'échouai après plusieurs expéditions infructueuses, vêtue de manière à ne pas attirer l'attention et les cheveux dissimulés par un foulard. Il me fallut me fier à l'instinct et à la chance, progresser à l'aveuglette, endurer quelques épisodes humiliants et masquer ma peur. Dans ce monde opaque dont j'ignorais les codes, je dus déployer beaucoup de patience et d'entêtement pour atteindre l'homme à l'épaule tatouée d'un poignard qui pouvait, pour un prix conséquent, m'obtenir les faux papiers qui me permettraient de m'enfuir.

J'ai mis un océan entre Adam et moi, pourtant je redoute toujours que ce qui me menaçait à Chicago ne m'ait suivie à Paris. Désormais j'ai un ennemi de plus. Au moins celui-ci a-t-il un visage, une voix.

En rentrant au foyer, je trouve dans mon casier un pneumatique de Robert Cermak m'informant qu'Andrew Thill, l'homme qui monte l'exposition, est à Paris pour quelques jours et qu'il doit déjeuner avec lui demain. « C'est un type formidable, j'aimerais vous le présenter. Si ça vous tente, rejoignez-nous vers une heure chez Yvette, près de l'église Saint-Germain-l'Auxerrois, m'écrit-il. Apportez vos clichés de Chicago. »

Je contemple le nom de cet étranger, Andrew Thill, qui tient mon futur dans sa paume.

Dans l'escalier, je croise Brigitte et la trouve changée, sans m'expliquer pourquoi.

— Tu as une mine à faire peur ! s'écrie-t-elle. Tu es malade ?

— Chômeuse…

— Ah, zut! Tu vas me raconter ça autour d'un verre. Mais avant, si on te remettait un peu de fard? Tu ressembles à un fantôme.

En pantalon noir et pull-over rouge, ses boucles rousses retenues dans un chignon lâche, elle est aussi radieuse que je suis accablée.

— Je craignais que tu aies un chagrin d'amour, me dit-elle quand nous sommes installées derrière la vitre des Deux Magots. Le travail, on s'en fiche, tu en trouveras d'autres.

— Ça c'est pas sûr, avec la réputation que Geneviève Galland va me faire dans le quartier…

— « Violet Lee, cette dangereuse communiste qui endoctrine vos enfants », s'amuse Brigitte. Et d'abord, qui est ce photographe qui t'emmène en virée à Aubervilliers? Tu fais des infidélités à ton diplomate?

Je ris, vaincue par sa spontanéité.

— Pas du tout, Robert est un ami. Et surtout un professionnel qui aime mes photos. Il veut que je participe à une exposition itinérante, en Amérique.

— Mais attends, c'est sensationnel! s'exclame Brigitte. Tu vas dire oui, j'espère? Quand tu seras une star, je raconterai partout que je te connaissais déjà quand tu gardais les gosses d'une bourgeoise coincée.

— Ce n'est pas si simple, dis-je.

— Pourquoi? m'interroge-t-elle, et ses yeux verts s'écarquillent d'incompréhension. Tu as peur de retourner là-bas? Mais cette fois, tu iras en tant qu'artiste, ça

n'aura rien à voir. À un moment, il faut tourner la page. Laisser le passé derrière toi.

Je me demande s'il est possible qu'elle ait raison, si être exposée en pleine lumière suffirait à me protéger. J'ai déjà joué ma vie, puis-je la risquer encore? À l'idée de pousser la porte de la maison de Goethe Street, mon cœur bat la chamade.

— Et Sam, il est toujours dans la course? poursuit Brigitte en me tendant son paquet de Craven A.

J'acquiesce en allumant ma cigarette au bout de la sienne.

— Tu lui as soutiré des secrets sur l'oreiller?

— On ne peut pas dire ça, dis-je. Il vénère l'Irlande et sa mère, boit son whisky sans glace, parle italien…

Je repousse la vision des poings de Sam s'abattant sur le corps de Louis, de ses gants ensanglantés.

— Comme détective, tu te poses là! me taquine-t-elle en exhalant un nuage de fumée. Est-il un bon amant, au moins?

Je rougis. Fréquenter Brigitte me donne conscience d'appartenir à ce temps révolu où l'évocation de l'intimité sexuelle vous rangeait d'office dans la catégorie des traînées. Elle précise avec tendresse qu'Anton était assez maladroit quand elle l'a rencontré, elle a dû lui apprendre que le plaisir féminin requérait patience et subtilité. Pour changer de sujet, je lui demande si elle a profité des fêtes pour le présenter à ses parents.

— Sûrement pas! s'exclame-t-elle en tirant sur sa cigarette. Toutes mes sœurs sont mariées, je suis le

mouton noir de la famille. Mon père menace de me couper les vivres si je persiste à mener «cette vie dissolue». Le réveillon a tourné à mon procès. Mon beau-frère avait apporté un article ridicule sur la jeunesse de Saint-Germain-des-Prés…

— Que vas-tu faire?

— J'ai trouvé du travail, me répond-elle avec fierté. Je tiens la billetterie du club de jazz de la rue de l'Échaudé. Tiens, ça me fait penser qu'Horatio Price cherche quelqu'un pour garder sa fille. Tu devrais le rencontrer.

— Le pianiste aveugle?

— Oui. C'est une gentille môme, elle doit avoir sept ou huit ans. Souvent, il l'emmène au club. Quand elle est fatiguée, elle s'endort dans sa loge. Sa femme est morte il y a des années alors il l'élève seul. Ça ne doit pas être facile, avec son handicap. Il a besoin de quelqu'un à demeure, mais c'est peut-être négociable. Il répète tous les après-midi au club jusqu'à sept heures. D'ailleurs, il est temps que j'aille prendre mon service. Tu m'accompagnes?

— Demain. Ce soir, j'ai des choses à faire, dis-je en me levant.

— Ces «choses» impliquent-elles la présence de Sam et d'un matelas? me taquine Brigitte. Oh, ne fais pas ta choquée… Détends-toi, tu vis à Paris, *city of love*!

Quand je rentre au foyer, le colonel administre à Rosa ses soins quotidiens. Hélène Roche entrouvre le four pour arroser un rôti dont le fumet embaume la pièce.

— Faut-il être lâche pour agresser une femme seule, gronde la directrice en enlevant ses gants de cuisine. Je

vous sers un peu de vin ? C'est un pinot gris que le colonel a remonté de sa cave. Quand j'y pense, heureusement que cet inconnu était là pour vous porter secours ! Vous ne l'aviez jamais vu ?

— Non, dis-je. Il m'a demandé si j'étais blessée et il est reparti sans demander son reste.

— Croyez-vous qu'il l'a tué ?

— Je le pensais mais les journaux n'en parlent pas.

— Si Louis est vivant, il doit être fou de rage, s'inquiète Hélène Roche. Demain matin, le colonel conduira Rosa à Bordeaux. Une de ses cousines y dirige une maison de couture. Elle est veuve et ses enfants sont partis, elle est ravie d'avoir un peu de compagnie. Lorsque notre protégée ira mieux, elle lui apprendra le métier.

— Et pour cette nuit ?

J'ai posé cette question par acquit de conscience, peut-être aussi pour la voir s'empourprer, porter son choix sur la locution la plus inoffensive :

— Le colonel a accepté de monter la garde.

— Quel soulagement ! C'est un trésor, cet homme, dis-je sans sourire.

Quand je vais embrasser Rosa, elle est anéantie de quitter Paris et finit par m'expliquer que son Hans, s'il est vivant, ne la retrouvera jamais au fond de cette province qui va l'engloutir. Je ne suis pas surprise qu'elle ait continué à y croire. L'espoir est vivace comme le chiendent, j'en sais quelque chose.

— Mais Rosa, tu pensais avoir plus de chances de le retrouver dans un hôtel de passe ?

— Bien sûr ! Je me disais qu'il suffisait qu'il en ait gros sur le cœur, un soir, et qu'il ait envie d'être consolé. Si tu savais le nombre de types qui viennent juste pour ça... Et puis moi, j'aime le contact, la variété. Tu me vois coudre des ourlets pour des bourgeoises ?

Avec ses coquards violacés qui lui rétrécissent les yeux, on dirait une petite fille effrayée. Je lui caresse les cheveux et lui raconte que Bordeaux est une ville portuaire, une ville de marins, de voyageurs au long cours. Elle recoudra des uniformes et des pompons, brisera des cœurs, se donnera à qui lui plaît « et plus personne, jamais, ne te forcera à faire ce que tu n'as pas envie de faire ».

Elle sourit et son regard s'évade au-delà de cette chambre, vers la mosaïque d'un portrait recollé, cet amour dont les fragments la réchauffent.

— Le jour où tu en auras assez, tu rentreras. C'est toi qui décides, lui dis-je, comme si c'était à moi que je parlais.

Chapitre vingt-cinq

À la lueur du jour, le club n'était plus qu'un écrin vide et fatigué. Les instruments abandonnés sur l'estrade, le cuir éraflé des banquettes, le rouge terne des rideaux, les trois soupiraux filtrant une lumière poussiéreuse semblaient les résidus d'une magie évanouie.

Horatio Price était assis à l'endroit où Brigitte et moi l'avions écouté la première fois, devant la scène. Sa main gauche pianotait sur la table tandis que les doigts de sa main droite effleuraient un document en braille.

— Monsieur Price, a dit Brigitte, mon amie Violet Lee, dont je vous ai parlé hier, est venue faire votre connaissance. C'est une nanny émérite.

— Ça tombe bien, c'est ce qu'il me faut, a-t-il répondu avec cet accent traînant du sud des États-Unis, qui m'évoquait des fins de journées écrasantes à siroter un *mint julep* sur la véranda.

— Je peux attendre, si vous répétez, ai-je précisé, intimidée.

— Je ne répète pas, miss Lee. Ce que j'ai sous les doigts, c'est le deuxième concerto de Chopin. J'aime l'écouter avant de jouer. Sa perfection me rassure. Elle me dit : « Tu peux y aller, mon ami. Sois tranquille, et plus libre que tu ne l'as jamais été. Tu peux te perdre jusqu'à oublier ton nom, tu te retrouveras toujours. »

— Vous croyez qu'on se retrouve toujours ?...

Price a tourné vers moi son regard opacifié par les lunettes noires. De nouveau, cette sensation d'être déchiffrée.

— Je dirais que tout dépend de la raison qui nous pousse à nous égarer, a-t-il répondu avec un sourire. Quelquefois, se perdre peut être le seul moyen de se retrouver. Miss Lee, a-t-il continué, maintenant asseyez-vous, j'aimerais que vous me parliez de vous, sans chercher à vous vendre. Plutôt comme si vous vous adressiez à un inconnu que vous ne reverrez jamais. Vous n'allez pas tout lui dire, certainement pas. Mais vous lui parlerez le plus sincèrement possible, comme à vous-même. Vous comprenez ?

Non seulement je comprenais, mais je réalisais que c'était sur cette exigence que j'avais bâti ma relation avec Sam. Depuis le premier jour, j'avais échafaudé des mensonges nécessaires avec un souci de sincérité absolue. Je m'efforçais de me tenir droite sur un chemin tordu, c'était mon éthique et ma boussole. Mais j'étais lasse de broder, et quelque chose dans son invitation m'a poussée à lui révéler un pan de vérité. Je lui ai confié que je m'étais fourvoyée dans ma jeunesse. En ce temps-là, la

sécurité me paraissait le bien le plus précieux, celui qui gouvernait tous les autres. Pour la trouver, je m'étais choisi un refuge qui s'était refermé sur moi. Je m'étais trahie sans m'en rendre compte, m'adaptant aux dimensions d'une cage de plus en plus étroite. Il m'avait fallu des années pour me réveiller, découvrir que mon abri reposait sur des crimes perpétrés en mon nom, que les cadavres s'amoncelaient sous ses fondations.

— Quand vous l'avez découvert, qu'avez-vous fait? m'a demandé Price.

— Je suis partie.

— Partir n'est pas le plus difficile, a-t-il murmuré. Le plus dur, c'est de se pardonner de ne pas être resté. Merci Miss Lee, je vous ai écoutée et j'ai entendu quelque chose de vrai. Ça ne m'arrive pas si souvent. Les voix m'envahissent entièrement, comme la musique. Les gens ignorent à quel point leur timbre les révèle. Ce que je perçois dans le vôtre me donne envie de vous rencontrer. En retour, laissez-moi vous raconter une histoire.

Dans sa langue qui était aussi la mienne, il a évoqué ce petit gars qui avait grandi à Ozark, au fin fond de l'Alabama. Il avait appris tôt à redouter les Blancs, à leur abandonner le trottoir et à ne pas les regarder dans les yeux. La vieille Luisa Ann lui apprenait à jouer de l'orgue à l'église. Il aimait ses frères, surtout Joe, qui était le plus grand et visait comme personne au lance-pierre. Joe tirait sur les merles et les corbeaux qui dévastaient le potager de leur mère. Mais un jour il avait raté l'oiseau, le caillou avait frappé le visage d'un Blanc qui passait en carriole.

Le soir, ils étaient venus le chercher et personne n'avait eu le pouvoir de s'y opposer. Le père était resté longtemps devant la porte, son fusil dans les mains, des larmes de rage au fond des yeux. En pleine nuit, ils étaient revenus balancer Joe dans le champ d'à côté, comme on se débarrasse d'une vieille carcasse. Les voisins répétaient que c'était un miracle qu'il soit vivant, même s'il ne ressemblerait plus jamais à Joe mais à un animal hébété, même plus capable de se mouvoir, juste bon à émettre des sons quand il avait faim ou mal. Alors le petit gars avait compris qu'il n'était pas prêt à attendre le moment – qui viendrait inéluctablement – où un Blanc le trouverait arrogant, ou sournois, en tous les cas menaçant, et s'arrogerait le droit de le rayer de la surface de la terre. Il lui avait fallu plus longtemps pour admettre qu'il ne pourrait sauver Joe, ni aucun d'entre eux. Il consumerait ses forces à se sauver lui-même et il n'y aurait pas de retour possible. Par chance, il avait reçu un grand pouvoir : au piano ses doigts s'envolaient, devenaient vivants, libres et agiles. Ils inventaient des passages secrets, réinventaient les partitions, exsudaient la mélancolie, la rage pétrifiée dans le cœur mais aussi la douceur possible, le risque de l'amour, et ces matins irréels où la paix montait des forêts, inondant hommes et bêtes d'une plénitude inconnue. Ses doigts en savaient plus long que lui. Ils l'emmèneraient loin d'ici, il suffisait de les suivre.

Ils l'avaient conduit à Memphis, puis à Harlem, où il s'était fait des amis qui se laissaient posséder par la musique, à en devenir fous, et qui tentaient de se rendre

sourds à coups de whiskys à trois heures du matin, parlementant avec des barmen qu'ils connaissaient par leurs prénoms, avant de s'endormir la cervelle rompue de pulsations et d'accords. L'un d'eux proposait de découvrir Paris, il prétendait que les Françaises s'y damnaient pour les jazzmen américains. Ils avaient pensé : « Pourquoi pas ? », grisés par l'infini des possibles. Ils avaient pris le bateau. À Paris, le petit gars avait éprouvé le besoin de s'inventer un nouveau nom ; une page neuve s'ouvrait devant lui, où il n'attirerait plus le regard par la couleur de sa peau mais par les prodiges qui le traversaient, la musique qui coulait à travers ses doigts. Il s'était baptisé Horatio Price, « Parce qu'il y a toujours un prix, n'est-ce pas, miss Lee ? ».

— J'espère que non, lui ai-je répondu, le cœur serré à la pensée de mon fils.

— L'expérience m'a appris que le destin ne vous donne rien sans rien, a-t-il observé doucement. Je croyais que l'exil suffirait. Ne jamais revoir l'endroit où j'étais né, ceux que j'avais aimés. En échange, la vie m'offrait ses consolations. J'étais célébré par des gens qui ne connaissaient de moi que ma musique. J'ai rencontré la mère de ma fille. Toutes ces choses étaient bonnes. Et puis je suis devenu aveugle, le glaucome a éteint mes yeux. Et pour finir, j'ai perdu la femme que j'aimais. Avec le temps, j'ai compris que c'était le prix à payer pour avoir détourné mon regard des miens, de leurs souffrances et de leur lutte. Que pensez-vous de cette histoire, miss Lee ?

— Je la trouve extraordinaire. Et terrible, ai-je murmuré. Ce prix, comme vous l'appelez, est exorbitant…

— Sans doute l'avais-je fixé moi-même, miss Lee. C'était celui de ma culpabilité, celle d'avoir le droit de vivre comme un homme quand ce droit est refusé aux miens. Le payer m'a pacifié. Je suppose qu'il est différent pour chacun.

Il me parlait d'un lieu dont j'ignorais tout. Je contemplais la beauté de cet homme, qui avait remonté des fleuves de lave pour atteindre une paix que personne ne pourrait lui voler. Je la lui enviais, moi qui n'étais que bataille, incertitude.

— Miss Lee, je crois que nous pourrons nous entendre. Mais je dois vous prévenir que j'ai besoin d'une personne à demeure. Sinon ma petite Thea n'arrive pas à dormir. Depuis la mort de sa mère, son vieux papa ne suffit pas à la rassurer. Bien sûr, vous garderez votre liberté, nous trouverons un arrangement.

— Je ne sais pas si je peux m'engager, monsieur Price. Je risque de voyager à partir du mois de mai, j'ignore combien de temps. Je m'en voudrais de vous lâcher en cours de route…

Je regrettais tout à coup d'avoir accepté de le rencontrer. Brigitte m'avait forcé la main alors que ma décision était déjà prise. J'avais le sentiment de trahir la confiance de cet homme.

— De quoi avez-vous peur, miss Lee ? J'entends de l'inquiétude dans votre voix, quand vous évoquez ce voyage. Votre timbre devient gris et noué. Je vais vous mettre à

251

l'aise : Thea et moi avons appris à vivre dans le présent, comme les oiseaux. Vous me parlez du mois de mai, pour moi c'est un horizon lointain. Je vous propose de nous revoir dans quelques jours. D'ici là, vous aurez réfléchi et vous me donnerez votre réponse. Cela vous convient-il ?

Je l'ai remercié, l'abandonnant au deuxième concerto de Chopin. J'ai quitté le club, si profondément troublée que je n'ai rien trouvé à répondre à Brigitte.

Ce soir, l'hiver suspend ses rigueurs pour nous offrir une accalmie bleu roi traversée de lueurs fuchsia. La nuit descend lentement sur les grilles du Luxembourg, le boulevard Saint-Michel, les brasseries, les silhouettes des passants perdent leur consistance et j'attends Sam, je ne l'ai jamais attendu si fort. Je le guette comme une voyageuse sur le marchepied d'un train. Il est en retard, me prévient l'horloge tatillonne du carrefour. Je pense à tout ce que j'ai retenu, la prudence est le masque de la lâcheté, je n'ai plus envie de respirer au compte-gouttes, de me cacher, d'avoir peur. Mes poumons se déplient, mon ventre réclame sa place, ma peau redevient souple, mon cœur se dilate.

Tout à coup Sam est là et m'enveloppe de sa densité brûlante, de son odeur, d'un rire doux lorsque ma bouche embrasse son cou, son menton hérissé d'un semis de barbe rêche, ouvre ses lèvres pour chercher un baiser osé, abattant la réserve et la timidité, les cloisons du vieux monde. Ma fougue le désarçonne et nos corps s'épousent, repoussent ces barrières de vêtements, de carrefour et de

nuit. Le souffle court, il caresse mes lèvres du bout des doigts, hésite :

— Tu es...

— Je suis en vie, dis-je. Avec toi, ici et maintenant. Tu m'as manqué. Tu me manques tout le temps.

— Toi aussi, dit-il, et ses yeux se voilent de tendresse et d'une inquiétude indéfinissable.

Ses bras ceinturent ma taille, il embrasse mes paupières, mes tempes, mon cou, il prend ma bouche, il m'absorbe tout entière et nous restons là à nous respirer. Il paraît impossible de nous détacher, de nous asseoir à une table et de dîner poliment, alors nous allons à l'hôtel et nous nourrissons de nos souffles et de tous les fluides qui sourdent de nos corps fendus, prédateurs, prêts à toutes les redditions. Il y a dans cette manière de nous aimer un absolu terrifiant, une joie profonde qui nous remue de fond en comble et déverrouille des chambres secrètes, pleines de fantômes et d'effroi. Nous communiquons par des soupirs, des fragments de mots, éblouis de s'enfoncer en l'autre, s'ouvrir et se déposséder jusqu'à ne plus savoir où finit son propre corps, naufragés, déconstruits, réconciliés. Et tout ce temps, une expression d'Horatio Price tourne dans ma tête : « Le risque de l'amour. »

Plus tard, nous avons faim et cherchons un restaurant, nous marchons enlacés dans une ville devenue trop petite pour nous, c'est une maison de poupée que nous regardons attendris. Je sens que cet instant s'inscrit déjà dans ma mémoire, cette harmonie du corps et du cœur. Nous

retrouvons le petit restaurant du premier soir, il y a encore de la lumière. La serveuse nous reconnaît et vient nous saluer. C'est la fin du service mais il reste de l'osso bucco. Sam choisit un vin de Bourgogne, il veut communier avec moi. Je lui parle d'Horatio, des ténèbres qu'il a traversées, de ce rayonnement qui émane de lui comme un halo.

— Quand tu parles de lui, ça me rend un peu jaloux, observe Sam.

— Tu as raison, l'aura de cet homme est irrésistible. Mais je vais refuser, je ne peux pas travailler pour lui.

— Pourquoi pas?

— Parce qu'aujourd'hui, j'ai accepté de participer à une exposition itinérante, dis-je, la gorge serrée d'émotion. Je vais voyager pendant plusieurs mois. J'ai rencontré l'homme qui l'organise. Il s'appelle Andrew Thill, il a une cinquantaine d'années, il se passionne pour la photographie humaniste. Il aime mon travail, Sam. Il m'a dit qu'il voulait le faire découvrir au monde entier.

Je lui décris cet homme au discours vibrant, ses yeux rieurs d'un bleu très pâle, le front haut sous un nid de cheveux blancs en bataille. Il est convaincu que la photographie peut transformer notre regard sur les êtres, développer notre compassion, nous rendre plus humains.

En face de moi, Sam se tait et son silence devient obsédant. L'osso bucco refroidit dans nos assiettes.

— Où ira-t-elle, cette exposition? demande-t-il après un temps interminable.

Je pense qu'il redoute que nous soyons séparés mais c'est le contraire, nous serons encore plus proches.

— À New York, et à Chicago, dis-je, et j'entends l'espoir trembler dans ma voix. Après, ce sera peut-être l'Europe. Tu te rends compte, Sam ? Mes photos, dans les musées… Je n'arrive pas à le croire. Ne t'inquiète pas, nous aurons tout le temps de nous voir. N'espère pas te débarrasser de moi, dis-je avec un petit rire étranglé qui se casse sur son visage grave.

Il boit une gorgée de vin et la tristesse que je lis dans ses yeux me glace le cœur.

— Ma bien-aimée, murmure-t-il d'une voix sourde, tu ne peux pas retourner là-bas. Je suis désolé. Si tu rentres à Chicago, ils te tueront.

Mon ventre se contracte avant que je réalise ce qu'il vient de me dire. Il se tait, anéanti par l'impact de ces mots qui ne s'effaceront plus et déjà, réécrivent notre histoire. Je la regarde s'écrouler sans bruit, tel un mirage de sable. Rien de ce que j'ai cru vivre n'a existé. C'était un fantasme, une fiction.

Pendant un temps infini, nous sommes incapables d'ajouter une parole, tant nous redoutons celles qui vont suivre. Il finit par articuler, même si je vois combien ça lui coûte, que là-bas je n'existe plus, je suis morte et enterrée, des fleurs poussent sur ma tombe, mon fils vient les arroser avec sa grand-mère, *tu m'entends, Eliza ?* Il me dit que je n'existe plus pour eux, ou comme un souvenir déchirant.

Mon prénom, que j'ai si souvent rêvé de l'entendre prononcer, a le goût amer de la trahison. Du verre pilé. Je voudrais qu'il se taise mais il continue, il brise son cœur et

le mien, il me jure que si je remets un pied en Amérique ils m'élimineront, à la descente du bateau ou de l'avion, il le répète, « *They will silence you* ». Il ajoute qu'Adam a fait inhumer une pauvre fille à ma place. Il veut se remarier à l'Église, il a déjà choisi celle qui portera son nom.

— Depuis quand travailles-tu pour lui ?

C'est tout ce que je parviens à articuler.

— Je l'ai connu dans le Pacifique… Se battre ensemble, ça crée des liens. Je suis retombé sur lui il y a un an et demi, à New York, on a bu quelques whiskys et on a parlé. Il avait besoin de rentrer en contact avec certaines personnes, c'était le genre de services que je vendais très cher. Après la guerre, je suis devenu un intermédiaire. Je voyage beaucoup, je fréquente toutes sortes de gens. Je me charge de la partie clandestine de certaines transactions. Pour ton mari, que je sois irlandais était une garantie de confiance. Et puis on avait combattu dans la même unité, ça comptait.

— C'est touchant. Et pour célébrer vos retrouvailles d'anciens combattants, tu as accepté de le débarrasser de sa femme.

— Non, Violet. Je devais te localiser, on avait perdu ta trace à Paris. Tu étais plus maligne que prévu, tu m'as donné du fil à retordre, avec ton hôtel de passe. Au moment où je commençais à me décourager, je t'ai croisée par hasard, pas très loin d'ici. Je t'ai observée des jours entiers. Tu me troublais, tu étais différente de ce que j'imaginais.

— C'est-à-dire ?

— Adam te décrivait comme une garce froide, une égoïste. Ça ne collait pas avec la femme que j'avais devant

256

moi. Tu étais tellement seule… Tu ne pouvais pas gagner contre lui, et pourtant tu te battais. Ta volonté de vivre me touchait, ta bravoure aussi. Après notre premier dîner, j'ai compris que j'étais en train de tomber amoureux. C'était un choc, une complication. La guerre m'avait détaché de beaucoup de choses. J'étais indifférent à ceux qui avaient été mes amis, aux femmes que je séduisais… Dans mon travail, cette distance me permettait de bluffer, et de gagner. Mais toi, tu m'as obligé à sortir de ma réserve. C'était effrayant de ressentir à nouveau, et dangereux. Je me suis dit que du moment que tu restais à Paris, je me débrouillerais pour le cacher à ton mari.

La serveuse nous interrompt, s'inquiète que nous ayons à peine touché à nos plats. Autour de nous, le restaurant s'est vidé et le personnel attend notre départ pour fermer. Sam vide son verre et demande l'addition.

Nous échouons dans les rues noires. Je me sens vidée par les coups qu'il m'assène, nos corps ressemblent à des navires démâtés que le courant emporte vers la Seine. Sur la place Saint-Michel, je l'arrête :

— Ta mission était de me faire disparaître, n'est-ce pas ?

Sam hésite avant de me répondre :

— Quand je t'ai invitée à danser au club, j'avais déjà pris ma décision. Je suis rentré à Chicago, j'ai menti à ton mari. J'avais fait établir un faux certificat de décès.

— Le livre, c'était toi ?

— Je voulais te faire peur.

— Tu m'as menti depuis le début.

— Toi aussi, m'oppose-t-il doucement. Et pourtant, est-ce que ton corps a triché ? Tes sentiments ? Je t'ai rencontrée pour des raisons impures, mais à présent tout est changé. Tu fais partie de moi.

— C'est toi que tu protèges, lui dis-je en détachant ma main de la sienne. Si je retourne là-bas, Adam saura que tu l'as trompé.

Il me fixe avec stupeur :

— Si j'avais pensé à mon intérêt, je t'aurais tuée dans ton sommeil. Regarde-moi, Violet. Tu ne comprends pas. C'est toi que j'essaie de sauver !

— Qu'est-ce que tu me proposes ? De continuer à me terrer ici, ne plus revoir mon fils ?

Mes yeux étincellent de larmes et de rage.

— De rester en vie. Pour Martin, pour tous ceux qui t'aiment, murmure-t-il en me serrant contre lui, et je sens qu'il met tout son amour dans la balance, comme si je me tenais sur le parapet d'un pont.

Cette fois, mon corps ne s'attendrit pas au contact du sien, je suis déjà trop loin. Je me libère de ses bras.

— Tu as raison, lui dis-je avec amertume. J'ai choisi de sauver ma peau, je ne peux pas tout avoir.

— Les choses finiront peut-être par se tasser... Mais aujourd'hui, c'est toi qui es en danger. Si tu rentres, je ne pourrai pas te protéger. Martin est en sécurité avec son père.

— Dis-moi au moins comment il va.

— C'est difficile à dire, répond-il. Je le connais peu. Adam était inquiet pour lui après ton départ, il dormait

mal. Apparemment il va mieux depuis Noël, il a repris l'école et la boxe. Mais tu sais, je ne fais que le croiser quand ton mari me reçoit chez lui. En général, il est avec une jeune femme noire, qui a l'air très douce. La dernière fois, je lui ai apporté une maquette d'avion, il était content. Il m'a longuement interrogé, il voulait savoir ce que ça faisait de voler au-dessus de la mer, et si on pouvait aller au bout du monde. Il m'a confié qu'il avait perdu trois dents de lait, et qu'il économisait l'argent de la fée pour se payer un voyage en avion.

— Parle-moi encore de lui.

— C'est un bel enfant, me répond-il. Il a ton sourire… Son père dit qu'il sera grand.

Je le regarde, émue par son chagrin, son impuissance. Je comprends qu'il lui a fallu du courage pour pulvériser les chimères qui m'aidaient à vivre. Il lui a fallu me préférer à notre amour.

— Violet, me dit-il encore, je sais combien tu te sens trahie… mais je t'aime trop pour accepter de te perdre.

C'est une prière, presque une supplique. Je me détourne de son visage défait, je ne veux plus rien entendre qui me brise ou me retienne.

— Sam, je ne doute pas de tes sentiments. Mais à partir de maintenant, si tu m'aimes vraiment, je ne veux plus que tu m'approches.

Après, je ne sais plus. Tout se confond, s'efface.

DEUXIÈME PARTIE

« Toute cette haine, dit-il. Toute cette haine, cette misère et cet amour. C'est un miracle qu'ils ne fassent pas exploser l'avenue. »

James BALDWIN, *Blues pour Sonny*.

Chapitre vingt-six

Malgré les flamboiements de l'été indien, Chicago garde un goût de cendre. À certaines heures, nous arrivons à oublier la tempête qui nous a emportés. Nous devons faire un effort pour nous souvenir de ceux qui sont venus, et repartis, et de ce qu'ils avaient tenté de nous dire. Sur Michigan Avenue, les balayeurs noirs ont nettoyé les traces du chaos. Pour le reste, les gens d'ici se moquent de ce qu'on pense d'eux à New York ou à San Francisco. Les indignations du *New York Times* les effleurent à peine. Il faut avoir grandi dans cette ville pour savoir qu'elle se défend contre les intrus, les fauteurs de troubles. Âmes sensibles, passez votre chemin.

Je pousse mon fauteuil pour m'installer dans le rayon de soleil, et je mets le magnétophone en marche :
« Horatio, ce matin je me suis réveillée en pensant à toi, et à ce jour d'avril où je t'ai annoncé que je rentrais chez moi. Je ne pouvais pas t'expliquer pourquoi, il aurait fallu dérouler une trop longue histoire. Je t'ai dit que la

situation avait changé, que la route du retour ne m'était plus fermée. Tu m'as demandé doucement où était mon chez-moi. Alors j'ai prononcé le nom de ma ville, ce nom qui n'avait cessé de me brûler, tout ce temps. Tu t'es inquiété de savoir s'il y avait des gens qui m'attendaient là-bas. Je t'ai répondu que je l'espérais, mais que je n'en étais pas sûre.

Tu as effleuré mon visage – ta façon de me regarder –, et tu as murmuré que tu l'avais toujours su, je repartirais un jour comme j'étais venue. Je n'appartenais qu'à moi-même et c'était ainsi que tu m'aimais. "Libre et pleine de secrets", as-tu précisé en souriant, et j'ai embrassé ta main.

Tu m'avais recueillie sans poser de questions et aidée patiemment à me reconstruire. Tu m'acceptais avec tous ces morceaux brisés, tu devinais beaucoup et ne forçais rien, et peu à peu ta douceur m'avait réconciliée avec la vie. Entre nous, l'amour est venu lentement. Notre cohabitation respectueuse s'est muée en complicité, puis en intimité. Mais tu as respecté ma part d'ombre, tu n'as rien dérangé. J'ai appris à t'aimer, comme on se coule dans la musique en la laissant étirer le cœur et l'âme vers d'infinies métamorphoses. Durant les heures où je t'écoutais jouer, les soirées avec tes amis musiciens et écrivains qui transcendaient leurs vies boiteuses pour en filtrer la lumière, je n'avais plus le sentiment de devoir lutter contre le courant. J'acceptais de vivre avec cet inachevé, ce vide inguérissable. Je te dois la part de joie et de paix de ces années, la liberté que j'y ai trouvée. Même si tu

soutiens que tu n'as fait qu'écouter le chant de mon âme, qui se débattait dans l'obscurité mais aspirait à rayonner au-dehors.

À l'instant de vous quitter, ta fille et toi, j'étais déchirée. Je n'avais pas encore avoué à Thea que je partais. Je redoutais sa tristesse et me sentais condamnée à blesser tous ceux que j'aimais. À nouveau, tu as effleuré mon front et mes tempes. Et tu m'as répondu :

— Thea sera triste, mais elle n'a plus besoin de toi. Tu l'as aidée à grandir, et à comprendre que le monde n'était pas là pour lui tendre des pièges. Ce que tu lui as donné est donné pour toujours.

J'ai emporté ces mots avec moi, ils m'ont tenu chaud quand l'avion s'est arraché à la piste et que j'ai senti mon cœur battre à exploser. J'ai fermé les yeux et j'ai repensé à ce que tu me disais toujours : c'est lorsque nous avons réalisé notre impuissance que nous devenons vraiment libres. Plus tard, je me souviens de la nuit noire derrière le hublot tandis que je survolais l'océan, et d'avoir calmement envisagé qu'elle pouvait m'engloutir à jamais. De l'autre côté, il y avait Chicago et tous ceux que j'avais laissés là-bas, dix-huit ans plus tôt.

Dans mon sac en cuir noir, je gardais deux coupures de presse extraites de l'édition du *Chicago Tribune* du 4 avril 1968 : la première annonçait que le révérend Martin Luther King Jr. venait d'être assassiné à Memphis. Je me souviens de ma stupeur quand je l'avais lue, du froid qui m'avait envahie. Depuis le jour où il s'était levé à Montgomery, Alabama, le révérend se savait en sursis ;

un condamné marchant dos au soleil sans savoir d'où viendrait la balle qui l'abattrait. Il avait tenu longtemps. Les derniers mois, l'usure se lisait sur son visage. L'intense fatigue d'écrouler des murs qui en cachaient d'autres, aux fondations plus sournoises. Dans ses yeux cohabitaient la force et l'angoisse, le désespoir et la lumière. Horatio, l'une des seules fois où je t'ai vu pleurer, c'est lorsque je t'ai annoncé qu'ils avaient fini par l'abattre. Tu prophétisais que ce jour arriverait, pourtant cela t'a brisé le cœur. Sa mort étend une ombre sur nos vies, son mystère ranime de vieux fantômes.

Le deuxième article était la nécrologie d'Adam Francis Donnelley, homme d'affaires et citoyen estimé de la ville de Chicago. La mort de cet homme avait fait de moi une veuve. Un accident cardio-vasculaire l'avait tué alors qu'il venait de célébrer son soixantième anniversaire dans le faste de l'hôtel Drake. Deux photos illustraient la notice : la première était un portrait du défunt. Je retrouvais dans ses yeux l'assurance autoritaire dont je connaissais le revers : ce tourment qu'il tentait d'endormir dans l'alcool, la crainte de ne pouvoir être aimé pour lui-même. Il y avait longtemps que ce qui me restait de tendresse pour cet homme s'était tari, pourtant, j'étais touchée par sa disparition. Peut-être à cause de ce que je ne pourrais plus lui dire. Ou parce que sa mort me libérait de la longue peine de l'exil.

Sur un autre cliché il posait souriant, entouré de sa femme, de deux adolescents et d'un grand jeune homme au visage mince, encadré de cheveux noirs en bataille. La

légende était : "Adam Donnelley, sa femme Cathleen et leurs enfants, Martin, Ethel et Patrick." Horatio, la première fois que j'ai vu cette photo, j'ai pleuré toutes les larmes de mon corps. Elle me confirmait que mon fils était vivant et n'avait pas rejoint les monceaux de cadavres qui rougissaient la terre du Vietnam. Dans le fond, je reconnaissais le hall d'entrée de l'hôtel Drake. La photo avait été prise le 21 mars, le soir de l'anniversaire d'Adam. Tim avait échappé à cette loterie mortelle, ou avait réussi à rentrer indemne. Dans quelques mois, il aurait vingt-six ans et l'Oncle Sam ne pourrait plus l'envoyer à la mort.

Ce jour-là, j'ai exhumé la photo que j'avais reçue dans un pli anonyme, en mai 1960. Tim y figurait au milieu des jeunes diplômés de son lycée. Entre les deux clichés, huit ans avaient passé. Ses traits s'étaient creusés et affirmés, son visage était moins juvénile. J'y décelais maintenant une certaine dureté héritée de son père, que venait équilibrer la douceur mélancolique de son regard. Sam avait dit vrai, Tim avait mes yeux. Sa beauté m'intimidait. Il me paraissait improbable que cette Cathleen qu'Adam avait épousée, commettant à son insu le péché de bigamie, m'ait remplacée auprès de lui. La légère distance qu'elle instaurait entre ce fils par alliance et les enfants de sa chair trahissait une réticence. Les gens ne se doutent pas de ce qu'une photo révèle. Tim se tenait à quelques centimètres et elle entourait de ses bras son fils Patrick, comme pour marquer ostensiblement la frontière de l'ancienne vie de son mari. La jeune Ethel s'appuyait contre l'épaule de son père, dans une proximité tendre.

En découvrant ce cliché, j'ai su que rien ni personne ne pourrait me retenir à Paris. Pas même toi, Horatio. Ou notre jolie Thea. Rien ne pourrait m'empêcher de rentrer chez moi. L'exil est un poison tenace, tu le sais mieux que moi. J'avais rendez-vous avec les lambeaux de ma vie.

Maintenant tu connais mon secret. J'espère que tu me pardonneras d'avoir quitté vos vies si brutalement. Parle-moi de toi, de vous. Dis-moi que Thea n'a pas retrouvé le regard noir qu'elle avait lorsque je l'ai rencontrée. Ces derniers temps à Paris, j'ai cru deviner qu'elle nourrissait des sentiments pour un de ses camarades de la Sorbonne. Est-elle amoureuse? Cela me réjouirait tellement!»

J'éteins le magnétophone, sans dire à Horatio qu'au bas de l'article du *Chicago Tribune*, quelques mots avaient été rajoutés au feutre rouge: «*Welcome home. Sam*».

Depuis la nuit où je l'avais abandonné sur la place Saint-Michel, il ne m'avait pas quittée. Il scintillait au fond de certaines pensées, à la manière de ces bougies votives que j'aime allumer dans le silence des églises. Lorsque j'avais reçu la première coupure de presse, quelques semaines après avoir emménagé dans la maison d'Horatio Price, je n'avais eu aucun doute sur l'identité de son expéditeur. Les mois suivants, j'en avais reçu d'autres, à un rythme régulier. Elles procédaient d'un choix précis qui me désarçonnait, remettait en question ce que je savais de Sam. Beaucoup parlaient de Chicago, d'autres de sujets aux ramifications plus profondes. Sam m'envoyait ce qu'il voulait que je sache de la vie de

l'Amérique. Il m'arrivait de lui en vouloir de me donner des nouvelles d'un pays défendu. Je le trouvais cruel de souffler sur les braises quand je bataillais pour faire un deuil impossible. À travers ces articles, il me répétait que ce pays demeurait le mien, même si j'étais une Américaine qui vieillissait, jouissait et souffrait à Paris. Que Tim était mon fils et que personne ne pourrait me retirer ça. Sam m'interdisait de baisser les armes, d'oublier ce que j'avais perdu. Maintenant, je comprends qu'il voulait me préparer au retour ; que son esprit était tendu vers le moment où il pourrait me dire que la voie était libre, et mon exil terminé. En me délivrant, sans doute espérait-il se libérer aussi du rôle qu'il avait joué dans cette histoire.

Dès mon arrivée à l'aéroport O' Hare, la ville m'a giflée de sa beauté, sa démesure. Une cacophonie de couleurs et d'accents, et par-dessus tous, celui du Midwest qui m'avait tant manqué, et me souhaitait la bienvenue chez moi. Mon chauffeur de taxi s'appelait Ricardo Clemente, il était venu de Puerto Rico avec sa famille dix ans plus tôt. Comme il s'étonnait que je voyage avec tant de bagages, je lui ai montré les deux appareils que je portais autour du cou. Les malles qui entouraient ma valise contenaient du matériel photographique et des clichés.

— Photographe ? C'est un beau métier, ça ! s'est-il exclamé. Où vous voulez que je vous dépose, dans le centre ?

Je me sentais lasse et cherchais un hôtel décent à un prix raisonnable. Il se trouvait que sa sœur Rosario tenait une pension de famille à Lincoln Park. J'ai pensé que si une Rosa m'avait accueillie à Paris, une Rosario pouvait m'attendre à Chicago. La pension était modeste mais coquette. Elle débordait d'une joie bruyante qui ne s'éteignait que tard dans la nuit, lorsque les derniers accords de guitare mouraient doucement dans la conversation. Ma fenêtre donnait sur le parc. Au-dessus de mon lit, une peinture aux couleurs vives représentait la Vierge Marie dans un halo orange et bleu. La première nuit, je lui ai adressé une prière. Malgré la fatigue, la pensée de m'endormir à quelques miles de Tim précipitait ma respiration. Alors j'ai imaginé qu'Horatio jouait rien que pour moi, comme il aimait le faire à certaines heures, dirigeant chaque note vers les points les plus douloureux de mon être pour les réconcilier un à un.

Le lendemain, j'ai commencé à chercher des traces de mon fils. Devant notre maison de Goethe Street, une sensation d'étrangeté familière m'a bouleversée : Adam l'avait vendue à un chirurgien qui avait sacrifié mes arbres bien-aimés pour bâtir une extension. Sa femme ignorait que l'ancien propriétaire était mort. Tout ce qu'elle pouvait me dire, c'est qu'à l'époque de la vente, Adam venait de déménager à Evanston.

M'abritant du vent dans un café de Oak Street, j'ai parcouru de nouveau l'article que m'avait envoyé Sam. Au bas de la nécrologie, il était précisé que le service funéraire

aurait lieu le 7 avril, à l'église Sainte-Marie d'Evanston. Soit quatre jours plus tôt. Ce n'était pas très loin de la jolie plage du Phare, où Adam et moi aimions aller nous baigner durant les longues soirées d'été. À la tombée du jour, nous en profitions pour arpenter Lake et Church Street, admirant les manoirs qui rivalisaient d'élégance et de raffinement. Mon mari affirmait que Tim y serait plus heureux, mais ces rues de banlieue aux pelouses impeccables me flanquaient le cafard ; j'y voyais une prison dorée, où l'enthousiasme surjoué des réunions de voisinage masquait un désespoir étouffé.

Le lendemain matin, j'ai demandé à Ricardo de me conduire à Evanston. Il semblait ravi de cette escapade. Après s'être déchaîné toute la nuit, le vent s'était calmé, nous offrant l'une des premières journées de printemps. Ici et là, les arbres aux floraisons précoces donnaient un air de fête aux avenues tranquilles. Adam figurait dans l'annuaire. Nous n'avons pas eu de mal à dénicher l'imposante maison de pierre blanche à l'extrémité ouest de Church Street, à un jet de pierre du lac. Ricardo et moi nous sommes postés à bonne distance du jardin, dissimulés par le feuillage des frênes et des cornouillers qui bordaient le parc Cornelia Lunt. Vers onze heures du matin, nous avons vu sortir une femme d'une quarantaine d'années, vêtue d'un manteau à col de fourrure et d'un tailleur noir, sa chevelure brune retenue dans un carré de soie. Elle a démarré nerveusement une Ford Mustang cabriolet bleu marine, adressant un signe de main au jeune Noir qui était sorti fermer le garage derrière elle.

271

— Sacrée carosserie! a apprécié Ricardo en connaisseur, sans que je sache s'il parlait du véhicule ou de sa conductrice.

Après que la voiture a disparu à l'angle de Sheridan Road, je suis allée sonner à la porte et me suis présentée sous le nom de Mrs Logan, expliquant que mon fils Tom était un camarade de lycée de Martin. Que nous vivions maintenant à Winnetka, mais avions appris dans le journal que Martin avait perdu son père et souhaitions lui exprimer nos condoléances, pouvait-il m'indiquer une adresse où lui écrire?

— Monsieur Martin ne vit plus ici, m'a répondu l'adolescent noir avec une expression embarrassée. Il habite à l'université, maintenant. Vous pouvez lui écrire ici, Madame Donnelley transmettra.

Il ne se souvenait pas du nom de la fac mais devant mon insistance, il a fini par revenir avec un autocollant de l'université du Michigan.

Ann Arbor était au moins à quatre heures de route. Je devrais y aller en train ou en autobus et passer la nuit sur place. La perspective de rencontrer ce fils, qui m'était devenu étranger, au cœur de l'animation d'un campus m'intimidait terriblement. J'allais me confronter à un adulte qui avait été élevé par Adam et lui ressemblait peut-être. Dans sa vie, j'étais une silhouette effacée depuis si longtemps qu'elle n'avait peut-être plus de consistance. Avait-il filtré sa mémoire de nos souvenirs heureux pour n'en garder que du ressentiment? J'étais presque soulagée de retarder ce face-à-face.

Pour distraire mon appréhension, j'ai proposé à Ricardo de déjeuner Chez Fanny, un *diner* où l'on servait les plus fameux spaghettis en sauce de l'Illinois. Juste avant de tourner sur Elgin Road, la circulation était bloquée par une foule de manifestants qui réclamaient la liberté résidentielle pour tous. Dans le cortège, les Blancs se mêlaient aux Noirs, des parents marchaient avec leurs jeunes enfants. Gagnée par l'émotion, j'ai eu une pensée cruelle pour Adam. J'aurais voulu qu'il voie tous ces gens réclamer la fin de la ségrégation qui avait fait sa fortune. Nous avons laissé la voiture pour continuer à pied, portés par les slogans d'une foule galvanisée par la mort du pasteur King. Ici, la rage se muait en détermination pacifique. Ailleurs, elle embrasait les ghettos, devenait foudre, incendies, chaos.

En entrant Chez Fanny, Ricardo a étudié avec circonspection les clients du *diner* car il n'était pas sûr que ce restaurant « servait les Latinos ». Il ne s'est détendu que lorsque la patronne, traversant la salle avec un grand plat de spaghettis fumants, nous a désigné une table libre près de la cuisine.

— Sais-tu qu'en 1948, Kraft Foods a offert 75 000 dollars à Fanny pour sa recette de sauce à la viande ? Eh bien, figure-toi qu'elle a refusé, ai-je souri à Ricardo.

Au même instant, un des cuistots est sorti de la cuisine pour interpeller un serveur et mon cœur a bondi dans ma poitrine :

— Solly !

Il m'a dévisagée bouche bée, avec une sorte de terreur :

273

— Mrs Donnelley?…

Les larmes aux yeux, j'ai posé un doigt sur mes lèvres. Dans cette ville, le nom de mon mari devait attirer l'attention. Solly a acquiescé en silence. D'une main tremblante, il nous a apporté la carte.

Le choc de revoir le fils de notre cuisinière m'avait coupé l'appétit. Une fois l'addition réglée, j'ai laissé Ricardo commander une bière. J'avais donné rendez-vous à Solly au bord du canal après son service. Il était devenu un homme élancé à la taille intimidante. Le revoir faisait resurgir tant de souvenirs que je l'ai serré dans mes bras, la gorge serrée.

— Mrs Donnelley, je croyais que vous étiez…

— … morte? Regarde, tu me touches, c'est moi, je ne suis pas un fantôme. Mais tu ne dois le dire à personne, tu comprends? Ça me mettrait en danger.

Il m'a fixée, bouleversé:

— Je suis allé à votre enterrement. Au cimetière de Rosehill…

— On a mis quelqu'un d'autre dans ma tombe, Solly. J'ai dû m'enfuir parce que j'étais menacée par des gens puissants. Je me cachais dans un autre pays, loin d'ici. Maintenant je m'appelle Mrs Lee. Essaie de t'en souvenir.

Il a hoché la tête avec gravité.

— Je suis si heureuse de te voir… Alors comme ça, tu es cuistot Chez Fanny? June doit être si fière de toi!

Son regard s'est voilé et il m'a appris qu'un cancer avait emporté sa mère trois ans plus tôt.

— Oh Solly, je suis désolée…

— Elle m'a tout appris. Elle disait que j'étais le nègre le plus maladroit du Midwest, a-t-il murmuré, souriant à ce souvenir.

Nous avons évoqué ensemble la rudesse de June, qui était sa façon de se protéger de ses sentiments. Solly s'était marié en 1961 et June avait pu embrasser sa première petite-fille avant que la maladie n'ait raison d'elle. Enfin, comme je n'y tenais plus, je lui ai demandé de me parler de mon fils. J'aurais voulu qu'il puisse me rendre ces années perdues, l'enfance de Tim, son entrée au collège, ses passions et ses peines d'adolescent. Il m'a raconté qu'Adam s'était remarié neuf mois après m'avoir enterrée. Ethel et Patrick étaient nés dans la maison de Goethe Street, mais la nouvelle épouse étouffait dans ces murs où j'avais vécu. Adam était résolu à lui offrir une vie délestée des ombres du passé. Dinah, Solly et June avaient déménagé ici avec toute la famille, en 1955. Lorsque les petits étaient entrés au lycée, Dinah était partie travailler ailleurs, plus au sud. À travers le récit de Solly, je percevais que Tim clochait dans ce tableau idyllique. Pour Cathleen Donnelley, il était le rappel obsédant qu'elle n'était que la seconde épouse. Au fil du temps, mon fils s'était renfermé sur lui-même. Il opposait à sa belle-mère un silence frondeur et provoquait la colère de son père.

— Quand il est entré à l'université, je venais de me fiancer. J'avais trouvé du travail dans un hôtel, sur Clark Street. Je crois que Martin était soulagé de s'en aller. Avec son père, ils se cherchaient tout le temps. Je ne l'ai pas revu souvent, à part pour les enterrements… Il est venu

à celui de ma mère et j'étais là l'autre dimanche, quand ils ont enterré Mr Donnelley. Ça m'a fait bizarre... Bah, on finira tous comme ça un jour, pas vrai ?

— C'est la seule chose dont on soit sûrs.

— Dites, Martin, il sait... que ce n'est pas vous dans la tombe ?

— Pas encore. Je dois trouver un moyen de le lui dire. En attendant, je ne veux pas qu'il l'apprenne par quelqu'un d'autre. Je peux compter sur toi ?

Il a serré ma main, scellant un pacte. Avant de le quitter, je l'ai pris en photo devant le canal, émue de retrouver le regard du Solly d'autrefois dans ce visage d'homme. J'espère avoir capté la fierté qui armait son sourire ; celle d'avoir réussi à faire son chemin, à fonder une famille.

Lorsque Ricardo m'a ramenée à Lincoln Park, j'avais le cœur lourd d'imaginer Tim grandir en étranger dans son propre foyer, relégué dans le hors champ des photos de famille. Pourrait-il me pardonner un jour ? Je bénissais le Ciel qu'il ait pu garder Dinah et Solly près de lui, et avec eux, un peu de la douceur de l'enfance.

Je me suis endormie dans les accords de guitare qui montaient du salon, établissant l'ordre de mes priorités pour les jours à venir. Avant de me rendre à l'université du Michigan, j'avais une visite importante à faire. Quant à Sam, je pressentais qu'il viendrait à ma rencontre. Tant d'années avaient passé loin de lui, mon corps avait vieilli, mon cœur avait trouvé la paix auprès d'un homme qui savait m'aimer. Loin d'Horatio, je me sentais privée de mon port d'attache. De lui, tout me manquait : sa voix

basse et profonde, sa peau marquée d'invisibles cicatrices, sa musique. Pourtant, la simple idée de revoir Sam me rendait fiévreuse. Elle réveillait un tumulte endormi, une espérance que ses courriers anonymes avaient souterrainement nourrie, et dont la vigueur m'effrayait.

Chapitre vingt-sept

Quand je repense à ces premiers jours à Lincoln Park, je réalise que les éléments du drame se mettaient en place sans que nous en ayons conscience. En ce printemps 68, Chicago avait un grand souci de son image. Le Loop et son éblouissante *skyline* en étaient la vitrine, de même que les autoroutes, les voies express et les immeubles luxueux qui jaillissaient de terre dans un fracas de bétonneuses et de marteaux-piqueurs. Après mon départ, la ville avait élu un bâtisseur à sa mesure. Au fil des articles que m'envoyait Sam, je m'étais fait une idée précise de son maire, Richard Daley. Convaincu que la ville méritait le meilleur, il posait volontiers la pelle à la main ou coiffé d'une casquette de chantier ; couper des rubans était son activité favorite. Le reflet qu'il tendait à ses administrés était si convaincant qu'il était triomphalement reconduit à chaque mandat, avec plus de soixante-dix pour cent des suffrages. Cela n'avait pas empêché l'assassinat de Martin Luther King de plonger les quartiers noirs du West Side et d'une partie du South Side dans une rage destructrice. Et même si les

ghettos noirs d'une centaine de villes américaines s'étaient embrasés au même moment, envahissant les écrans de télévision de leurs images de fumée, de flammes et de vitrines brisées, dans le bruit obsédant des tirs de snipers et des pales d'hélicoptères survolant les zones sinistrées, même si l'on avait assisté partout au même déploiement de pompiers, de flics et de gardes nationaux, le maire Daley considérait ces émeutes comme une offense personnelle. Et peut-être n'avait-il pas tout à fait tort, pensais-je en feuilletant les journaux dans un café de North Avenue. Sans doute étaient-elles le signe que la « Ville qui marche » ne fonctionnait pas si bien. Après tout, Chicago avait toujours eu deux visages. Si le premier étincelait tel un profil de médaille, l'autre ressemblait à ces *back alleys* où l'on refoule les ordures et les charognes. Par ses jeux de lumière et ses opérations publicitaires, le maire détournait notre regard de ce qu'il préférait cacher. Et voilà que ces émeutes noires tombaient au pire moment, quand il venait de rafler le privilège d'héberger la Convention nationale du parti démocrate, coiffant Miami au poteau. Une victoire importante, qui devait drainer des millions de dollars et des emplois. Aussitôt, il avait fait pavoiser le Loop d'affiches guillerettes qui le symbolisaient levant son canotier pour saluer ses invités : « HELLO ! DEMOCRATS WELCOME TO CHICAGO ».

Je ne les avais pas remarquées, avant de croiser sur Division Street un groupe de hippies qui distribuaient des prospectus aux passants. Le garçon portait un gilet en laine bouillie sur un pantalon bariolé, un halo de boucles

brunes lui tombait sur les yeux. Les filles ondulaient doucement dans leurs robes en tissu indien, leurs longs cheveux retenus par des bandeaux de perles tissées. L'une d'elles, qui s'était fait tatouer une feuille de cannabis sur la cheville, tendait un dépliant à une femme en tailleur dont l'expression oscillait entre le dégoût et la fascination. J'ai saisi mon Leica M3 – si maniable et discret qu'il avait détrôné mon vieux Rolleiflex –, et le temps d'une rapide mise au point, j'ai immortalisé la confrontation entre deux mondes. Percevant le léger clic de la prise de vue, la jolie hippie m'a adressé un sourire radieux et son interlocutrice en a profité pour filer sans demander son reste. La jeune femme m'a montré l'affiche du maire Daley sur le trottoir d'en face :

— Ce cochon est très fier de sa convention de mort, mais on lui prépare une belle surprise ! Tiens, ma sœur, je t'invite à participer à notre Festival de la Vie. Il aura lieu à la fin du mois d'août. Les hippies arriveront de tous les coins du monde. Ce sera l'été le plus chaud que cette ville ait connu… On va créer une grande bulle d'énergie, d'amour et de paix. On jouera de la musique partout, on dansera, on fera l'amour. On va changer le visage de cette ville, ma sœur. Viens, rejoins la révolution en marche, l'Amérique libre !

Elle m'a offert un pin's où les mots *Yippies! Festival of life August 25-30 Chicago* figuraient en rose sur fond violet, puis m'a tendu un dépliant. Elle m'a expliqué que c'était le manifeste du Youth International Party, alias Yippie. Il invitait les « esprits libres, les jeunes et les rebelles, tous

280

les artistes, les poètes, les danseurs et les amants» à se rassembler à Chicago pour créer une puissante alternative à la «Convention du parti national de la mort», et affirmait que «les menaces du maire Daley, de Lyndon B. Johnson et de J. Edgar Freako» ne les arrêteraient pas.

J'ai su tout de suite qu'il y avait un reportage à faire et que je ne voulais pas qu'il m'échappe. Je devais d'abord le vendre à un magazine ou à un journal, ce qui ne serait pas une mince affaire. À Paris je m'étais fait un nom, mais ici je n'étais personne.

Le même jour, j'ai pris le El en direction du nord pour revoir ma mère. À l'hiver 1948, ma tante Gitta était morte d'une leucémie. Après la succession, mes cousines avaient vendu la grande maison de Lakeview. Ma mère avait hérité de sa sœur assez d'argent pour acheter une petite maison sur West Wellington Avenue, non loin de Saint-Alphonsius, sa paroisse depuis plus de trente ans. J'espérais qu'elle y vivait toujours. En m'enfuyant, je lui avais laissé un puzzle insoluble. Sa fille, qu'elle croyait connaître jusque dans ses errements, avait fui ses responsabilités de femme et de mère et abandonné son fils. Quelles raisons, quels manquements avaient pu l'y pousser? J'imaginais avec quel mépris Abigail avait dû la traiter, et comme elle avait dû se sentir mortifiée. Quelques semaines plus tard, l'annonce de ma mort l'avait privée d'explications à jamais.

Elle ne m'avait pas manqué tout de suite, sans doute lui gardais-je trop de colère. Pendant toutes ces années

281

avec Adam, elle n'avait pas été un recours. Au contraire, elle s'était efforcée de me convaincre que mon seul destin était l'effacement, la dissolution. Elle-même ne s'écartait jamais d'une morale puritaine, centrée sur le devoir et la hantise du péché. Elle avait épousé un médecin charismatique et avait dû partager sa vie avec un sociologue ruiné par le krach, dont les positions radicales la heurtaient autant que ses provocations en société. Ce mariage avait été sa croix, sa porte étroite vers le Ciel. Précocement veuve, elle avait porté seule la responsabilité de mon éducation, avant de porter celle de ma fuite. À Paris, j'avais commencé à souffrir du silence que j'avais érigé entre nous. Je lui connaissais peu d'amis et la solitude de sa vie m'inspirait une peine infinie. Mais il m'avait fallu rentrer à Chicago pour comprendre que je ne supporterais pas de ne pas la revoir.

Il était troublant de remonter le temps à mesure que les quartiers nord de la ville défilaient derrière les vitres du El, d'y croiser le reflet d'une adolescente perdue, d'une jeune mère tentant de faire tenir ce qui s'était disjoint. Toutes ces vies que j'avais cru effacer revenaient me traverser par fulgurances, sous un ciel lourd de larmes retenues.

Le sang cognait à mes tempes quand j'ai gravi les marches de la maison. J'ai été accueillie par une inconnue au visage avenant nommée Helen, vêtue d'une blouse bleue et d'un pantalon souple. Apprendre que j'étais la fille d'Anna a semblé la décontenancer. Elle m'a expliqué qu'elle était venue s'installer ici lorsque

ma mère avait commencé à divaguer, à se perdre entre l'église et la maison. Ma cousine Elizabeth, qui rendait visite à sa tante Anna une fois par semaine, avait engagé Helen et lui réglait un forfait mensuel.

— Vous allez la trouver très changée, m'a-t-elle prévenue. Il est possible qu'elle ne vous reconnaisse pas.

Terriblement gênée, elle m'a avoué que ma mère s'était persuadée que j'étais morte depuis des années. Elle parlait sans cesse de moi, je faisais partie de ses obsessions. Elle m'a proposé d'assister à la rencontre, suggérant que sa présence tranquilliserait Anna. J'ai accepté.

Le petit salon baignait dans la lumière douce de deux lampes aux abat-jour abricot. Les vieux fauteuils de mon enfance avaient été retapissés dans les mêmes tons et l'ensemble donnait une impression de gaieté, même par ce temps maussade. Assise dans une causeuse, ma mère tricotait, dos à la fenêtre. La découvrir si petite et fragile m'a causé un choc. J'avais gardé d'elle l'image d'une femme à l'allure impériale. J'allais avoir quarante-neuf ans, l'âge qu'elle avait quand je m'étais enfuie. Quand elle a levé les yeux vers moi, il n'y avait pas le moindre signe de reconnaissance dans son regard et mon cœur s'est serré. J'avais espéré que me revoir serait une révélation, un choc salutaire.

— Votre fille Eliza a fait un long voyage pour vous retrouver, a dit Helen en lui prenant la main. C'est un grand jour pour vous deux !

Anna a tressailli et m'a fixée avec une perplexité où je retrouvais un peu de sa sévérité d'autrefois.

— Helen, que racontez-vous comme sottises ? Mon Eliza est au Ciel, je vous l'ai assez répété. Il n'y a pas un jour où je ne pense à elle. Pas un jour. Ce matin encore, en cherchant ma laine bleue. Quand elle avait trois ou quatre ans, je lui avais tricoté un chandail de cette couleur. Elle n'a jamais voulu s'en séparer, même quand il est devenu trop petit. Cet entêtement... C'était Arthur tout craché. Marty en a hérité aussi. Ce qu'il a pu faire enrager son père ! a-t-elle ajouté avec un sourire.

En l'entendant parler de Tim, j'ai été submergée par l'émotion. Et avec quelle tendresse elle avait prononcé mon nom ! Peut-être parce qu'elle me considérait comme une étrangère. Je ne pouvais être sa fille perdue. Helen a insisté, affirmant que c'était bien moi, et ma mère, qui dans l'émoi retrouvait la raideur autocratique de sa famille, lui a intimé d'arrêter de la tourmenter avec ces inepties, ajoutant que je n'avais rien de commun avec sa chère Eliza, qui reposait depuis de longues années au cimetière de Rosehill.

— Laissez, Helen, ça n'a pas d'importance, ai-je répondu doucement. Chère Anna, nous ne nous sommes pas vues depuis longtemps, je ne suis pas surprise que vous m'ayez oubliée. J'ai partagé tant de moments précieux avec votre mari et vous... Je suis heureuse de vous revoir.

Pour la première fois, elle m'a regardée avec bienveillance. Délaisser le sujet glissant de mon identité paraissait la soulager. Helen en a profité pour aller faire du thé.

— Vous avez connu mon Arthur ? Hélas, je ne suis pas en forme, s'est excusée ma mère. Ces gens qui passent sous

nos fenêtres m'empêchent de dormir. Toute cette haine, c'est effrayant… Hier soir, Vati a grondé Franz parce qu'il n'arrivait pas à se rappeler notre nouveau nom. Moi, j'ai tout le temps peur de me tromper. Ça me réveille la nuit.

Troublée, j'ai compris qu'elle faisait allusion à l'époque où sa famille avait américanisé son nom, transformant Schneider en Taylor. C'était juste après la guerre de 14, et la communauté allemande de Chicago s'attirait une hostilité grandissante.

— Rassurez-vous, Anna, cette hystérie est en train de se calmer. D'ailleurs, ils ont décidé de garder le nom de Goethe Street.

— Ah oui?

— C'est un signe encourageant, n'est-ce pas? De toute façon, Martin n'aura pas ce problème. Il est le fils d'Adam Donnelley. Les Irlandais sont en position de force, dans cette ville…

En entendant le nom de mon défunt mari, elle a marqué une hésitation et m'a lancé un regard aigu :

— Je n'ai aucune confiance en lui, a-t-elle murmuré.

Elle ignorait qu'il était mort ou l'avait oublié. C'était bien la première fois que je la voyais exprimer de la méfiance envers Adam. Je me suis demandé ce qui l'avait poussée à réviser son jugement.

— Marty n'y est pour rien, le pauvre chéri, a commenté ma mère. Je comprends qu'il soit parti. Après tout ce qu'il a traversé… Cette situation était devenue intenable.

— Il est à l'université?

Elle a hoché la tête avec fierté :

— C'est un garçon brillant. Il cherchait à obtenir un poste à L'UC. Quand il est venu me voir, je lui ai conseillé d'en parler à Henry Williams, un vieil ami d'Arthur.

— Martin briguait un poste à l'université de Chicago ? l'ai-je questionnée, incrédule.

— Oui, mais je l'avais prévenu que ce serait difficile… Henry a été d'une grande aide. C'est un homme de bien. De nos jours, il n'y en a presque plus. Il faut que je rappelle à Gitta de l'inviter à dîner pour le remercier.

Je me demandais si elle pouvait avoir inventé toute cette histoire. Helen m'avait avertie qu'elle mélangeait le passé et le présent, confondait le réel avec ses fantasmagories. Dans son esprit, je n'étais plus mais ma tante était toujours en vie, de même que son père et son frère, qui étaient morts quand j'étais enfant. À présent elle semblait fatiguée, sa tête dodelinait légèrement, des cheveux blancs échappés de son chignon tremblaient dans le halo lumineux.

— Avez-vous connu ma fille Eliza ? m'a-t-elle demandé tandis que l'infirmière nous servait le thé. Votre appareil photo… Eliza en avait un aussi, elle ne s'en séparait jamais. J'ai toujours pensé que cette manie l'empêchait d'être vraiment là, avec nous.

De nouveau, l'émotion m'a serré la gorge, et j'ai avalé une gorgée de thé.

— Parfois, je me sens si lasse…, a soupiré ma mère dont le regard devenait flottant.

— Il est temps d'aller vous reposer, a répondu Helen en lui effleurant le bras.

286

— Vous avez raison, je vais monter m'allonger. Ce soir je dois faire honneur à ma sœur. Notre conseiller municipal vient dîner à la maison, et Gitta est si pointilleuse... Elle veut que tout soit parfait, bien sûr.

Avant de la quitter, je lui ai demandé la permission de la photographier, frappée par le contraste entre la vulnérabilité de sa silhouette et la raideur de sa pose. Sa peau était devenue terriblement fine, presque translucide. Je craignais que le premier souffle n'ait raison d'elle, et que ce rendez-vous manqué ne soit le dernier. Elle m'a tendu une main douce et usée :

— Revenez me voir un jour prochain. Je me sens seule, maintenant. Il y a longtemps que Marty n'est pas venu voir sa vieille grand-mère. Il m'inquiète, il prend les choses trop à cœur. Ça n'a pas réussi à sa mère, la pauvre petite. Toutes ces choses horribles qu'ils ont racontées sur elle... Quelle sorte de gens faut-il être pour salir les morts ?

Une fois dans le El, j'ai laissé couler mes larmes. Au-delà du chagrin de n'avoir pu la prendre dans mes bras, de ses yeux qui me fixaient sans me reconnaître, j'étais bouleversée que ma mère ait gardé des liens aussi forts avec mon fils, malgré le mal qu'Adam s'était donné pour me calomnier. Pleurant sur l'impossible réparation que j'étais venue chercher, je lui étais reconnaissante d'avoir offert à son petit-fils l'oasis de compréhension et d'amour qu'elle m'avait refusée. À travers Tim, s'était-elle réconciliée avec une fille qui demeurerait toujours pour elle un mystère, une étrangère ?

J'ai pensé à Rosa, à la conversation que nous avions eue quand elle était rentrée à Paris, à la fin des années 50. Elle avait employé son exil bordelais à se former comme couturière et à séduire quelques marins en escale, mais elle ne pouvait oublier Hans, son fiancé allemand. Heureusement, elle se souvenait du nom de son père. Après des années de recherches infructueuses, elle avait fini par remonter la trace d'un Otto Keller à Hildesheim, pas très loin de Hanovre. De Bordeaux, il lui avait fallu trois jours pour atteindre la maison à colombages où habitaient les parents de Hans. Rosa avait si souvent rêvé de ces retrouvailles qu'elle avait envisagé toutes sortes de scénarios, y compris que son fiancé en ait épousé une autre. Hélas, elle était venue de si loin pour découvrir que son amant était mort à la fin de la guerre. Les parents de Hans étaient «attendrissants de tristesse».

— Imagine, ils avaient perdu leurs deux fils… Le frère aîné de Hans était mort au camp de Dachau. Quant à Hans, on l'avait envoyé défendre Berlin contre les Russes. Pour lui qui aimait tant les communistes, quelle putain de farce du destin! Son père pense que Hans a été tué alors qu'il tentait de rejoindre le camp adverse.

En me confiant cette histoire, Rosa avait le regard limpide de ceux qui ont beaucoup pleuré. Quelque chose s'était dénoué avec ce dernier chagrin, qui était aussi le premier. L'écoutant évoquer ce couple qui l'avait accueillie comme une belle-fille, je percevais son apaisement.

— Ils m'ont fait lire les lettres de Hans. Il m'appelait «Meine Liebe», ma bien-aimée. Il disait qu'après la

288

guerre, il irait me chercher en France et m'épouserait. Il écrivait que penser à moi l'aidait à tenir dans cet enfer. Berlin était bombardée nuit et jour, il se battait avec des gosses et des vieillards. Dans la dernière lettre, il avait glissé une photo de moi. Il avait eu du mal à s'en séparer. Il disait que ça l'obligerait à revenir plus vite.

— Il t'aimait vraiment...

— C'était un grand amour, m'avait répondu Rosa. Mais tu vois, on ne peut pas rattraper le passé. Je l'ai compris quand j'étais là-bas. Ça m'a libérée. À force de l'attendre, je m'empêchais de vivre.

Même après cette rencontre, qui me laissait l'impression mélancolique d'avoir conversé avec un fantôme, je continuais à espérer que Rosa se trompait.

Chapitre vingt-huit

« Horatio, tu te souviens de ce que tu m'as dit, quand je suis revenue te voir au club ?

— La vibration de votre voix a changé, miss Lee. Elle s'est voilée. Vous ressemblez à une maison dont on a fermé les volets pour affronter un très long hiver.

Comment avais-tu décelé ce qui s'était cassé en moi ? Je n'étais plus qu'une carcasse traversée de courants d'air, un corps inutile. Tout ce qui m'avait portée s'était abîmé. Un dernier sursaut m'avait poussée vers toi mais je craignais que tu aies changé d'avis. Je ne t'aurais pas donné tort, je n'étais pas une compagnie idéale pour une fillette.

— Ma petite Thea vous ressemble, as-tu ajouté. Dans sa tête, il y a de gros nuages qui empêchent la lumière. Ils se sont installés après la mort de sa mère. Qui sait ? Peut-être qu'à vous deux, vous trouverez un passage…

Plus tard, j'ai compris que s'il t'arrivait de parier, tu ne t'en remettais pas entièrement au hasard. J'ai fait mes adieux au foyer et emménagé dans votre étrange maison, dont le rez-de-chaussée était occupé par un luthier. Vous

ne vous gêniez pas, les cordes dialoguaient d'un étage à l'autre. Je ne sais qui, de Thea ou de moi, a apprivoisé l'autre. Je l'emmenais au hasard dans les rues de Paris. Je prenais des clichés, le plus souvent je les volais et elle faisait le guet. Son silence était actif. Elle ne perdait pas une miette du spectacle de la rue. Peu à peu, elle a commencé à me désigner d'un geste ce qui attirait son attention. Comme ce clochard posté dans un renfoncement du pont Notre-Dame qui venait y déposer chaque jour un butin de miettes de pain sec, attirant une nuée de pigeons qu'il regardait s'égailler en tous sens avec une expression de joie profonde. Nous partions à la chasse au trésor. Nous parlions peu, concentrées sur une scène éphémère, un détail insolite. Et chaque soir, lorsque tu venais l'embrasser entre la répétition et le concert, Thea se contentait de te dire que "nous nous étions promenées". Elle gardait le secret de nos escapades, je crois qu'elle aimait que nous partagions cette activité clandestine. Elle était mon assistante de poche, ma *partner in crime*. Elle adorait faire les repérages et se fondre dans le décor. Je l'ai souvent photographiée dans cette posture attentive, petit sphinx gracieux aux prunelles sombres et profondes dans un visage café au lait, aux nattes faussement sages. Les soirs où nous n'allions pas t'écouter jouer au club, je l'initiais aux secrets de la chambre noire dans la salle de bains. Nous pensions naïvement que tu ne te doutais de rien, nous sous-estimions ta sagacité ! Tout en nous laissant croire que nous te roulions dans la farine, tu gagnais patiemment ton pari : la trame des nuages s'éclaircissait

et peu à peu, une fillette sans mère et une mère privée de fils se rencontraient, apaisaient au contact l'une de l'autre des peines inconsolables. Horatio, tu m'as confié une petite fille à ma mesure. Elle n'a pas remplacé mon fils perdu, mais elle a été le cadeau inespéré de l'exil. À vous deux, vous m'avez ancrée dans une vie qui m'arrivait par surprise, à l'instant où je n'attendais plus rien. L'amour s'épanchait comme une mélodie que nous aurions abritée sans le savoir, une harmonie secrète et douce. Ici, nous pouvions le vivre librement, affranchis de tout jugement, abolissant l'invisible frontière.

Et plus tard, quand tu as jugé le moment venu, tu m'as aidée à accomplir ma dernière métamorphose. Je n'oublierai jamais le soir où je t'ai trouvé dans le salon, mes dernières photos étalées devant toi. Thea me jetait des regards coupables. Tu lui avais demandé de te les décrire une à une. Tu les effleurais du bout des doigts, et tu m'as dit :

— Il est temps de montrer ces photos à ceux qui ont besoin de les voir, même s'ils ne le savent pas encore. Le don qui t'a été confié doit s'exprimer au grand jour.

Patiemment, tu m'as convaincue de retourner voir Robert, que je n'avais pas osé recontacter depuis que j'avais refusé l'exposition, des années plus tôt. Il ne m'avait pas oubliée et ne me gardait nulle rancune. Il était même disposé à m'ouvrir son carnet d'adresses.

Horatio, je suis ton obligée. Ne proteste pas, car cette dette m'honore. Tu as libéré en moi des forces neuves. Grâce à toi, je me sens prête à affronter mon passé. En prononçant ces mots, je t'entends me dire que ce qui

nous échappe est souvent le meilleur de nous-mêmes, et qu'il ne faut redouter aucun gaspillage. »

J'éteins le magnétophone et je revois l'expression d'Henry Williams quand il m'a trouvée sur le perron de sa maison de Bronzeville, mon Leica autour du cou, à l'endroit précis où j'avais disparu de son champ de vision, dix-huit ans plus tôt. Il a porté la main à son cœur, comme pour atténuer la violence du choc.

— Bon Dieu, Eliza !… a-t-il lâché, comme s'il me sommait de lui prouver que ses yeux n'étaient pas en train de lui jouer un tour.

Ses cheveux et ses sourcils avaient entièrement blanchi, ses gestes étaient moins assurés mais la flamme de son regard était intacte. Nous nous sommes dévisagés quelques secondes, comme deux arbres foudroyés qui doutent d'être encore debout. Puis, vaincus par l'émotion, nous sommes tombés dans les bras l'un de l'autre.

— Je croyais qu'ils t'avaient tuée, m'a-t-il chuchoté.

— Je suis coriace, ai-je répondu, me rappelant que Rosa avait un jour employé ces mots.

À l'abri des larges bibliothèques qui tamisaient les bruits du dehors, j'ai raconté ma fuite et mon exil. Henry m'écoutait en tirant sur sa pipe, dont les volutes parfumaient l'atmosphère.

— Cette Violet Lee dont tu portes le nom, crois-tu qu'elle repose à ta place au cimetière de Rosehill ?

Je m'étais posé nombre de questions à son sujet, mais n'avais pas envisagé cette hypothèse.

— C'est peu probable. Elle était déjà morte quand j'ai quitté Chicago.

Henry m'a appris qu'au bout de trois semaines sans nouvelles de moi, il avait contacté ma mère. Malgré ses réticences, elle avait fini par lui confier toute l'histoire. Le détective que mon mari avait engagé après ma disparition prétendait que je m'étais enfuie avec un amant. Il avait perdu notre trace dans un motel en Arizona, à la sortie de Phoenix. De là, il estimait que nous avions pu gagner le Nouveau-Mexique. Une semaine plus tard, on avait retrouvé mon corps près d'une décharge, si abîmé qu'on avait dû l'enterrer dans un cercueil fermé. D'après les conclusions de l'enquête du coroner, mon «amant», un suspect d'une trentaine d'années au teint olivâtre, m'avait assassinée pour voler les bijoux que j'avais emportés avec moi. Adam avait identifié mon cadavre et nul n'avait douté que ce corps fût le mien, pas même Henry. En revanche, cette histoire d'amant lui paraissait absurde dès le départ. Il avait confié à ma mère qu'à notre dernière rencontre, je n'avais pas l'air d'une amoureuse prête à tout risquer, mais d'une épouse menacée. De fait, il tenait mon mari pour un homme dangereux et sans scrupules.

Ce qu'Henry insinuait était trop dérangeant Après l'enterrement, ma mère avait pris ses distances. Il avait senti qu'elle tenait plus que tout à préserver ses liens avec son petit-fils. Le scandale entourant ma disparition avait fragilisé sa position. Pour rester à proximité de Tim, elle était prête à sourire à Adam, à accepter sa vision des choses.

Quand avait-elle commencé à douter ? En voyant son gendre se présenter avec complaisance comme un mari bafoué ? Ou lorsque Cathleen était entrée dans sa vie, démasquant sa posture de veuf éploré ? En écoutant Henry, je réalisais que ma mère devait se sentir coupable de ne pas m'avoir défendue lorsque Adam racontait « ces horreurs » sur mon compte, de ne pas avoir cherché à savoir. Mais c'était le prix pour rester dans la vie de Tim.

— Tu as rencontré mon fils ? ai-je demandé à Henry.

— C'est un garçon merveilleux, a-t-il souri. Il me rappelle son grand-père. La pomme ne tombe jamais loin de l'arbre... Tu es allée le voir ?

— Pas encore. J'ai peur de sa réaction.

— Tu vas trouver le chemin, m'a-t-il répondu. Bien sûr, il y a beaucoup de colère en lui. Il la transforme en énergie, mais il ne faudrait pas qu'elle finisse par le dévorer.

— Il t'a parlé de moi ?

— Très peu. Ça ne m'a pas surpris. Son père t'a dépeinte comme une égoïste infidèle. Ta mère a peut-être essayé de rétablir une forme de vérité mais pour Martin, tu es celle qui l'a abandonné à jamais sans explication. Cette colère-là est enfouie très profond.

— Il ne me pardonnera jamais.

— C'est ton angoisse qui parle, Eliza. Tu te souviens ? Il te faudra beaucoup d'amour et de patience. Sais-tu qu'il a rejoint notre Alma Mater ? Il y enseigne les sciences politiques. À ce qu'on m'a dit, il est très charismatique,

295

convaincant et... remuant! D'ailleurs il milite au sein du Mobe, et...

— Ne me dis pas qu'il a rejoint le Syndicat? l'ai-je coupé d'une voix blanche.

The Mob était l'un des noms que l'on donnait à la mafia.

Amusé, Henry m'a répondu qu'ici, le « e » faisait toute la différence. Le Mobe, ou Comité de mobilisation nationale contre la guerre du Vietnam[1], organisait depuis un an de grandes manifestations aux quatre coins du pays, prônant la désobéissance civile. Il était dirigé par de jeunes activistes qui se réclamaient d'une Nouvelle Gauche plus radicale, forgée dans la lutte pour les droits civiques, le rejet de la société capitaliste et de l'impérialisme américain.

— Martin et ses amis nous trouvent mous et dépassés, a-t-il résumé en souriant. Ils n'ont pas tort. Le maire est très habile. Il s'est accaparé tous les leviers de la ville et la machine démocrate lui est entièrement inféodée. Si tu n'es pas loyal à Daley, tu es évincé. Il réinjecte l'argent fédéral destiné à lutter contre la pauvreté dans des plans de réaménagement urbain qui consistent à raser des quartiers pauvres, en général noirs ou latinos, pour construire des ensembles luxueux. L'élite blanche le vénère parce qu'il travaille pour elle et bâtit des douves et des forteresses pour repousser les Noirs en périphérie. Quant aux leaders noirs, ils s'accrochent à leur petit pouvoir et ferment les yeux

---

1. National Mobilization Committee to End the War in Vietnam.

sur les injustices. Le monde que tu as connu est en train de disparaître, Eliza. Nous perdons des batailles chaque jour. La mairie démantèle des quartiers entiers, jette des milliers de familles à la rue pour fortifier une ville blanche et arrogante...

Je ne comprenais pas. Dans les coupures de presse envoyées par Sam, j'avais lu que Martin Luther King avait fait de Chicago l'une de ses dernières croisades, organisant de grandes marches dans le but de réclamer la liberté résidentielle pour les Noirs. Il avait obtenu un accord du maire à la fin de l'été 1966. J'espérais que les choses s'étaient améliorées. En entendant ça, Henry a eu un rire amer :

— Non, Eliza. Chicago a été une défaite cuisante pour le docteur King. Daley l'a bien eu. Il a promis monts et merveilles, accordé quelques miettes... Et l'opinion blanche s'est retournée contre King. Tu vois, tant qu'il se battait contre les lois injustes du Sud, les Blancs libéraux étaient de son côté. Ils voient les Sudistes comme des péquenauds racistes et s'ils peuvent leur faire la morale, ils ne s'en privent pas. Mais lorsque le pasteur s'en est pris à la ségrégation des villes du Nord, il a mis le doigt sur leur péché le plus obscur. Il leur a dit : « Vous soutenez la lutte pour les droits civiques mais vous ne supportez pas l'idée d'avoir un voisin noir. Alors vous fabriquez des ghettos pour les enfermer, et vous affirmez qu'il n'y a pas de ghettos. Vous marchandez avec votre conscience. » Ils ne lui ont pas pardonné de leur tendre ce miroir. Ils ont déclaré que Martin Luther King était

297

un fauteur de troubles, qu'il semait le désordre et provoquait des émeutes. Quand il est venu marcher dans nos banlieues blanches, à Bridgeport ou à Marquette Park, il a été accueilli par des foules ivres de rage qui lui jetaient des pierres. L'une d'elles l'a atteint en pleine tête. Tu sais ce qu'il a dit? Que même dans le Mississippi ou en Alabama, il n'avait jamais vu des foules aussi haineuses qu'ici, à Chicago.

— Ça ne m'étonne pas. Mais cette haine est aussi le masque de la peur, ai-je murmuré.

— Bien sûr! La peur de ceux qui ont lutté toute leur vie pour acheter un logement et redoutent de tout perdre. Parce que les promoteurs comme ton mari leur martèlent depuis des années: «Les Noirs vont venir et ta maison ne vaudra plus rien. Ils te dévaliseront et violeront ta fille. Déménage avant qu'il ne soit trop tard.» Ils leur flanquent une trouille bleue pour qu'ils acceptent de brader leur bien. Puis ils le revendent à des Noirs, beaucoup plus cher que le prix du marché, et encaissent la différence, mais tu sais tout ça mieux que personne.

Après le déjeuner, nous avons pris la voiture d'Henry pour descendre vers le sud, empruntant l'autoroute Dan Ryan, dont le tracé avait été déplacé pour que ses quatorze voies forment une barrière entre le Loop et les quartiers noirs du West Side. Le long de l'autoroute, sur près de sept kilomètres de long, se dressait ce qu'Henry appelait «le ghetto vertical»: des barres d'immeubles grises alignées les unes à côté des autres qui ressemblaient à des

bâtiments pénitentiaires. Il tenait à me les montrer, mais il m'a prévenue que nous n'y entrerions pas :

— C'est le territoire des gangs. Ce n'est pas un endroit sûr pour une femme blanche et je suis trop vieux pour les intimider.

Nous avons garé la voiture et nous sommes promenés au pied de ces barres vertigineuses. Quelques arbres survivaient dans leur densité obscure. Le soleil se cognait vainement aux façades dures et minérales. Des bandes d'adolescents traînaient sous les porches, des enfants poursuivaient les pigeons qui s'envolaient dans le ciel de plomb. Avant de repartir, j'ai cadré un garçon noir qui marchait dans l'ombre écrasante des tours. Il nous tournait le dos, fixant à l'horizon un ruban de lumière où se fondaient d'autres silhouettes. Il devait avoir sept ou huit ans mais son allure résolue lui donnait une carrure d'homme. Sa foulée décidée proclamait : «Vous ne me faites pas peur.» Devant lui se déployait à l'infini une perspective d'ensembles identiques, une ville aux yeux fermés qui était pour lui le visage de Chicago. J'ai pris plusieurs clichés, l'œil vissé sur l'objectif, avec le sentiment dérangeant de le mitrailler dans le dos.

Au retour, Henry m'a fait traverser des quartiers entièrement calcinés par les dernières émeutes, où ne subsistaient que des pans d'immeubles couverts de suie, des reliefs de panneaux publicitaires devenus illisibles. Roosevelt Road, qui avait été l'artère commerciale du ghetto du West Side, n'était plus qu'un paysage incendié où quelques néons clignotaient encore au-dessus des vitrines brisées.

— Pourquoi ont-ils mis le feu à leurs rues et pas au centre-ville ? ai-je demandé.

— Ils ont brûlé les taudis où on les force à vivre, m'a répondu Henry. Les magasins tenus par des Blancs qui leur vendent plus cher une marchandise de mauvaise qualité, les commerces qui refusent de les embaucher, les postes de police où on les brutalise. Leur colère n'attendait qu'une étincelle. Mais tu as raison, ils en sont les premières victimes. Daley ne donnera pas un sou pour reconstruire...

— Leur rage en sera décuplée.

— C'est un poison qui nous ronge et finit par avoir notre peau, a murmuré Henry. Mais toi, tu peux libérer ton fils d'une partie de la sienne. Au fond de lui, il aspire à te pardonner.

À la pension, Rosario m'a dit qu'un monsieur était venu pour moi :

— Grand, très bien mis, a-t-elle commenté avec un sourire. Il a laissé un livre pour vous !

Elle m'a tendu un roman de Ian Fleming, *You only live twice*, et mon cœur a marqué un temps d'arrêt. Coincée entre les pages, il y avait une petite carte du Palmer House Hilton que mes doigts ont laissé échapper.

— C'est votre amoureux ? m'a demandé Rosario en la ramassant.

J'ai secoué la tête, trahie par mes joues en feu. Je ne savais pas ce qu'était Sam. Une tempête, une lame de fond ou juste une cicatrice du passé. Dans le miroir de

ma chambre, je me suis sentie vieille. Les rides que je ne voyais plus m'ont sauté aux yeux, mon corps m'a paru trop mince et fatigué. Je craignais de déchiffrer ce constat dans les yeux de Sam, de le retrouver détaché, indifférent, soulagé que cette histoire n'ait plus le pouvoir de le blesser.

Mais je ne me serais dérobée à ce rendez-vous pour rien au monde. J'avais besoin de savoir ce qu'il restait de nous, s'il en restait quelque chose. L'impatience l'emportait sur la peur. Le temps de me doucher et de me remaquiller, d'enfiler une robe du soir et des escarpins, je me suis fait déposer sur East Monroe Street.

Il m'attendait à l'étage, au fond du somptueux hall Art déco qui baignait dans la lumière dorée de candélabres ailés. Carré dans un fauteuil en velours vert, il sirotait un whisky sans glace, étudiant au plafond les peintures murales inspirées de la mythologie grecque.

— On dit que la deuxième vie est la plus surprenante, parce que c'est celle qu'on vole, ai-je dit d'une voix qui tremblait un peu. Rien n'est écrit d'avance, il faut improviser…

La fin de ma phrase s'est perdue dans son regard clair, ce visage où les stigmates du temps semblaient signaler des fêlures secrètes. Son émotion semblait aussi vive que la mienne. Il a prononcé mon prénom et il m'a serrée dans ses bras, réveillant de très loin le souvenir de corps plus jeunes, de nuits blanches de fièvre et d'attente.

— Tu es belle, dans cette lumière…

Nous nous sommes assis l'un en face de l'autre. J'étais consciente de l'espace entre nos corps, du bruit tamisé des

conversations. Je redoutais de ne rien arriver à lui dire de vrai, que nous restions captifs d'échanges superficiels. Un autre rendez-vous manqué.

— J'ai eu du mal à te retrouver, a admis Sam en souriant. Comment as-tu atterri dans cette pension de famille portoricaine ?

— Le hasard. S'il existe.

— Et toujours un appareil photo... Ton arme et ton bouclier.

— Tu vois, maintenant je me contente d'un tout petit bouclier.

— Tu es plus forte. Tu as fait tes preuves, m'a-t-il dit.

L'admiration que j'ai perçue dans sa voix m'a étonnée. Alors il m'a avoué qu'il avait vu toutes mes expositions parisiennes. La première, sur le ghetto de Chicago, et puis celle qui s'intitulait «Visages» et dévoilait, parmi beaucoup d'autres, les portraits de Rosa. Et enfin la dernière, «Autour du jazz», qui avait représenté deux ans de travail patient et de rencontres. Un jour, il m'avait observée à distance. Je parlais avec un banquier qui voulait acheter plusieurs agrandissements de mes clichés. Je portais une robe fleurie, les cheveux retenus par un bandeau assorti. Il se souvenait de la sensation douloureuse d'avoir été si près de moi sans pouvoir me toucher.

— Tu étais là ?... Pourquoi tu ne m'as rien dit ?

— Tu me l'avais demandé. Et puis... je ne voulais pas déranger ta vie.

Derrière ces mots, il y avait tout ce qu'il avait deviné, il y avait Horatio et Thea. La douceur d'un amour sans

302

batailles, le mystère d'une consolation qui ne comblait aucun vide mais apprivoisait la peine et le manque, comme des amies de longue date.

— Ma vie a continué, mais tu es resté en moi, ai-je constaté, bouleversée.

Il a pris mes mains dans les siennes :

— Je sais, Violet. Rien de tout ça n'a d'importance. Ou plutôt si, tout en a. Ce qui nous a aidés à vivre, ce qui nous a remplis de joie ou de chagrin... Nous ne sommes plus les mêmes. Et pourtant, j'ai toujours la même émotion à être près de toi. Aujourd'hui, après tout ce temps, je respire mieux quand tu es là.

J'ai hoché la tête, sans pouvoir articuler une parole. Abritée derrière mon Leica, j'ai photographié son visage dans ce moment où il m'avouait que je ne l'avais pas quitté, même s'il avait mal de me voir aimer un autre homme, et souffrait de constater qu'il méritait sa place dans ma vie.

Mes larmes brouillaient son image dans le viseur et mes doigts tremblaient trop, les photos seraient floues. J'ai déposé mon bouclier sur la table basse et j'ai libéré les mots qui m'entravaient :

— Je t'ai pardonné depuis longtemps, Sam. Pendant toutes ces foutues années, tu n'as pas cessé de me manquer. Tim et toi, tout le temps. Maintenant viens, je t'emmène dans mon Chicago à moi.

Nous sommes descendus vers le sud, jusqu'à dénicher l'un de ces bars mal élevés où l'on écoutait un blues

remonté des ténèbres. Une salle exiguë et bruyante où nous boirions un mauvais whisky, nos corps serrés sur un bout de banquette. Alors, j'oserais le toucher. Je ne pouvais effacer toutes ces années à progresser l'un sans l'autre, les événements et les choix qui nous avaient éloignés. J'ignorais si nous étions encore capables de nous comprendre, de nous aimer. Mais les raisons qui m'avaient poussée à le quitter m'apparaissaient soudain dérisoires et impulsives. À cet instant, je n'aspirais plus qu'à refermer la blessure que je nous avais infligée.

Chapitre vingt-neuf

Cette nuit-là, Sam avait des choses à me dire. Les mots se bousculaient sur ses lèvres, il voulait que je comprenne les turbulences qu'il avait traversées. Sa mère était morte quelques mois après notre séparation, et ces deux séismes arrivant coup sur coup avaient agi comme une révélation. Ce qu'il avait fait jusque-là, pour tirer son épingle du jeu dans un monde gouverné par la cupidité, avait commencé à le tourmenter. Longtemps après cette nuit où nous nous étions séparés sur la place Saint-Michel, les questions que notre rencontre avait fait naître continuaient à créer des remous sous la surface de sa vie. Il avait tout à coup le sentiment d'avoir trahi sa mère, et avec elle, ces ouvriers irlandais dont il avait appris à aimer la rudesse dans les rues de Brooklyn et sur les rings, éternels perdants d'un jeu truqué. L'aisance avec laquelle il circulait entre des milieux troubles lui inspirait désormais une forme de dégoût.

À cette époque, il avait rencontré Robert Kennedy, tout juste élu sénateur à New York. En entrant dans son

bureau, il n'avait pas une idée claire de ce qu'il était venu lui proposer. Deux heures plus tard, quand il en était ressorti, il avait décidé de lier son destin au sien.

— Tu travailles pour la campagne présidentielle de Kennedy ? ai-je interrogé, étonnée.

— Disons que je fais partie de ses conseillers de campagne, m'a répondu Sam. Mais en coulisse.

J'ai deviné entre les mots que soutenir l'homme qui avait pourchassé la mafia pendant plus de dix ans, comme procureur et comme ministre de la Justice, exigeait de Sam un périlleux numéro d'équilibriste vis-à-vis de ses anciens partenaires d'affaires.

— Tu crois qu'il peut gagner ?

— S'il remporte la primaire démocrate, il gagnera, m'a répondu Sam. L'étape de Chicago va être décisive. Le retrait de Johnson complique la donne. Bobby préférait affronter un président retors et va-t'-en-guerre ! Maintenant, il doit se battre contre un pacifiste et un libéral adoubé par le parti, c'est un jeu plus subtil. Mais il a le soutien des jeunes, des Latinos, des Noirs...

— J'ai écouté son discours d'Indianapolis, le soir de l'assassinat de Martin Luther King. Quand il a dit qu'un homme blanc avait aussi assassiné quelqu'un qu'il aimait... c'était poignant. Est-il soutenu par les jeunes militants du Mobe ? ai-je demandé pour ramener la conversation à Tim.

— Beaucoup de jeunes militants anti-Vietnam rejoignent Bobby, et ça n'arrange pas les leaders du Mobe, a souri Sam. Je crois que Martin et ses amis ne

voient pas sa candidature d'un bon œil. On ne peut pas leur donner tort : après tout, en 64, Johnson se présentait comme le candidat de la paix au Vietnam, et regarde où on en est !

— Mais toi, tu le crois sincère ?

— Il y a en lui quelque chose d'authentique. Une compassion profonde pour les perdants. Toi, tu les vois, tu les écoutes, tu les prends en photo... Lui, il va les rencontrer dans les taudis. Il les rencontre vraiment, ce n'est pas une posture. Je crois qu'il peut faire une différence.

Entendre Sam vibrer pour une cause qui le dépassait me donnait envie de le rejoindre, et de croire à mon tour qu'un sénateur aux yeux tristes, assis sur une fortune impure, pouvait nous conduire vers des lendemains plus justes. Je l'ai attiré vers moi et j'ai vu son regard changer. Nous avons oublié les tensions de nos muscles fatigués, rouillés par le temps et la distance. Le désir nous libérait de la tyrannie de l'âge et soudain les traits de Sam m'apparaissaient plus jeunes et plus mobiles, je ne distinguais plus les rides qui tentaient de les fixer. Tandis qu'il me réinventait sous ses doigts, le corps d'Horatio et sa vertigineuse douceur reculaient dans une autre vie, si détachée de celle-ci qu'il ne pouvait exister entre elles aucune rivalité, aucune question.

— Tu ne m'as rien dit de toi, a remarqué Sam plus tard, une fois nos corps réconciliés.

Je lui ai raconté mes retrouvailles avec ma mère. En face de cette vieille femme qui ne pouvait admettre que j'étais sa fille, j'avais pensé aux heures précieuses qu'il

consacrait à une malade retombée en enfance. Et compris que ce qui comptait, c'était de trouver un chemin vers la tendresse. Peu importait que nos mères nous voient comme des étrangers, du moment qu'elles recevaient ce que nous avions besoin de leur donner.

— Arriver à les aimer sans rien attendre d'elles, a murmuré Sam. Je suis heureux de l'avoir accompagnée jusqu'au bout. Ça me console, maintenant qu'elle n'est plus là.

Alors j'ai osé lui avouer l'idée qui m'était venue : rencontrer Tim sous l'identité de Violet Lee, en prétextant un reportage photo sur le Mobe. Apprendre à le connaître dans une relation libre de tout passé, de toute blessure. Et le moment venu, lui révéler qui j'étais, affronter sa peine et sa colère. Cette stratégie m'était peut-être soufflée par la peur. C'était la seule dont je disposais.

— Je connais bien le rédacteur en chef du *Chicago Daily News*, m'a dit Sam. Je peux t'obtenir un entretien mais je ne pourrai pas t'y accompagner. Demain soir, je dois être au fin fond de l'Indiana.

— J'ai l'impression de sortir avec un pilote de la Pan Am, ai-je répondu en l'embrassant. Quand reviendras-tu ?

— Bientôt, m'a répondu Sam. Je ne veux plus rester longtemps loin de toi.

Le rédacteur en chef m'a reçue le surlendemain, dans un bureau plein de désordre et de bruit donnant sur Wabash Avenue. Sam m'a confié plus tard qu'il lui avait promis une interview exclusive du sénateur Kennedy dès

son arrivée à Chicago, manière de s'assurer qu'il me réserverait un accueil cordial. J'avais apporté un book de mes photos publiées dans la presse parisienne. Si j'étais toujours travaillée par la question de ma légitimité, quand il fallait me vendre, j'étais capable de déployer une surprenante confiance en moi. Je me suis entendue bluffer avec l'assurance d'un vieux joueur de poker, et soutenir que les étudiants du Mobe, loin de se réduire à des gamins turbulents, étaient les porte-parole d'une contestation politique et sociale qui pouvait amener une révolution. Et moi, je m'engageais à lui fournir des clichés uniques, nés de la confiance installée, de longues semaines à me fondre dans le décor. Il m'objecta que la prochaine grande manifestation nationale du Mobe n'aurait lieu que dans quatre mois, pendant la convention démocrate, et qu'il avait déjà prévu d'y envoyer ses meilleurs reporters. Les leaders pacifistes organisaient une marche dans quelques jours, mais elle ne réunirait que les militants locaux et méritait à peine une brève. Avant la fin août, il ne voyait pas ce que je pourrais apporter d'intéressant sur ces fils à papa trop gâtés qui s'enflammaient pour Ho Chi Minh et Mao Zedong.

— Laissez-moi une chance de vous prouver que vous vous trompez, ai-je insisté. Prenez-moi à l'essai.

— À l'essai ? Pourquoi pas. Mais je veux voir des photos sous quinze jours. Si elles me plaisent, je vous garde jusqu'à la fin de la convention. Ne vous réjouissez pas trop : vous y serez au coude à coude avec toute la presse du pays !

Je lui ai serré la main, un grand sourire aux lèvres. Ce n'est qu'ensuite, en longeant la Chicago River sous un ciel damé de nuages, que le doute et le trac sont revenus à la charge, comme si je me réveillais au bout du plongeoir.

Le Mobe avait installé ses quartiers au cœur du Loop, au troisième étage du Old Colony Building. Les étudiants partageaient le palier avec un groupe de Quakers pacifistes et disposaient de trois pièces, meublées grâce à la générosité de leurs sympathisants : des bureaux et des étagères, quelques machines à écrire, un frigo, une machine à café et une radio capricieuse, d'où s'échappaient par intermittence les derniers standards d'Elvis Presley, des Supremes ou des Doors. La permanence était tenue par une poignée de militants qui fumaient trop et s'interpellaient joyeusement, dans un va-et-vient permanent de volontaires et de curieux, parmi lesquels certains – nous l'apprendrions plus tard – travaillaient pour la police de Chicago ou pour le FBI. Je me suis présentée à un jeune homme aux cheveux châtain dont les yeux disparaissaient derrière des lunettes rondes à verres fumés. Accueillant avec flegme la perspective d'un reportage photo, il m'a prévenue que les principaux leaders du Mobe ne se trouvaient pas à Chicago pour l'instant : Tom Hayden était allé soutenir la révolte des étudiants de l'université de Columbia et David Dellinger donnait des conférences sur les campus.

— Pendant ce temps, nous, on fait le siège de la mairie pour obtenir des permis qui n'arrivent jamais. Ils nous

font mariner depuis des semaines en espérant qu'on va se fatiguer et qu'on renoncera à pourrir leur convention. C'est mal nous connaître, a-t-il conclu avec un sourire machiavélique. Tu veux un café? Comment tu t'appelles?

— Violet Lee.

— Moi, c'est Rennie Davis. Sue, tu fais un café à Violet? a-t-il lancé à une grande bringue dont les boucles rousses et la décontraction me rappelaient mon amie Brigitte.

La dénommée Sue a marmonné quelque chose sur la phallocratie qui régnait dans ces bureaux et s'est éloignée en haussant les épaules. Rennie et moi avons poursuivi notre conversation tant bien que mal dans un brouhaha de sonneries de téléphone, de propos décousus et de musique, jusqu'à ce qu'un nouveau venu attire son attention:

— Ah, voilà Martin Donnelley! Marty, je te présente Violet, qui va faire un reportage photo sur nous pour le *Daily News*. Tu vas pouvoir lui révéler tous nos secrets.

— Ceux du maire Daley sont plus savoureux, a répondu dans mon dos une voix claire et chaleureuse.

J'ai allumé une cigarette pour calmer le tremblement de mes doigts et j'ai tourné la tête vers le grand jeune homme brun qui venait d'entrer. L'émotion m'a cueillie en plein cœur en le découvrant dans toute sa hauteur tranquille, carré dans une chemise blanche et un blouson de cuir, me dévisageant de ces yeux noirs au fond desquels mon enfant perdu revenait me poignarder. J'ai pensé que mon trouble me trahissait, qu'il allait lire en

311

moi, démasquer ma lâcheté et mon imposture, mais il s'est contenté de me serrer la main :

— Bonjour Violet. Si vous travaillez pour le *Daily News*, bienvenue à bord ! Si vous bossez pour Daley, on ne vous retient pas, m'a-t-il dit en me désignant la porte avec un large sourire.

— Pas plus tard qu'hier, Marty a viré un journaliste du *Tribune*, m'a expliqué Rennie avec un clin d'œil.

— Ces lèche-bottes réactionnaires ne méritent pas le titre de journalistes, l'a coupé Tim. Au moins au *Daily News*, il y a quelques reporters dignes de ce nom. Même si je ne suis pas toujours d'accord avec Mike Royko, il a un point de vue et une plume. Il y a longtemps que vous bossez pour eux ? Je ne me rappelle pas vous avoir croisée…

Déchiffrant une interrogation dans son regard, j'ai répondu en tirant nerveusement sur ma cigarette :

— Je commence juste. Ces dernières années, je vivais à Paris.

— À côté de Paris, Chicago va te paraître sauvage, m'a prévenu Rennie. Le maire se prend pour John Wayne. Il trouvait que ses flics avaient été trop gentils avec les émeutiers du West Side. Il vient d'annoncer que dorénavant, il avait ordonné à la police de tuer les incendiaires et de tirer sur les pillards pour les mutiler. Le message est clair : si on perturbe la convention démocrate, ils ne feront pas de quartier. On peut se préparer à une désertion massive de nos militants les plus modérés…

— Et ça ne vous fait pas peur ? ai-je demandé.

— Avec Rennie, la brutalité policière, on connaît, m'a répondu Tim. Il y a deux ans, on a rejoint les Freedom Riders[1]. On voulait traverser le Sud jusqu'en Louisiane. Arrivés à Jackson, la police nous a forcés à descendre du bus. Ils nous ont passés à tabac et jetés en prison. Personne ne savait que j'étais là-bas. On a passé trois semaines dans un cachot moisi. Quand il l'a appris, mon père était fou de rage.

— Il devait être mort d'inquiétude, ai-je dit, songeant aux images télévisées de Birmingham et de Selma, à ces foules pacifiques sur lesquelles s'abattait la rage des hommes et des chiens.

Mon fils était allé se mettre dans la gueule du loup et Adam n'avait rien su, rien empêché. Ils auraient pu le renvoyer entre quatre planches comme Emmett Till, ce jeune Noir de Chicago que les Blancs du Mississippi avaient torturé à mort. Je n'oublierais jamais la photo de son visage monstrueux, méconnaissable, qui illustrait l'article du *New York Times* que Sam m'avait envoyé.

J'ai ressenti une terreur rétrospective, mais aussi une grande fierté que mon fils ait risqué sa vie pour défendre les droits civiques, lui qui avait grandi avec les privilèges d'un enfant blanc de la Gold Coast. J'étais bouleversée qu'il soit devenu ce jeune homme courageux dont

---

1. Militants des droits civiques qui voyageaient en bus à travers les États du Sud afin de tester l'arrêt de la Cour suprême *Boynton v. Virginia*, qui rendait illégale la ségrégation dans les transports.

l'engagement ne me devait rien, qui se déterminait seul et assumait ses choix.

— Il était surtout furieux contre moi! m'a répondu Tim en riant. À ses yeux, les droits des Noirs n'étaient pas notre problème. Pour moi, ils sont notre affaire à tous, et c'est pareil pour ce qui se passe au Vietnam. Mon père et moi, on ne s'est jamais compris.

— Dans le fond, le maire nous rend service, l'a coupé Rennie. Grâce à lui, on va pouvoir démontrer au peuple américain qu'on vit dans un État policier qui a confisqué la démocratie. La marche de la semaine prochaine sera un bon test.

— Où aura-t-elle lieu? ai-je interrogé.

— On a prévu de défiler de Grant Park au Civic Center, m'a répondu Tim. On organise la marche avec le Chicago Peace Council. Comme toujours, la mairie attend le dernier moment pour nous donner les permis… S'il le faut, on ira les réclamer en justice! Vous viendrez? m'a-t-il demandé avec une chaleur qui m'a touchée.

J'ai acquiescé, enthousiaste, demandant si les hippies seraient de la partie. Tim et Rennie ont échangé une grimace éloquente:

— En ce qui nous concerne, ils peuvent rester chez eux! Leur seule priorité, c'est de planer et de s'envoyer en l'air, a résumé Rennie.

Après les avoir quittés, j'ai marché longtemps au bord du lac, tentant de clarifier mes pensées. Absorbée par l'intensité de mes émotions et l'effort de paraître une autre,

je n'avais presque rien dit devant Tim. Cela correspondait au caractère des photographes, taiseux, toujours en retrait. Mais plus d'une fois, j'avais senti son regard s'attarder sur moi comme s'il s'efforçait de répondre à une question insaisissable. Il était encore un enfant quand j'avais quitté Chicago et j'avais vieilli, changé. Pouvait-il me reconnaître ? Cette hypothèse me tétanisait.

Ce soir-là, Rosario m'avait conviée à un dîner avec toute la famille et même si j'avais accepté à contrecœur, leurs bavardages joyeux et leurs chansons m'ont changé les idées. Avant de me coucher, j'ai prié la Vierge multicolore de me guider vers mon fils. Depuis que je passais mes nuits sous sa garde, je devenais superstitieuse.

Les jours suivants, je me suis familiarisée avec Rennie Davis et avec ses amis. Tim enseignait une partie de la journée et nous rejoignait en fin d'après-midi. Je les accompagnais dans leur distribution de dépliants et les photographiais pendant qu'ils discutaient avec les passants, défendant leurs convictions pacifistes face à des interlocuteurs parfois très hostiles. Certains leur reprochaient de trahir les GI's qui se battaient là-bas, ou d'être des planqués qui échappaient au service. Mais un soir, j'ai fixé le visage d'un vétéran du Vietnam qui remerciait Tim et Rennie les larmes aux yeux, les assurant de son soutien.

Le 27 avril, nous étions près de huit mille à nous rassembler à Grant Park, devant la grande scène musicale où Tim galvanisait la foule, rappelant que la manifestation

était pacifique et non-violente et qu'au même moment, des centaines de milliers de gens marchaient contre la guerre dans toutes les grandes villes du pays. Un frisson a traversé l'auditoire, comme un souffle sur la mer, et les bannières se sont dressées dans le ciel bleu, saluant la ligne des gratte-ciel. Puis la foule s'est ébranlée vers le Loop, paisible et joyeuse, scandant « *Hey, hey, LBJ, how many kids did you kill today?* » avant de reprendre en chœur les paroles de « *We shall overcome* », qui avaient rythmé les marches pour les droits civiques. À la sortie du parc, une haie de flics agressifs forçait les manifestants à marcher sur les trottoirs et à s'arrêter aux feux rouges, alors que le Chicago Peace Council avait obtenu les permis de manifester par ordonnance du tribunal. Armés de porte-voix, Tim et Rennie ont demandé à la foule d'obéir aux ordres de la police et la parade s'est poursuivie sans heurts. L'œil rivé sur l'objectif de mon Leica, j'ai saisi la jubilation d'un enfant juché sur les épaules de son père, des jeunes Noirs qui marchaient avec les Blancs et scandaient avec eux les slogans du Black Power, ces amoureux qui s'embrassaient à l'abri de la foule, les jeunes filles aux chevelures piquées de lilas, ou encore ces vieux militants rompus à toutes les luttes dont la ferveur se ranimait au contact des étudiants. En réalité, à travers chaque photo que je prenais, c'était mon fils que je cherchais, c'était lui que je regardais. Je le photographiais sous toutes les coutures, l'englobais dans le mouvement du groupe ou l'en détachais pour fixer un sourire où je le retrouvais enfant, une expression qui me révélait le jeune homme

qu'il était devenu. Le défilé, les pancartes et les fleurs devenaient un prétexte pour lui emboîter le pas, ne rien manquer de lui.

Quand nous sommes arrivés devant le Civic Center, des milliers de policiers nous encerclaient, armés de matraques, de boucliers et de casques anti-émeutes. Cet arsenal démesuré engendrait une inquiétude irrationnelle, la nervosité des bêtes prises au piège. Une poignée de manifestants a franchi les barrières de chantier du côté de Washington Street. Au même moment, comme s'ils n'attendaient qu'un signal, les flics se sont rués vers la foule, abattant leurs matraques au hasard sur les jeunes, les parents, les enfants ou les vieillards. Les premiers coups nous ont paralysés, comme si nous ne pouvions admettre ce qui était en train de nous arriver, cette violence surgie sans raison, pulsion gratuite de cogner dans le tas. Puis sont venus les cris, le sang, le chaos.

Luttant pour ne pas me faire piétiner et tenter d'échapper aux policiers qui fendaient la foule à coups de matraques, j'ai pris quelques photos à la volée, protégeant mon Leica du mieux que je pouvais, saisie par l'urgence de graver cette scène irréelle. Au cœur du tumulte, j'ai aperçu Tim à quelques mètres de moi. Il était blessé et la panique m'a gagnée en voyant son visage en sang. J'ai crié son nom, celui que j'étais la seule à lui donner depuis toujours.

Plein de stupeur, son regard a balayé la foule, cherchant celle qui ressuscitait un fantôme au rayonnement

plus blessant que les coups qui le pliaient en deux. Ses yeux m'ont retrouvée et transpercée, ils ont traversé mon bouclier et déchiré mon masque.

Au même moment, un nuage de gaz nous a asphyxiés, réduits à un agrégat toussant, pleurant et vomissant dans la fumée, et la poussée de la foule m'a entraînée loin de lui. Quand j'ai repris mon souffle sur Michigan Avenue, Tim avait disparu.

Chapitre trente

« Horatio, je me rappelle que parfois, dans ces heures qui hésitent entre la nuit et l'aube, tu évoquais ceux que tu avais laissés en Amérique, avec une douceur brisée. Je me doutais qu'ils étaient au cœur de chaque note qui te traversait, mais tu répétais que tu ne ferais jamais le voyage du retour. Tu n'affronterais pas le passé et ses souvenirs piégés, ne prendrais pas le risque de rouvrir la blessure de ton départ. Le vide que tu avais creusé dans leur cœur, les stratégies qu'ils élaboraient pour se passer de toi étaient leur secret. Ta vie était ici, avec Thea, sur cette terre française où tu lui offrais une enfance libérée des stigmates qui rongeaient les tiens comme un cancer. Je ne cesse de penser à toi, à ce choix auquel tu t'es tenu. Moi, j'en étais incapable. Ce prix-là, je n'étais pas prête à le payer plus longtemps. Je voulais respirer mon fils, je voulais qu'on me le rende, je voulais réparer ce qu'il était encore possible de réparer. Je n'espérais même pas qu'il me pardonne. »

Lorsque j'ai croisé le regard de Tim dans cette foule qui transpirait l'adrénaline et la peur, je l'ai vu douter de son instinct, j'ai vu l'effroi et la détresse lutter au fond de ses prunelles jusqu'à ce que la souffrance se fraie un chemin, balayant tout sur son passage. Cette douleur, c'était moi qui la lui infligeais, sa mère indigne qui avait écrit « Je reviendrai » sur un bout de papier plié en quatre et revenait comme une fleur, après que toutes les batailles décisives avaient été livrées. Il ne comprenait pas comment j'avais pu m'extraire de ma tombe pour la lui infliger, il n'en était pas à ces réflexions. Il recevait juste cette cisaille en pleine poitrine.

Je l'ai perdu de vue au moment où la police, rassasiée de violence, ordonnait aux manifestants de se disperser sous peine d'être conduits au poste. Au passage, les flics avaient embarqué une soixantaine d'entre nous. Nous saurions plus tard qu'ils avaient été interrogés par des agents du FBI et des services secrets de l'armée, à la recherche de déserteurs et de communistes. Autour de moi, ce qui restait de la foule se dispersait sans demander son reste. Certains boitaient, d'autres rasaient les murs, appuyaient un mouchoir sur leur arcade sourcilière ou tâtonnaient vers la plaie sanglante qui imbibait leurs tee-shirts. Une poignée s'extirpait de la fontaine du Civic Center où les policiers les avaient jetés, essorant leurs vêtements trempés. Après avoir photographié à la sauvette quelques visages ravinés de larmes, je suis tombée sur Rennie qui s'efforçait d'organiser la

débandade. Il m'a appris que Martin avait été transporté à l'hôpital du Cook County avec d'autres blessés.

— T'es pas venue pour rien, a-t-il soupiré avec une grimace... Toi, ça va?

Je l'ai rassuré et il m'a demandé si j'avais des photos de l'attaque. J'en avais quelques-unes, j'espérais qu'elles seraient nettes. Nous sommes convenus de nous retrouver le lendemain matin à la permanence, et que j'apporterais les clichés que j'aurais réussi à tirer. Avant de nous quitter, je n'ai pu m'empêcher de lui demander pourquoi les flics avaient chargé des gens désarmés.

— L'attaque était planifiée, m'a-t-il glissé. Ils avaient des ordres. Daley veut nous intimider, pour qu'on renonce à pourrir sa convention.

Après l'avoir quitté, j'ai jugé prudent d'aller mettre ma pellicule à l'abri à la pension. À cette heure, le centre-ville était si encombré qu'il m'a fallu plus d'une heure pour rejoindre l'hôpital du Cook County en taxi. Quand j'y suis arrivée, mon fils n'y était plus. On lui avait fait quelques points de suture et il était rentré chez lui, ce que j'ai appris de la bouche de Sue, venue faire soigner une vilaine estafilade.

Tim habitait un appartement sur South Kenwood Avenue, à deux pas du campus de l'université de Chicago. Le chauffeur m'a déposée à un bloc, sous le berceau des grands arbres qui longeaient l'avenue. Une brise douce murmurait dans leur feuillage, et mon

cœur battait plus fort que lorsque j'avais annoncé à Adam mon intention de divorcer.

Au bas de l'immeuble en brique rouge dont les larges fenêtres donnaient sur l'avenue, j'ai sonné à l'interphone et la voix de Tim a demandé qui était là.

— Eliza, ai-je répondu dans un souffle.

Au bout de quelques secondes, la porte s'est déverrouillée. En montant l'escalier, je me suis revue gravir le perron de la maison de Goethe Street. Au bruit de la clé, Tim dévalait l'escalier à ma rencontre et je recevais dans mes bras ce noyau d'énergie brûlant et rieur, barbouillé de chocolat ou de terre. Cet enfant-là, avec lequel tout était simple, existait-il encore ?

Sur le palier du troisième étage, la porte de droite était entrebâillée, manière de me faire entrer sans m'accueillir. J'ai pénétré timidement dans un salon baigné de lumière, meublé d'un sofa orange et d'un rocking-chair. Un bureau et des étagères croulant sous les livres se partageaient le reste de l'espace. Sur le mur, entre le poster d'un concert des Beatles au Shea Stadium et l'affiche de *The Graduate*, j'ai reconnu celle d'*À bout de souffle*, le film de Godard. J'ai voulu voir dans cette note française un signe favorable.

Dos tourné, Tim fumait devant la fenêtre. Un disque de Bob Dylan tournait sur le pick-up ; il m'a semblé reconnaître la chanson.

— Tu es blessé ? l'ai-je interrogé, et ma voix, couvrant celle de Dylan, a résonné comme si elle ne m'appartenait pas.

Il s'est retourné et d'un geste, m'a indiqué les pansements qu'il avait au front et au-dessus de l'oreille :

— Rien de grave, mais ta sollicitude me touche.

Je m'attendais à cette ironie et d'une certaine manière elle me soulageait, me donnait quelque chose à affronter.

— Je ne sais pas par quoi commencer…, ai-je balbutié.

Son regard gris s'est troublé tandis qu'il m'observait en silence, comme s'il confrontait sa mémoire à ce reflet vieilli d'une mère aimée et perdue. L'orgueil y bataillait avec la douleur de l'enfant.

— Tu pourrais commencer par me dire qui est enterré à ta place.

— Je suis désolée, Tim, ai-je répondu. Je ne sais pas qui repose dans cette tombe. Je suis soulagée que ce ne soit pas moi. D'être là, de pouvoir te regarder. Tu es beau, même avec ce regard plein de colère…

Je le blessais sans doute en l'exprimant, mais cette évidence me bouleversait.

— Tu vivais à Paris, ou ça fait partie des mensonges de Violet Lee ? m'a-t-il demandé sans s'émouvoir. As-tu suivi ton amant là-bas ?

Mes jambes fléchissaient, je me suis assise sur le canapé. J'ai allumé une cigarette.

— Je ne suis pas partie pour un homme, Tim. Je suis partie parce que j'avais peur.

Au moment de lui révéler quel genre d'individu était son père, et quel mari, j'ai entendu la voix de ma mère qui demandait quelle sorte de gens il fallait être pour salir les morts, et j'ai réalisé que j'atteindrais Tim à travers Adam ;

que la vérité me rabaisserait au niveau de celui qui m'avait avilie, et me diminuerait aux yeux de mon fils. Avais-je le droit de détruire l'image qu'il avait de son père? Je ne devais rien à mon défunt mari, hormis, peut-être, le respect qu'il m'avait refusé. Je ne me sentais pas la force de retirer à Tim le dernier appui qui lui avait permis de grandir. Je l'avais privé de sa mère, je ne pouvais pas tout lui prendre.

Pesant chaque mot, je lui ai dit que j'avais découvert que des mafieux incendiaient des immeubles du ghetto pour le compte de propriétaires cupides, et que cette découverte m'avait mise en danger. J'avais reçu des menaces, quelqu'un avait tenté de me pousser sous le métro. J'avais paniqué, et je m'étais enfuie.

— Pourquoi tu n'as rien dit à Papa? Il t'aurait protégée, a observé Tim, désarçonné.

— Ton père n'était pas de taille à me défendre contre eux. Et je ne pouvais prendre le risque de vous exposer aussi. Je me suis cachée à Paris, j'ai pris un autre nom. Pendant tout ce temps, je n'ai pensé qu'à rentrer, te retrouver… Au bout de quelques mois, j'ai appris qu'ils avaient envoyé quelqu'un à ma recherche. Et plus tard, que ton père s'était remarié, que vous pensiez que j'étais morte. J'ai fini par me persuader que c'était peut-être mieux pour toi.

Ce mensonge m'a emplie de tristesse, parce qu'il contenait une part de vérité. Certaines nuits, réveillée en sursaut par un cauchemar ou un bruit dans la rue, la certitude de n'avoir jamais mérité cet enfant me dévastait.

Je consentais à ma défaite, et me laissais brûler par l'idée que mon fils était plus heureux avec ce père qui l'aimait assez pour veiller sur lui.

— Mieux pour moi? a répété Tim, la voix chargée de colère. C'est ce que tu t'es raconté pour rester au chaud dans ton autre vie?

Au chaud dans ton autre vie. Ces mots m'ont transpercée, débusquant la part de bonheur que j'avais arrachée à l'exil, la liberté que j'avais conquise. Les visages de Rosa, Brigitte, Robert, Horatio et Thea défilaient derrière ma rétine, tous ceux qui avaient embelli ma vie, et m'avaient autorisée à croire que je pouvais être photographe.

— Tu vois, toutes ces années, j'ai attendu que tu rentres, a-t-il continué. Après tout, tu me l'avais promis! J'ai encore le message… Même quand mon père m'a dit que tu avais eu un «accident». Même après l'enterrement. À la veillée funèbre, Papa a refusé de me montrer le corps. Il y avait juste ta photo à côté d'un cercueil. Je n'arrivais pas à admettre que tu étais à l'intérieur. Pour te dire, quand a on a déménagé, ma terreur, c'était que tu n'arrives pas à me retrouver à Evanston.

Il a allumé une autre cigarette. La lumière découpait sa silhouette nerveuse et surprenait sur son visage une mélancolie d'enfant solitaire. J'aurais aimé le toucher, le désarmer, mais sa froideur dressait un mur entre nous.

— Un jour, j'ai dit à mon père qu'il ne pourrait jamais te remplacer. Il m'a répondu que tu n'avais jamais pensé qu'à toi. Tu nous avais sacrifiés à ton égoïsme. Il m'a raconté d'autres choses sur toi, et j'ai compris qu'il te

détestait. Il n'arrivait plus à jouer la comédie. C'était choquant, mais au fond je l'avais toujours su. Même quand tu vivais avec nous, je le savais. J'ai compris que tu étais partie parce que tu ne pouvais plus vivre avec cette haine. Et moi, je ne suffisais pas à te retenir.

— Non, Tim, c'est faux! l'ai-je coupé, à peine consciente des larmes qui glissaient sur mes joues.

J'avais échafaudé des dizaines de scénarios pour m'enfuir avec lui. Deux d'entre deux exigeaient la complicité de Solly et de Dinah. Un autre, celle de ma mère. Ils étaient tellement risqués et lourds de conséquences pour tout le monde que j'avais reculé. Il serait plus difficile de me cacher avec un enfant, et Adam ne me laisserait jamais partir avec Tim. Il nous traquerait, nous retrouverait, me ferait emprisonner et s'assurerait que je ne puisse plus jamais approcher mon fils. Je perdrais toute chance d'obtenir sa garde. Je m'étais résolue à partir seule.

— Te laisser, c'était insupportable… Je ne sais pas comment j'ai trouvé la force. Mais je voulais vivre. Tu comprends? Je me disais: «Si je me sauve, rien n'est perdu. J'y arriverai, je reviendrai le chercher.»

— Tu as fini par tenir ta promesse, a répondu Tim, m'offrant son premier regard désarmé. Mais c'est trop tard, Eliza. Je n'ai plus besoin de toi.

Il n'y avait plus d'ironie dans sa voix, juste le constat de ce qui s'était asséché. Il a ajouté qu'il ne trahirait pas mon secret, ne m'empêcherait pas de continuer mon reportage sur le Mobe. En retour, il me demandait de respecter son

choix, de ne pas essayer de forcer la porte. Dans sa vie, il n'y avait plus de place pour moi.

Ce fut un triste retour. La ville m'apparaissait terne et poussiéreuse, son vacarme incessant m'oppressait. Je rentrai mécaniquement à la pension mais je me sentais à nouveau exilée, comme si mon retour avait perdu toute signification. Je n'avais pas lutté contre la décision de Tim parce que je la comprenais intimement. Je l'avais forcé à l'indépendance ; c'était son droit de la retourner contre moi. Pour autant, je ne me résignais pas à l'avoir perdu. En m'autorisant à continuer mon reportage, il me semblait qu'il laissait encore la porte entrouverte. Tant que je pouvais voir mon fils, rester près de lui, rien n'était irrémédiable. Il m'avait tant attendue... c'était mon tour d'attendre et d'espérer. La peine et le soulagement de l'aveu m'épuisaient comme une fièvre.

Pour ne pas m'écrouler, je dépensai ce qui me restait d'énergie à développer ma pellicule. Comme je le craignais, la majorité des prises de vue étaient inexploitables, à l'exception des photos du début de la manifestation et de quelques rares clichés arrachés à la panique générale : sur l'un d'eux, un policier casqué abattait sa matraque sur l'épaule dénudée d'une jeune fille en robe à bretelles. Un rai de lumière conduisait le regard depuis ses bras dressés en bouclier jusqu'à la fleur de lilas glissée dans ses cheveux tressés, et cette fleur de rien, à quelques centimètres de la matraque, disait l'espoir illusoire, l'innocence saccagée. Comme les images des enfants brûlés au napalm, ou de

ce prisonnier tué à bout portant par un soldat de l'armée du Sud-Vietnam, cette photo balayait toutes les justifications, et nous rangeait du côté de celui qui était nu et désarmé. Le rédacteur en chef du *Daily News* préféra en différer la publication, redoutant de se mettre le maire à dos à quelques mois de la convention démocrate. Pour se faire pardonner cette lâcheté, il me félicita de la qualité de mon travail et me confirma mon engagement jusqu'à la fin du mois d'août. D'une manière générale, la presse enterra l'histoire. Seul le *Chicago Tribune* se fendit d'un titre honteux : « Les manifestants pacifistes attaquent la police : 15 blessés, 50 arrestations. »

Les semaines suivantes, je m'appliquai à me rendre invisible, ce à quoi j'excellais. Tim et moi parvenions à rester naturels en public mais il s'arrangeait pour ne jamais être seul avec moi. De temps à autre, je le surprenais à me dévisager, et j'aurais donné cher pour déchiffrer ses pensées. Heureusement, nous étions très occupés. Je disparaissais derrière l'objectif de mon Leica, me contentant d'observer les débats interminables qui suivirent la marche du 27 avril. Déjà ébranlé par les candidatures d'Eugène MacCarthy et de Bobby Kennedy, le mouvement pacifique n'avait jamais été plus divisé. Survenant juste après les déclarations fracassantes de Daley autorisant sa police à « tirer pour tuer », cette explosion de violence gratuite décourageait les militants les plus modérés, qui voulaient annuler les manifestations du mois d'août. Rennie et Tim, en accord avec David Dellinger et Tom Hayden, estimaient au contraire qu'une confrontation

brutale montrerait au monde entier comment ce gouvernement traitait ceux qui contestaient sa politique. Ils étaient prêts à risquer leur vie pour dénoncer l'iniquité d'une guerre qui enrôlait en priorité les pauvres et les Noirs, et siphonnait l'argent fédéral au détriment des programmes sociaux. Ils distribuèrent dans les rues du centre-ville un portrait du maire ainsi légendé : « Recherché pour incitation au meurtre : Richard Daley, maire de Chicago ».

La détermination de Tim m'impressionnait. La colère le rendait intrépide, renforçait son charisme. Je commençais à avoir peur pour lui. Après la victoire de Bobby Kennedy dans l'Indiana, Sam vint passer quelques jours avec moi et m'avertit que des agents du FBI et de la Red Squad – unité chargée du renseignement au sein de la police de Chicago – avaient reçu l'ordre d'infiltrer tous les mouvements radicaux et de les saboter de l'intérieur. Une de leurs stratégies était de faire condamner les leaders pour des crimes qu'ils n'avaient pas commis. Ils avaient déjà fait emprisonner des chefs de gangs et des membres des Black Panthers, mais ciblaient aussi les militants du Mobe et les associations de lutte pour les droits civiques. J'en parlai à Rennie et à Tim, qui ne firent pas grand cas de cette menace. Ils refusaient de tomber dans la paranoïa et de commencer à soupçonner tous les volontaires qui passaient la porte. Ils avaient l'assurance de la jeunesse, rien ne leur résistait. À les regarder, je réalisais que j'étais passée de l'autre côté : celui des mères qui tremblent pour leurs enfants, et tremblent à leur place des dangers qui

les guettent. Tim tolérait ma présence à condition que je m'en tienne au rôle d'observatrice qu'il m'avait assigné. Même si je ne pouvais manifester mon inquiétude, j'étais décidée à veiller sur lui.

Au fil des semaines, la ville devint un chaudron d'énergies antagonistes. Les hippies accaparaient avec habileté l'attention médiatique, fournissant à la presse les images provocatrices dont elle était friande. Une délégation du mouvement Yippie donna une conférence de presse pour présenter le futur «Festival de la Vie». Ils promettaient Bob Dylan, the Animals, les Beatles, les Who, Jefferson Airplane et Janis Joplin pour ce qui s'annonçait comme «le plus grand festival de musique de la nation». Sous l'œil amusé des chaînes locales, une jeune hippie habillée en Indienne tendit au député maire Stahl une requête pour dormir à Grant Park, enroulée dans la page de la «Playmate du mois» et adressée «à Dick, avec amour». Richard Daley ne goûta pas la plaisanterie. Il refusa les permis et autorisa sa police à rafler tout ce qui avait des cheveux longs dans les rues de Chicago. Après un passage à tabac et quelques humiliations à connotation sexuelle, on les relâchait en leur conseillant de se faire oublier. Devant ces pratiques discriminatoires, les leaders du Mobe étaient partagés entre l'indignation et l'agacement. Les hippies étaient des alliés encombrants. D'un côté, le Mobe se devait d'être solidaire; de l'autre, leur hédonisme joyeusement apolitique discréditait le mouvement pacifiste. Ces rafles systématiques n'en étaient pas moins

le signe d'une exaspération grandissante du pouvoir. En réponse, les Yippies menacèrent d'empoisonner l'approvisionnement en eau de la ville au LSD. Ce qui terrifia l'équipe municipale mais provoqua un fou rire d'anthologie à la permanence du Mobe.

En définitive, je vécus cette période dans une forme d'excitation fiévreuse. J'avais transformé ma passion en métier, il m'était donné de côtoyer mon fils chaque jour et nous partagions le sentiment grisant de vivre un moment décisif de l'histoire américaine. À quelques mètres de lui, je le photographiais à la dérobée et pouvais sentir sa respiration s'accélérer dans le feu de la discussion. Tim n'était plus un étranger, je le découvrais peu à peu et m'émerveillais que le petit garçon qui avait peur des monstres ait appris à les combattre. Comme dans son enfance, il égarait toutes ses affaires et ce trait de caractère, qui amusait ses amis, m'émouvait particulièrement.

— Sois patiente, me conseillait Sam, prophétisant que Tim finirait par s'adoucir.

Maintenant que je l'avais retrouvé, j'avais tout mon temps.

De son côté, Sam était galvanisé par l'ascension irrésistible de son candidat. Porté par l'euphorie des foules venues à sa rencontre, Bobby Kennedy gagnait en charisme et en confiance en lui. Il commençait à croire à sa victoire. Souriant du fond d'une peine inguérissable, il marchait vers la rampe illuminée, conscient que chaque main qui se tendait vers lui pouvait cacher un revolver.

— Plus il glisse à gauche, plus il se laisse pousser les cheveux, observait Tim, moqueur.

Je soupçonnais mon fils d'avoir un faible pour Bobby, même s'il le taxait d'opportunisme. Peut-être retrouvait-il en lui la chaleur des amis irlandais de son père, cette spontanéité désarmante qui vous donnait envie de boire avec eux jusqu'à l'aube, de leur confier le fond boueux de votre âme.

Et soudain, la nuit nous terrassa en plein jour, tout prit un goût de rage et de sang. J'entends encore la voix de Sam au téléphone, une voix brisée, vidée de toute substance. À des milliers de kilomètres de lui, je répétais les mêmes questions : « As-tu vu qui a tiré sur lui ? Est-ce qu'il va s'en sortir ? » Il était deux heures et demie du matin à Chicago. On venait de tirer sur Bobby Kennedy à l'hôtel Ambassador, à Los Angeles. Au bout du fil, Sam pleurait. Le sénateur expira dans la nuit du 6 juin, vingt-six heures après avoir reçu trois balles de revolver, dont une dans la tête, d'un jeune Palestinien nommé Sirhan Sirhan.

Je rejoignis Sam à New York pour la messe dans la cathédrale Saint Patrick, et nous prîmes le train pour accompagner Bobby dans son dernier voyage jusqu'au cimetière d'Airlington, où reposait son frère. Au bord de la voie ferrée, des milliers de gens étaient venus saluer celui qui emportait avec lui l'espoir des oubliés de l'Amérique. Noirs, Blancs ou Sud-Américains, ils avaient revêtu leurs habits du dimanche et frotté leur

peau pour en extraire la crasse des usines et la poussière des champs, talochant les enfants de peur de rater le passage du wagon. Ils étaient au rendez-vous pour dire à ce Kennedy-là combien ils l'avaient aimé, pour lui-même et pour l'aspiration qu'il avait fait naître en chacun d'eux.

« Ce foutu pays ne laissera personne parler pour les perdants », répétait Sam avec amertume. Il ne pouvait croire que ce gamin au sourire candide qui se frottait les yeux, incapable de se rappeler avoir appuyé sur la détente, avait assassiné Bobby de son propre chef. Presque cinq ans après le meurtre de John Kennedy, deux mois après celui du pasteur King, il nous semblait que la même puissance obscure était à l'œuvre. Je ne pouvais détacher mon regard de la photo qu'un photographe de *Life* avait prise quelques secondes après les coups de feu : un Mexicain de dix-sept ans soutenait la tête de Bobby allongé les bras en croix, les yeux mi-clos, avec sur le visage ce qui ressemblait à une acceptation. La pietà d'un temps sauvage qui faisait taire ses derniers prophètes à coups de revolver.

Lorsque la procession fit halte au Lincoln Memorial, nous eûmes la surprise de tomber sur Tim qui avait fait la route avec Tom Hayden. Il ne s'attendait pas à me voir avec Sam, et marqua une hésitation avant de lui serrer la main. Une nuit profonde était tombée sur le cimetière d'Airlington. Un vent léger faisait trembler la flamme des bougies, portant des odeurs de terre et de fleurs. Au moment où l'orchestre militaire entonna le *Navy Hymn*, il me sembla que Tim posait furtivement

sa main sur mon épaule. Mais peut-être l'ai-je seulement rêvé.

Reliés par une solitude immense, nous nous taisions, conscients que ce qui venait de mourir avec Bobby Kennedy n'avait pas fini de nous briser l'échine.

Chapitre trente et un

« Horatio, ce matin je pense à ce que tu m'as confié de ton enfance à Ozark. La violence latente et quotidienne, la peur qui empoisonnait les rêves de la nuit et que vous enfiliez le matin comme une seconde peau. Son odeur réveillait l'instinct prédateur des chiens et des Blancs. Moi, je suis née au cœur d'une nuit d'émeutes. J'ai été baptisée par cette violence, elle est entrée dans mes tissus et dans mon sang, je l'ai aspirée avec mon premier cri. J'ai voulu lui échapper mais elle ne m'a jamais quittée. C'est de là que je viens, Horatio. Et c'est là que je suis retournée, dans le vif de cette année 68 qui nous jetait sur son épaule et poursuivait son chemin d'un pas agile et vorace. »

L'assassinat de Bobby Kennedy nous avait fauchés de plein fouet, orphelins d'un printemps qui emportait ce qui nous restait d'innocence. La course présidentielle était à peine entamée que nous avions perdu tout intérêt pour ses soubresauts, ses passes truquées. Nous nous laissions

ballotter de l'abattement le plus profond à un brusque sentiment d'urgence. Je ne n'avais jamais vu Sam aussi vulnérable. Il devenait plus irlandais, plus sentimental. Mais comme il le résuma un matin gris de la fin juin, nous ne pouvions laisser l'espoir mourir avec ceux qui l'avaient incarné. L'énergie finit par nous revenir, et nous résolûmes de nous jeter dans la bataille. Qui aurait lieu à Chicago, tout le monde semblait d'accord sur ce point.

Début août, la ville se transforma sous nos yeux en camp retranché. Même s'il aurait fallu cinq tonnes de LSD aux hippies pour empoisonner l'eau de la ville, Daley fit garder nuit et jour les stations de pompage et les usines de filtration. Il mit la police et l'armée sur le pied de guerre, exigea du gouverneur que la garde nationale soit déployée avant même le début de la convention démocrate. Comme il refusait d'accorder le moindre permis de manifester ou de dormir dans les parcs, le Mobe et les Yippies menèrent des actions en justice. Elles échouèrent toutes. Ils se heurtèrent au juge Lynch, vieux copain de fac du maire qui déploya toute son énergie à défendre Chicago contre les « agitateurs ». Sans permis, le Festival de la Vie serait un fiasco, les Yippies pouvaient dire adieu à Bob Dylan et à toutes les stars qui acceptaient de chanter bénévolement, mais pas de se faire matraquer par les flics. Plus ennuyeux, il fallait oublier le rêve d'une foule innombrable assiégeant la convention démocrate. Si l'on parvenait à rassembler quelques dizaines de milliers de pacifistes, on pourrait s'estimer heureux.

Pendant des mois, les leaders du mouvement parcoururent le pays pour prévenir leurs militants qu'ils devaient s'attendre à souffrir à Chicago, à être molestés et emprisonnés. Ce qu'un journaliste résumerait ainsi, parodiant la chanson de Scott MacKenzie :

« If you're coming to Chicago,
Be sure to wear some armour in your hair »…

Des questions de tactique divisaient la direction du Mobe. David Dellinger, son président, exigeait des manifestations non-violentes. Tom Hayden et Rennie estimaient qu'elles devenaient insuffisantes face à la violence grandissante de l'État. Influencés par leurs amis du Black Power, ils pensaient qu'il était temps de passer « de l'Opposition à la Résistance » et de mener des actions chocs pour déstabiliser le pouvoir. Quant à Tim, je le sentais partagé. Sa jeunesse lui insufflait l'envie d'en découdre, mais il était fasciné par la stature et l'aura de Dellinger, qui avait presque le double de leur âge et derrière lui, des années de luttes politiques et d'emprisonnements. Les observant au long de ces journées denses, mobile et silencieuse derrière mon objectif, je notais la déférence avec laquelle Tim s'adressait à lui, redevenant par instants l'enfant timide qu'il avait été. David Dellinger ressemblait à un professeur au front dégarni, les cheveux trop fins séparés par une raie sur le côté et le visage rond et placide ; sa veste de costume, son pantalon noir et sa cravate tranchaient sur la décontraction ambiante. Mais dès qu'il parlait, sa voix douce et posée vous hypnotisait, ses yeux brillaient d'intelligence et de malice, la détermination

affleurait sous la sagesse. Et je comprenais que Tim se soit attaché à lui, comme à un père choisi dont il admirait le courage et les convictions. Entre le charisme non-violent de Dellinger et l'ardeur insurrectionnelle de ses amis, dans quel camp se rangerait-il ? Ces deux voies m'apparaissaient aussi dangereuses. Je savais que la ville se défendrait comme elle l'avait fait par le passé, contre les grévistes des aciéries ou contre les Noirs, à coups de poing ou à coups de fusil, dans la cour des usines, à l'ombre des abattoirs ou sur l'esplanade noire de monde de Haymarket.

Tim conservait à mon égard une distance cordiale qui me causait une peine infinie. Peut-être était-il trop tard pour raccommoder le lien qui nous avait unis. S'il m'arrivait de le penser, il suffisait de quelques mots de sa part ou d'une inflexion chaleureuse dans sa voix pour que je me reprenne à espérer. J'étais parfois conviée à boire un verre avec eux au pub du coin de la rue. L'invitation venait en général de Rennie ou de Tom qui m'avaient adoptée, comme autrefois la bande de Brigitte. Je m'attachais à chacun d'eux. J'aimais la fougue irrésistible de Tom Hayden et le détachement ironique de Rennie, dont la désinvolture masquait le sérieux d'un organisateur hors pair. Sue était une guerrière aux yeux de velours qui traquait le machisme et intimidait les militants les plus endurcis. Quant à David Dellinger, il représentait un défi de photographe. Je lui tournais autour, cherchais à capturer la flamme qui le consumait en le pressant de me raconter certains épisodes de sa vie aventureuse, par exemple le jour où il avait quitté Harvard pour aller vivre

avec les Hobos de la Grande Dépression. Il me souriait comme un enfant taquin, déterminé à garder ses secrets et à me ramener aux enjeux contemporains de la ségrégation et du Vietnam. La permanence du Mobe ressemblait plus que jamais à une fourmilière. Tom Hayden et Dellinger battaient le rappel des militants, Sue cherchait des lieux d'hébergement, Tim et Rennie recrutaient des infirmières et des médecins pour administrer les premiers secours aux blessés, et deux cents volontaires pour constituer les *marshalls* du Mobe. Ils organiseraient les défilés, guideraient la foule et l'aideraient à se protéger en cas d'attaque, interposant leurs corps entre les manifestants et les forces de l'ordre.

Le 20 août, les chars russes écrasèrent la résistance du printemps de Prague, sinistre présage roulant dans le ciel limpide.

Rennie était le seul à croire encore que les permis finiraient par arriver. Le maire Daley martelait son message dans la presse et sur les plateaux télé : « Nous ne laisserons personne prendre en otage nos rues, notre ville ou notre convention. » Il ajoutait que le peuple américain en avait assez de voir piétiner l'ordre et la loi, d'entendre diffamer sa police. Avec le regard rusé d'un vieux bouledogue, faussement conciliant, il appelait l'unité des citoyens respectables contre les fauteurs de troubles et les déserteurs.

Les bus affrétés pour transporter les militants à Chicago arrivaient aux deux tiers vides. Redoutant un fiasco humiliant, le Mobe était forcé de resserrer les rangs avec les

Yippies et les supporters du pacifiste Eugene MacCarthy, mais échouait à mobiliser la communauté noire. Un matin, Tim me prit à part :

— Tu crois que tu pourrais parler à Henry Williams ? Toi, il t'écoutera, me glissa-t-il avec un sourire désarmant.

Ce n'était presque rien, la timide promesse d'un redoux, mais je me précipitai à Bronzeville, déterminée à rallier Henry à mes arguments.

Il découragea tendrement mon prosélytisme, amusé de me voir épouser la cause de mon fils :

— Ma chère Eliza, nous avons d'autres priorités. Dans nos vies, le Vietnam n'est qu'une péripétie parmi d'autres. Injuste, c'est vrai. Mais pas plus que de ne pas trouver d'emploi, de ne pouvoir se loger, se nourrir, obtenir une éducation décente pour nos enfants. Tu as raison, les jeunes Noirs des ghettos sont les premiers qu'on envoie en première ligne. Mais nous devons choisir nos batailles. Nous disperser, c'est prendre le risque de les perdre toutes.

Électrisée par l'énergie du Black Power, la communauté noire se concentrait désormais sur l'organisation des territoires locaux et préférait dissocier ses combats des Blancs. Henry le regrettait. Il espérait qu'à l'avenir, les laissés-pour-compte parviendraient à s'unir au-delà des clivages raciaux pour gagner un vrai poids politique. Il me parla longuement de la Campagne des pauvres gens, que le pasteur King avait initiée avec l'appui de Robert Kennedy pour réclamer la justice économique pour tous les démunis, quelles que soient leur

couleur de peau ou leur origine. Le meurtre de ses deux porte-parole les plus charismatiques lui avait porté un coup fatal. Elle s'éteignait dans l'indifférence, enterrée sous les bombardements du Nord-Vietnam et la clameur des pacifistes.

— Tu vois, me dit-il, en vieillissant, je constate que derrière le racisme, il y a la rapacité d'un système qui a besoin de fabriquer des esclaves. Le problème, ce n'est pas la peur ou la haine de l'autre. Ces barrières-là, on peut les repousser, les faire tomber. Le problème, c'est ce ventre qui a toujours faim, de main d'œuvre à bas prix, d'hommes dégradés. Le docteur King en était venu à la même conclusion, Robert Kennedy s'en approchait et ce raisonnement les poussait à unir leurs forces dans cette Campagne des pauvres gens. Maintenant qu'ils sont morts, qui reprendra le flambeau au risque de sa vie? Les communautés se replient sur elles-mêmes, la défiance l'emporte et nous affaiblit...

Je lui fis remarquer que mes nouveaux amis de la Nouvelle Gauche ne disaient pas autre chose. Il me sourit:

— L'autre jour, un Black Panther a dit en parlant de votre manifestation: «Laissons les blancs-becs montrer ce qu'ils ont dans l'estomac! C'est leur tour.» C'est votre tour, Eliza. Mais qui sait? Peut-être qu'on vous rejoindra sur la rive!

Le discours d'Henry désappointa les leaders du Mobe, même s'ils respectaient la position des Noirs et si la perspective de «faire leurs preuves» les excitait plutôt.

— Bon… Il va falloir se battre avec des gamins prépubères et des hippies, dont le seul programme est de baiser et de nager nus dans le lac, résuma Rennie, parvenant à nous dérider.

Quand je les quittais, mon corps las vibrait encore de toute cette électricité. Je m'étonnais que la politique ait fait irruption dans nos vies, arrachant nos cloisons capitonnées, nos rêves modestes, notre besoin d'être rassurés. Parfois, je retrouvais Sam à son hôtel et nous allions écouter du blues dans un club enfumé du South Side, confiant nos blessures à cette musique qui les invitait toutes. Certains soirs, il me rejoignait sur la plage, nous déposions nos affaires sur le sable et nous glissions dans le lac. Son eau lustrale nous lavait de la poussière et du bruit, nous écoutions murmurer le clapotis et nous perdions dans la contemplation de l'azur. Les ciels français ne sont jamais aussi grands, me disais-je. Ici, la nature et les êtres basculent dans la démesure, tout est trop chaud ou trop froid, d'une beauté insoutenable ou révulsant de laideur. Pourtant, il suffisait d'un peu de patience et de lumière pour révéler la beauté, la noblesse d'une vie minuscule. Allongée contre Sam, je laissais la brise faire courir des frissons sur ma peau humide et je me demandais si j'avais vraiment souhaité retrouver cette brutalité, l'incessant tumulte où s'égaraient mes pensées et mes sensations. Mon cœur, lui, savait où il habitait, oscillant entre Tim et Sam, la nostalgie d'une proximité perdue et la douceur de l'amour partagé.

Quelques jours avant le début de la convention, je rendis visite à ma mère. Ces derniers mois, je l'avais vue plusieurs fois. Elle s'obstinait à m'appeler Lily, me prenant peut-être pour ma cousine Elizabeth, mais semblait s'habituer à ma présence. Parfois, nous allions marcher au bord du lac et elle s'appuyait sur mon bras, m'embrassait avant que je reparte. Le plus souvent elle bavardait avec légèreté, confondant les temporalités, les vivants et les morts. Je me bornais à l'écouter et à la relancer de temps à autre, cherchant des indices dans ce flux désordonné. Cet après-midi-là, elle avait descendu de sa chambre un coffret d'ébène rempli de vieilles photos. Elle me les montra une à une, et j'eus du mal à dissimuler mon émotion devant celles où mon père me tenait la main, dans l'allée de notre maison de Hyde Park :

— Arthur s'obstinait à emmener Eliza dans le ghetto. Je n'étais pas d'accord, c'était tellement sale et dangereux pour une petite fille ! Mon Dieu, il n'en a toujours fait qu'à sa tête… Encore hier, j'ai dû me fâcher, il voulait m'imposer un dîner avec ces militants communistes… Gitta ne peut pas les souffrir ! Je crois que Marty tient de lui, sourit-elle. Il y a longtemps que je ne l'ai pas vu. Avant, il venait me voir souvent. Il me disait : « Parle-moi de maman. » Il n'y avait que ça qui l'intéressait. Maman, maman. Pauvre petit ! Il n'en avait jamais assez. Je lui racontais toutes les anecdotes, les moindres détails. La passion qu'Eliza avait pour son père… Tout ce qu'il disait était parole d'Évangile !

Détournant la tête, je fermai les yeux pour chasser mes larmes.

— Tiens regarde, sur celle-ci, elle a dix-sept ans, me dit-elle. Comme elle a l'air seule… C'est étrange, il a fallu que je retrouve cette photo pour m'en rendre compte. À cette époque, je ne voyais pas à quel point elle allait mal. Je lui répétais qu'il y avait des gens bien plus à plaindre qu'elle. Dans notre famille, on ne s'écoutait pas. J'aurais voulu qu'elle soit plus forte…

Je fixais ce portrait sinistre et j'ai compris que j'acceptais enfin mon histoire avec ses fractures, sa part d'errance. Même Adam m'avait donné Tim, et ce cadeau l'emporterait toujours sur le mal qu'il m'avait fait. J'avais été lente à comprendre des choses importantes mais ce chemin était le mien ; c'était à ce prix que je me sentais aujourd'hui plus solide et plus libre, capable de colère et d'amour. Je n'avais plus besoin que le fantôme de mon père me tienne la main. J'ai posé ma paume sur le bras grêle de ma mère :

— Anna, vous l'avez rendue plus forte. Elle a appris à compter sur ses propres ressources.

J'ignore si elle m'a entendue. Son regard pâle dérivait vers l'horizon, très loin de moi, et elle souriait.

Le 22 août, aux premières lueurs du jour, deux hippies furent arrêtés près de Lincoln Park pour avoir violé le couvre-feu que le maire venait d'instaurer. L'un d'eux portait un revolver. Les agents prétendirent qu'il avait appuyé sur la détente et que l'arme s'était enrayée. Ils l'abattirent à bout portant, et la *Convention Week* commença par l'enterrement d'un gamin aux cheveux sales

nommé Dean Johnson, qui avait fui son Dakota natal pour goûter à une vie plus intense. Ce fait divers jeta une ombre macabre sur les festivités des premiers jours à Lincoln Park, les pique-niques à la fortune du pot, les accords de guitare et la pulsation des bongos, le parfum du patchouli, de la marijuana et des feux de camp, ces longues soirées d'été qui s'étiraient dans la lumière dorée, visage rieur d'une révolution juvénile. Cette partie de campagne ne pouvait nous faire oublier les gardes nationaux cantonnés autour de la ville, les bataillons de police armés jusqu'aux dents, les mesures de sécurité renforcées dans le Loop et le quartier des abattoirs, aux abords de l'Amphithéâtre qui hébergeait la convention démocrate. Les ghettos noirs avaient été placés sous haute surveillance et les leaders du Mobe et des Yippies s'aperçurent bientôt qu'ils étaient filés nuit et jour.

— Ce n'est même pas discret, observa Tim avec irritation.

— Ils veulent qu'on le sache, et qu'on reste bien sages, répondit Tom Hayden.

Il ne cesserait de le marteler, devant les foules ou au micro des conférences de presse : c'était le moment de nous poser la question de notre lâcheté, de notre peur et de notre courage. Jusqu'où irions-nous pour arrêter cette guerre ? Verser notre sang, s'il fallait en arriver là ?

Je n'étais pas prête à mourir pour le Vietnam. Même si, dans chaque cliché de GI agonisant dans la jungle, j'avais reconnu mon fils. Même si j'étais hantée par ces silhouettes d'enfants fuyant sur leurs pattes de sauterelles

345

des armes inouïes et terrifiantes. Je n'étais pas prête à donner ma vie, ni à perdre les miens. Je regardais mon fils et brûlais de lui demander : « Toi, es-tu prêt à mourir pour arrêter une guerre lointaine et absurde ? » Ils faisaient si peu de cas de la vie qu'ils semblaient prêts à la gaspiller pour marquer un point dans la discussion. J'aurais voulu leur crier qu'ils étaient trop jeunes pour réaliser combien elle était précieuse et fragile. Je me taisais, consciente que le formuler m'aurait rangée dans le camp des vieux réacs, de la mesquinerie et de la trouille. Je savais la vulnérabilité du corps et de l'esprit, la puissance tellurique de certaines blessures. Cet affrontement que Tim voyait comme un jeu excitant pouvait l'abîmer à jamais.

Pourtant il n'était pas question de déserter, je devais faire mon travail, veiller sur mon fils et sur ses amis imprudents, témoigner à ma manière. Je m'y étais préparée à reculons, sûre de ma faiblesse. Ce fut, pour moi, la première leçon de la *Convention Week* : découvrir qu'au cœur du danger, l'objectif du Leica me permettait de me détacher de moi-même. Comme si je flottais au-dessus de ma propre terreur, observant calmement la beauté du chaos et repérant à l'instinct les scènes qu'il fallait cadrer, dans une concentration si profonde que les compositions s'agençaient naturellement sur ma rétine.

Dans ma mémoire, ces premiers jours se confondent avec le charme insolent d'Abbie Hoffman – cascade de

boucles brunes et sourire enjôleur –, et l'esprit frondeur de Jerry Rubin, qui serait mort en faisant un doigt d'honneur pour le plaisir du geste. Ces Yippies que Tim et Rennie avaient vertement critiqués se révélèrent des alliés aussi précieux qu'imaginatifs. À la contestation, ils ajoutaient la cocasserie du pied de nez et le piment du blasphème. Dès le vendredi 23 août, ils élurent leur candidat démocrate : le cochon Pigasus, emprunté à une ferme des environs, fut arrêté en plein discours d'investiture avec une poignée de ses électeurs. En dépit des processions organisées pour le faire libérer, ce pauvre Pigasus resta derrière les barreaux, preuve que la police avait aussi peu d'humour que le maire.

Réduit à la seule performance d'un groupe dont le tube s'intitulait «Kick out the jams, Motherfucker![1] », le Festival de musique yippie commença le dimanche après-midi et tourna immédiatement au fiasco : la police coupa l'électricité et interdit aux musiciens de se produire sur leur camion à plate-forme. Ils jouèrent les premiers morceaux sur l'herbe, bousculés par le public qui ne les voyait pas, avant de se replier faute de batteries. Il suffit de quelques riffs de guitare électrique et d'un sabotage policier pour transformer un concert champêtre en insurrection. Ces gosses qui étaient venus passer un bon moment, chanter et danser, brûlaient maintenant de casser du flic, levaient le poing vers l'hélicoptère qui passait au ras des arbres et insultaient les agents casqués et bottés,

---

1. «Monte le son, fils de pute!»

scandant «*Pigs eat shit! Pigs eat shit!*» en leur lançant des ordures et des bouteilles.

Les Yippies voulaient tester le couvre-feu mais Tim et Rennie étaient contre. Il fallait se disperser par petits groupes dans les rues voisines et y déplacer la bataille. Au moment où Allen Ginsberg décrétait que mourir pour Lincoln Park n'en valait pas la peine, nous fûmes surpris par la fraîcheur du crépuscule.

À 23 heures, le bataillon de police annonça la fermeture du parc et quelques milliers de manifestants se dispersèrent du côté de Clark Street. En quelques minutes, le monde devint sauvage et archaïque. Une image me reste : je nous revois massés sur un grand parking à l'ouest du parc, face à la ligne de policiers dont les casques luisaient telles des carapaces d'insectes. Un officier levait sa matraque sur l'un de ses hommes et lui ordonnait de rester dans la ligne, comme s'il pressentait cette folie de bêtes enragées, la jubilation de cogner, l'appel des nuques blanches dans la lueur des phares. Il me suffit d'un coup sur la tête et d'une bordée d'insultes pour comprendre que mon appareil photo était un chiffon rouge agité sous le nez du taureau, au même titre que le col des ecclésiastiques, les mini-jupes des jeunes filles, les vestes immaculées des médecins bénévoles. L'officier ne contrôlait plus la situation. Ses hommes avaient enlevé leurs badges et leurs plaques, glissant dans l'anonymat pour jouir d'une ratonnade méritée. «Foutez le camp d'ici, les tapettes!» criaient-ils en poursuivant ces gamins qui les avaient nargués trop longtemps, ces journalistes

qui les salissaient, ces prêtres qui bénissaient la chienlit, ces toubibs qui pansaient les bobos de ces fils de pute, ces fils de rouges.

Dans la bousculade, j'avais une nouvelle fois perdu Tim. Autour de moi, les jeunes se dispersaient en hurlant : « La rue appartient au peuple ! » Ils arrachaient des blocs de ciment et ramassaient des pierres, l'un d'eux dessinait des peintures de guerre sur son front avec son sang. Aux fenêtres, les habitants du quartier tentaient de donner un sens à la scène qui se déroulait sous leurs yeux. Un coup sur les jambes m'a fait trébucher, mais Rennie m'a rattrapée in extremis et entraînée sous un porche où mon fils reprenait son souffle. J'ai respiré. Tout était allé si vite que je n'avais pas pris de photos. J'ai armé mon Leica au moment où Jerry Rubin rejoignait notre abri, la barbe en bataille, observant le spectacle avec un sourire réjoui :

— C'est fantastique, et on est seulement dimanche soir ! Ils vont finir par déclarer la loi martiale, dans cette ville.

Chapitre trente-deux

Sous cette porte cochère, mon fils et moi avons échangé un sourire, soulagés de nous retrouver sains et saufs. Autour de nous, les sirènes de police faiblissaient, emportant plus loin les slogans et les clameurs. Tim et Rennie voulaient suivre les manifestants qui s'éloignaient par petits groupes mobiles en direction du Loop. J'hésitais à leur emboîter le pas mais la journée avait été longue et mes jambes refusaient de me porter plus loin.

— Va te reposer, Vi, m'a lancé Rennie. La semaine commence à peine… Économise tes forces, et ta pellicule !

J'avais du mal à me résoudre à les abandonner à la fureur de la ville. Ils étaient si jeunes. S'il leur arrivait quelque chose, je ne pourrais pas me le pardonner.

— C'est bientôt fini, m'a glissé Tim pour me rassurer. On a juste le temps de se dégourdir les jambes avant de rentrer se coucher. De toute façon, Rennie dort chez moi, son appart est squatté par des militants de San Francisco.

Je les ai regardés s'éloigner dans l'obscurité, sprintant vers le chahut aussi allègrement que s'ils se rendaient à

une fête de fraternité. Quand j'ai rejoint la pension, il était deux heures du matin. Fébrile, Sam faisait les cent pas sous ma fenêtre éteinte.

— Bon Dieu, je t'ai cherchée partout, s'est-il écrié en m'attirant dans ses bras. Quand j'ai su qu'il y avait du grabuge du côté du parc, j'ai quadrillé les rues, j'ai vu tous ces flics tabasser les mômes... je ne te voyais nulle part, j'étais mort d'inquiétude.

Dans son cou, je respirais l'odeur de la nuit et de la fumée.

— Je suis là, répétais-je.

Nous sommes montés dans ma chambre et nous sommes allongés sur le lit étroit, sous le regard de la Vierge portoricaine. Couvrant de baisers mon corps endolori, Sam me suppliait de laisser tomber mon reportage, c'était trop dangereux, il ne supporterait pas que ces brutes s'en prennent à moi.

— Non, je reste avec Tim. Je ferai attention, je te promets. Fais-moi confiance, ai-je murmuré, sentant qu'il me cédait enfin, se rendait à ma douceur.

Pendant trois jours, le même rituel se répéta à Lincoln Park : les après-midi étaient relativement calmes, rythmés par les discours pacifiques et les formations d'auto-défense, jusqu'à ce que le couvre-feu sonne l'heure de tous les débordements. Le sinistre minuit délivrait la meute casquée, surgie de l'ombre pour assouvir ses pulsions. Des agents sans badge ni plaque fracturaient le crâne des militants à coups de crosse, poursuivaient les jeunes filles

351

en leur promettant «une ration d'amour libre», pulvérisaient du gaz lacrymogène sur les étudiants et les flâneurs qui promenaient leur chien, précipitaient les passants dans les pièces d'eau et leur écrasaient les doigts quand ils tentaient de remonter. Ils se déchaînaient particulièrement contre les «*Commies*», les Noirs, les hippies et les journalistes, fracassaient caméras et appareils photo en hurlant «*Get the fucking bastards!*».

Les médias assiégèrent la mairie pour protester contre ces agressions. Le conseiller municipal Stahl promit d'agir, et rien ne changea. D'après Dellinger, ces attaques systématiques découlaient d'un mot d'ordre de la hiérarchie. Depuis que l'offensive du Têt avait démontré que l'armée américaine s'enlisait au Vietnam, le président Johnson était régulièrement étrillé par la presse. S'il était resté dans son ranch du Texas, son esprit planait sur la convention et Daley se chargeait de régler ses comptes. Alors que tous les médias du pays étaient au rendez-vous, il avait octroyé au compte-gouttes les laissez-passer pour l'amphithéâtre où se tenait la convention, et la retransmission «en live» était limitée à la salle des Congrès et à une estrade face à l'hôtel Hilton, où étaient installés les quartiers généraux des principaux candidats démocrates.

— En tant que photographe, notre amie Violet est une cible. Protégeons-la autant que possible, déclara Dellinger aux autres leaders.

J'avais appris à dissimuler mon Leica sous le pull molletonné et le bandana que m'avait procurés Rennie, échangé mes sandales à talons contre des baskets. Je volais

mes clichés en prenant soin de ne pas me faire remarquer, essentiellement de jour ou lorsque l'éclairage nocturne le permettait. Les photos de nuit dans le parc étaient les plus risquées. Si le flash était nécessaire, je devais m'assurer que j'aurais le temps de m'enfuir avant d'être trahie par l'éclair blanc. Quand ils étaient près de moi, Rennie, Tim et les *marshalls* faisaient barrage de leurs corps le temps de me ménager une retraite.

Le lundi soir, après le couvre-feu, Lincoln Park devint une zone de guerre. À couvert des arbres, nous guettions ce qui surgirait des ténèbres quand nous vîmes avancer sur nous ces gros camions qui servaient d'ordinaire à nettoyer les rues. Cette fois ils ne crachaient pas de l'eau, mais d'épais nuages de gaz poivré. En quelques secondes, nous devînmes aveugles et tâtonnâmes dans la fumée en vomissant. À l'abri derrière leurs masques à gaz et des combinaisons de protection qui leur donnaient l'allure d'inquiétantes créatures de l'espace, les flics nous guettaient et nous matraquaient, cognant à s'en faire mal nos corps titubants, nos figures barbouillées de larmes, de sang et de morve.

Ces premières nuits furent un baptême du feu. Concentrée sur la prochaine photo, le danger immédiat, je n'avais pas assez de profondeur de champ pour m'en rendre compte. Mais le mardi, j'apportai une sélection de mes derniers clichés à la permanence du Mobe et David Dellinger, Sue et Rennie les étudièrent avec soin :

— C'est étonnant, ce que vous mettez en lumière, observa Dellinger. Sur les premières photos, ce qui saute

aux yeux, c'est la dispersion, les différences. Les jeunes restent par petits groupes, ricanent pendant les discours, certains ont l'air d'être juste venus prendre du bon temps... Mais regardez comme ils changent au fil des prises de vue : ils se rapprochent, se parlent, se rassurent, se consolent... Sur les derniers clichés, on ne peut plus vraiment les distinguer. La violence a fait plus que tous les discours. Elle les a soudés.

— Celle-ci est la plus belle, a dit Tim, qui s'était rapproché.

Il désignait le cliché que j'avais fait au moment où une partie des manifestants, obéissant à une impulsion, avait quitté le défilé pour se lancer à l'assaut de la statue équestre du Général Logan, dressée sur un promontoire de Grant Park. Au cri de « *Take the hill!*», les premiers avaient enfourché le cheval de pierre, agitant dans le vent des drapeaux du Viêt-công, et une impressionnante colline humaine s'était formée sous nos yeux, allégorie de la Révolte et de la Liberté qui reflétait sa multiplicité dans les surfaces bleutées des gratte-ciel.

— Cette photo nous fait entrer dans la légende, a ajouté Tim, admiratif, et une onde de joie m'a parcourue de m'être trouvée au bon moment à l'endroit précis où la composition prendrait sa dimension épique.

Je m'étais hissée sur un rocher, puis sur un banc, cherchant le bon cadrage, pressée, le cœur battant, j'avais étudié la lumière et le contre-jour, choisi le téléobjectif, pressentant que je tenais LA photo, celle qui raconterait ce que ces gamins étaient en train de vivre. Elle me consolait

de toutes celles que j'avais manquées par précipitation, ou que je n'avais pas eu le courage d'aller chercher.

La sauvagerie de la répression n'avait pas seulement gommé les divisions du mouvement pour la paix ; elle avait transformé des révoltés en révolutionnaires, et galvanisé les éléments les plus tièdes. Soir après soir, ils étaient devenus les combattants d'une armée d'insurrection, avaient appris à esquiver et à rendre les coups, à ramasser leurs blessés, à veiller les uns sur les autres. Dorénavant ils venaient casqués, se munissaient d'armes de fortune et donnaient des consignes aux nouveaux venus, avec un rien de condescendance. La veille du grand rassemblement à Grant Park, la foule enfla comme une mer, agrégeant d'autres fleuves, des torrents et des rivières des quatre coins du pays. Des visages plus mûrs se mêlaient aux figures juvéniles, des costumes aux jeans et aux robes indiennes. Peu à peu les Noirs nous rejoignaient, surtout des militants des Black Panthers et des jeunes des ghettos. Le mardi soir, à trois heures du matin, nous étions si nombreux que la police préféra nous abandonner le parc. Au moins sept mille pacifistes, à quelques mètres des caméras de télé, de l'imposante façade du Hilton et des fenêtres éclairées des candidats démocrates. Épuisés par une semaine d'affrontements, les agents hésitèrent à offrir le spectacle de leur brutalité aux huiles du parti. Finalement, ils furent relevés par un régiment de gardes nationaux armés jusqu'aux dents, sous les clameurs des manifestants qui y voyaient une forme de victoire.

Cernés par les milliers de soldats qui avaient pris position autour du parc, sur les ponts et dans le centre, nous passâmes la nuit dans une ville en état de siège. Malgré la haine et le chaos, ces heures avaient pourtant la profondeur d'une respiration, la douceur des couplets de « *This Land is your land*», accompagnés à la guitare. Des militants chevronnés écoutaient David Dellinger expliquer que ce pays entraînait ses fils à devenir des tueurs et dépensait ses richesses à éliminer les hommes courageux qui combattaient, de Détroit au Vietnam, pour avoir le droit de contrôler leur vie et leur destin. La voix cassée par les gaz lacrymogènes, Allen Ginsberg parlait de la paix et les anarchistes avaient envie de tomber amoureux, de pouvoir raconter un jour que leur amour avait commencé ici, dans la solennité d'une veillée d'armes. Assise dans l'obscurité, que trouaient çà et là les phares d'une jeep de l'armée ou les flammes d'un brasero, je me laissais émouvoir par ces gamins sales et échevelés, aux yeux rougis par les gaz, couverts de bandages et de pansements. La brise nocturne glissait entre les arbres et nous apportait la fraîcheur du lac, sans parvenir à chasser la puanteur des gaz et les relents de vomi dans lesquels nous vivions depuis cinq jours. Le regard étréci derrière ses lunettes rondes, Rennie tenait la chronique caustique des événements de la journée et nos rires, en retour, ressemblaient aux coassements de vieux crapauds qui auraient trop fumé le cigare. Tim m'offrit une bière tiède et Tom Hayden, grimé pour échapper à son escorte policière qui l'avait déjà arrêté deux fois la veille, me tendit un joint dont

j'acceptai quelques bouffées, accueillant la camaraderie de cette étrange communion. Un speaker scanda dans un porte-voix : « Rejoignez-nous ! Rejoignez-nous ! » en direction des fenêtres allumées du Hilton, et la foule le suivit avec enthousiasme. Ils avaient conquis le parc et triomphé d'un escadron de policiers. À cette heure, tous les rêves semblaient à portée de main. Un orateur s'empara du micro et cria à son tour : « Faites clignoter vos lampes si vous êtes avec nous ! », et tout à coup, une vingtaine de lumières se mirent à clignoter dans les étages du Hilton, et un tonnerre d'applaudissements éclata dans le noir. Certains délégués quittèrent l'hôtel pour nous rejoindre et un chanteur entonna « *We shall overcome* », aussitôt repris par des milliers de voix qui montaient sous les étoiles. Sam me manquait. Je ne l'avais pas vu depuis la veille et j'ignorais où il était, s'il me cherchait. En même temps, j'avais le sentiment que ce moment n'appartenait qu'à Tim et à moi, et j'aimais qu'il en soit ainsi.

— Quoi qu'il arrive demain, murmura mon fils, on aura gagné ça. Cette nuit, tous ensemble, sous leurs fenêtres.

Nous n'avions jamais été si proches et malgré mon corps brisé de douleurs et de fatigue, mes yeux brûlés, ma gorge en feu, je me sentais remplie de reconnaissance et d'amour.

Le lendemain matin, le Yippie Abbie Hoffman, qui était le charme et la provocation incarnés, fut arrêté dans un restaurant de Lincoln Park où il prenait son petit

déjeuner, au motif qu'il avait écrit FUCK sur son front. Ce mercredi 28 août, jour de la nomination du candidat démocrate, tous les prétextes seraient bons pour amputer la manifestation de ses leaders. Tom Hayden en prit bonne note et décida de rester discret.

L'après-midi, ils étaient près de quinze mille rassemblés devant le *bandshell* de Grant Park, la grande scène en forme de conque qui hébergeait les concerts en plein air. Des milliers de flics avaient pris position autour de nous, et l'armée formait un cordon de sécurité entre le parc et le centre-ville, gardant les ponts et les abords de l'hôtel Hilton. Dans une atmosphère de kermesse révolutionnaire, les intervenants se succédaient au micro lorsque Jerry Rubin a réveillé la foule en se déclarant solidaire des Black Panthers :

— Nous avons prouvé que les Blancs pouvaient prendre la rue pour devenir des combattants ! Alors mes amis, rejoignons les Noirs, descendons dans les rues !

J'ai immortalisé le baiser qu'il envoyait à ses fans.

L'orateur suivant avait à peine commencé à parler qu'un adolescent entreprenait d'escalader le mât, au sud du *bandshell*, pour mettre le drapeau américain en berne. Pour la haie de flics qui enduraient stoïquement la chaleur et les discours de ralliement à la cause noire, c'était la provocation de trop. Une escouade a fendu la foule à coups de matraques pour décrocher le gosse du mât et lui faire passer l'envie de profaner le drapeau. Aussitôt les jeunes ont contrattaqué, les bombardant de nourriture,

d'insultes choisies et de sacs remplis d'urine, tandis que les plus agiles descendaient le drapeau pour le remplacer par un tee-shirt rouge. Martelant dans le porte-voix que la foule devait se calmer et reculer, qu'il ne fallait pas provoquer les forces de l'ordre, Rennie avait commencé à former une ligne de *marshalls* entre les flics et les manifestants. Je suivais mon fils et Tom Hayden qui venaient en renfort lorsque les policiers, qui avaient repéré Rennie, ont avancé sur lui, matraques en avant, en hurlant «*Kill Davis!*». Ils l'ont arraché à la chaîne des *marshalls* pour le projeter au sol et ils lui sont tombés dessus, le cognant de leurs matraques et de leurs bottes, s'acharnant sur son corps fluet qui se recroquevillait sous leurs coups. Ils étaient cinq sur lui et les autres s'étaient massés en force pour nous empêcher d'avancer. Près de moi Tim ne cillait pas, blême, un long hurlement coincé dans la trachée. Tom Hayden a serré mon poignet : «Mitraille-les, Vi.» Mes doigts ont tâtonné vers mon Leica, je l'ai armé, et avec le même instinct que ces hommes réduits à des poings, j'ai appuyé sur le déclencheur, réarmé et tiré de nouveau, enregistrant les preuves avec la froideur d'un médecin légiste. Deux des flics suivaient Rennie depuis plusieurs jours, cherchant l'occasion de le coincer. Ils l'ont tabassé jusqu'à ce qu'il se traîne dans son sang sous les barbelés, hagard, une branche de lunette cassée encore accrochée à l'oreille. Vaincu par ce dernier effort, il s'est évanoui et est resté inconscient, jusqu'à ce que les médecins volontaires du Mobe le hissent sur un brancard et l'emportent vers l'hôpital du Cook County.

Après ça, nous étions pleins de haine et brûlions de les frapper à notre tour. Les brutes s'étaient repliées comme elles étaient venues mais l'image de ce pauvre Rennie nous poursuivait. Exprimant la rage qui nous mordait le ventre, Tom Hayden est monté à la tribune et a pris le micro des mains de Dellinger pour annoncer, la voix tremblant de fureur, que notre ami était à l'hôpital avec le crâne fendu. Il a ajouté :

— Cette ville ne nous permettra pas de manifester. Nous devons quitter le parc, descendre dans les rues par petits groupes et retourner cet appareil militaire sur-chauffé contre lui-même. Si notre sang doit couler, qu'il coule à travers toute la ville. S'ils doivent nous gazer, qu'ils gazent tout Chicago. Si la police doit se déchaîner, laissons-la se déchaîner partout, et pas seulement contre nous. Si nous devons être disloqués et violés... Ne vous laissez pas enfermer, ni encercler. Trouvez un moyen de sortir d'ici. Rendez-vous dans les rues !

Joignant le geste à la parole, il a été le premier à dis-paraître, prenant de vitesse les agents qui se tenaient en embuscade. Désorientée, la foule attendait une direc-tion. Dans le porte-voix, David Dellinger a appelé à une marche pacifique vers l'amphithéâtre. Croyait-il vraiment qu'on nous laisserait avancer jusque-là ? Six mille mar-cheurs se sont rassemblés derrière lui, tandis que d'autres cherchaient à quitter le parc. Dellinger parlementait en vain avec un officier. Étudiant la ligne de policiers et de gardes nationaux qui nous cernaient sur trois côtés, Tim a chuchoté :

— Tom a raison, c'est un piège.

Attrapant ma main, il m'a entraînée à travers les mailles du filet, vers les ponts qui reliaient le parc au centre-ville. Nous étions des milliers à courir d'un pont à l'autre, rejetés toujours plus loin par les soldats et la menace des mitrailleuses, des baïonnettes et des rideaux de gaz. Le bruit a couru que celui de East Jackson Drive n'était pas gardé. Quand nous sommes arrivés à sa hauteur, deux jeunes gardes nationaux, plus effrayés que nous, tentaient de faire barrage à une marée de gens déterminée à passer coûte que coûte. Ils n'étaient pas de taille à nous retenir.

Il me suffit de fermer les yeux pour revivre cette course folle, la main de Tim serrant la mienne, les cris, les bousculades, l'odeur écœurante du bitume cuit et des gaz, les coups de feu tirés en l'air et les ordres braillés. Je revois l'armée déployée pour contenir l'hémorragie des manifestants sur Michigan Avenue, les boutiques pimpantes et les hôtels de luxe, ces visages noirs au milieu des blancs, les taches de couleur des drapeaux du Viêt-công. Nous étions immobilisés à l'intersection de Michigan Avenue et de East Balbo Drive. Devant nous, les officiers se concertaient, talkie-walkie à l'oreille, attendant une directive qui n'arrivait pas. Bloqués à quelques mètres du Hilton, les caméras de télé braquées sur nous me rassuraient. Même Daley n'oserait déclencher un massacre sous les yeux du pays entier, pas aujourd'hui, pas ce soir. « *Peace Now!* », scandait la multitude, « *Hell no, we won't go!* ». Combien étions-nous ? Sept mille, dix mille ? Le crépuscule embrasait le ciel de nuées roses et orangées. Le pressentiment

que toute cette beauté allait se déchirer m'a parcouru l'échine. Pourtant, la foule se sentait invincible et Tim avait le profil altier d'un capitaine de vingt ans. Je l'ai immortalisé, et j'ai cadré derrière lui cette jeune fille qui riait au visage des soldats, se riait des boucliers et des baïonnettes, narguant le vieux monde décomposé, la mort et la pourriture. La nuit tombait sur les fusils et les insignes de la paix, l'air brûlait de peur et de haine.

Dans les haut-parleurs, des voix métalliques ont ordonné aux manifestants d'évacuer les rues. Aussitôt, la police a chargé des deux côtés de l'avenue, cisailles dévastant tout sur leur passage. La foule a vacillé, traversée de secousses sismiques et de poussées mortelles. Bousculés de toutes parts, assourdis par les hurlements et luttant pour rester ensemble, Tim et moi avons repris pied sur le trottoir opposé, à quelques mètres du Hilton.

— Ça va? lui ai-je crié, et il a levé le pouce pour me rassurer.

Au même instant, j'ai senti que ma panique cédait la place à un calme profond. J'ai attrapé mon Leica et photographié les fauves en uniforme bleu qui laminaient les manifestants. Ceux qui balançaient un groupe de spectateurs à travers la vitre du restaurant de l'hôtel et les pourchassaient au milieu des débris. Ceux qui descendaient des camions de police en hurlant : « *Kill! Kill! Kill!* », ceux qui traînaient les gosses sur le bitume et les poussaient brutalement dans les fourgons. À l'entrée sud-ouest du Hilton, un gamin maigre aux cheveux longs était tombé et les flics se mettaient à quatre pour le cogner. Un goût

âcre dans la bouche, je me suis précipitée vers lui, armant l'appareil. Couvert de sang, le gosse concentrait son énergie à ramper sur le trottoir. Quand il m'a aperçue, il a levé deux doigts en V. J'ai pris plusieurs clichés et rembobiné ma pellicule. Au même instant, un médecin qui courait vers le garçon a été stoppé par une grêle de coups de matraque et l'un de ses agresseurs m'a prise en chasse, me gagnant de vitesse. Le premier coup m'a coupé la respiration, et puis le flic s'est acharné sur moi, me cognant à l'aveugle et brisant mon Leica avant de vider le contenu de son aérosol. La gorge et les yeux obstrués, vomissant et toussant sans pouvoir reprendre mon souffle, je me suis vue mourir. Dans le brouillard, j'entendais la voix de Tim qui criait mon nom, *Eliza*, la foule scandait : « Le monde entier nous regarde ! », et plus rien, tout à coup, n'avait de sens que ce filet tiède qui glissait sur ma tempe. Tout est devenu opaque.

Quand je suis revenue à moi, la douleur me vrillait le crâne. J'étais allongée sur le trottoir et Tim me fixait avec anxiété, tenant entre ses mains mon appareil photo brisé. Des rigoles de sang frais marbraient son front et sa nuque et s'égouttaient sur le trottoir. Il m'a souri à travers ses larmes et ce sourire fendu, grimaçant, était le plus beau qu'il m'ait été donné de voir. Tout autour se poursuivait un combat de fin du monde, illuminé par les flashes et les projecteurs. Devant nous, Sam expliquait à un officier casqué que Tim et moi étions ses invités au Hilton, que nous étions grièvement blessés et qu'il devait le laisser nous transporter à l'intérieur. Le gradé ne voulait rien

savoir et j'entendais la rage dans la voix de Sam, il était à deux doigts d'en venir aux mains. Je voulais le calmer, lui dire qu'ils étaient trop nombreux, que ce n'était plus la même police, mais j'avais trop mal à la tête et dès que je tentais de bouger, le vertige me submergeait. Le lieutenant prétendait arrêter Sam, indifférent à son accréditation officielle. Il n'en était plus à ces considérations, il tentait de juguler un ennemi intérieur et protéiforme. Désormais, tout ce qui entravait l'ordre serait bâillonné, frappé et emprisonné, jusqu'à ce que cette ville soit silencieuse et propre comme une morgue. Amovibles, nos droits civiques s'effaçaient avec la démocratie; peut-être n'avaient-ils jamais été qu'une chimère, un paravent masquant les fusils.

Sam a hurlé à l'attention d'un cameraman de CBS qui se trouvait à proximité:

— À Chicago, le jour de la nomination du candidat démocrate, la police du maire Daley arrête les délégués! Filmez cet homme, a-t-il ajouté en donnant le numéro de badge de l'officier. Maintenant allez-y, arrêtez-moi, lieutenant Jordan. Mais dépêchez-vous, on m'attend à l'amphithéâtre pour le dépouillement des bulletins!

Lèvres serrées, le flic a blêmi et reculé sous l'œil de la caméra. Avec précaution, Sam et Tim m'ont soulevée et portée dans le hall de l'hôtel, qui ressemblait à une infirmerie de campagne, tant on y avait recueilli de blessés. Des médecins volontaires nous ont pansés et recousus, Sam me tenait la main et Tim s'inquiétait:

— Ça va, Mam?

Le monde que nous avions aimé s'éteignait, chassé par le bruit des bottes et des matraques, et je ne pouvais m'empêcher de sourire, émerveillée par ce mot qui n'avait pas résonné à mon oreille depuis tant d'années.

Le démocrate Hubert Humphrey avait remporté son ticket pour l'élection présidentielle, mais tout le monde s'en moquait car il avait déjà perdu. Depuis trois jours, son parti se déchirait sous les yeux de quatre-vingt-dix millions de téléspectateurs. Lui volant la vedette, une armée de gamins débraillés prouvait au monde entier qu'à Chicago, comme à Prague, l'État était prêt à piétiner ses enfants pour éteindre toute contestation.

Plus tard, nous sommes retournés à Grant Park. Michigan Avenue était un camp retranché. La guerre du Vietnam nous avait rejoints avec ses soldats en armes, ses mitrailleuses, ses grenades et ses jeeps blindées. Dans le parc, des milliers de gens levaient des bougies dans l'obscurité. Ils célébraient la paix et notre aspiration têtue, inlassable à la liberté. Encadrée par deux des hommes que j'aimais le plus au monde, j'ai pensé à Horatio. Si cette bataille terrible avait été le prix pour retrouver mon fils, je ne regrettais pas de l'avoir livrée, même si j'ignorais ce que nous y avions laissé de nous. Puisque nous avions survécu, elle n'était pas finie. Peut-être ne faisait-elle que commencer, maintenant que nous avions forcé l'ennemi à dévoiler son vrai visage.

— C'est vrai, cette ville est dirigée par une bête sauvage, et pourtant nous n'en tirons aucune satisfaction.

Parce que l'homme est un géant, devenu une bête sauvage. Et c'est une autre dimension de l'horreur. Parce que nous avons un président qui était un géant, et qui s'est aussi transformé en bête sauvage. Et dans le monde entier, d'autres leaders ont suivi le même chemin ; il y a une bestialité dans la moelle de ce siècle, constatait au micro l'écrivain Norman Mailer, et sa voix grave et triste, démultipliée par l'écho, tremblait dans la flamme des bougies.

Épilogue

« Mon cher Horatio, peut-être que le monde ne peut plus accepter que des visions binaires, le Bien contre le Mal, la Liberté contre la Tyrannie, l'Ordre contre le Chaos. "Le monde entier nous regarde !", répétaient les étudiants qui se faisaient tabasser devant toutes les caméras du pays, certains que leurs compatriotes seraient horrifiés par ce spectacle. Mais les quatre-vingt-neuf millions d'Américains assis devant leur poste se sont, pour la plupart, rangés du côté du maire Daley et de sa police. Cette majorité silencieuse vient d'élire Richard Nixon. Elle ne supporte plus de voir les rues envahies par les Noirs, les femmes, les hippies et les étudiants. Elle ne veut plus entendre parler de revendications, de droits civiques, de contestation de l'ordre établi, de libération des femmes ou de Black Power. Elle préfère envoyer ses enfants au Vietnam et les pleurer sous la bannière étoilée que de questionner la légitimité de cette guerre. Plus que tout, elle vit dans la crainte qu'on lui vole le peu qu'elle possède. Chaque jour, un

peu de ce maigre butin lui est rogné, et des politiciens bien habillés lui assurent que les taxes qui l'écrasent engraissent les tire-au-flanc, les voyous et les drogués. Plus besoin de prononcer certains mots, d'évoquer une couleur de peau, chacun sait de quoi il retourne. Et toute cette colère, sous ses fenêtres, menace le résultat d'une vie de labeur, la quiétude et la sécurité, les pelouses impeccables des pavillons de banlieue. Tant de choses la terrifient, à commencer par son impuissance. Comme tu me l'as souvent répété, il faut redouter ce que la peur fait à un être humain.

Horatio, j'espère qu'un jour, je pourrai te donner des nouvelles de ton pays sans baisser la voix, comme si je parlais d'un mourant que nous aimons encore, même s'il est devenu la grimace de lui-même. J'espère qu'un jour, tu auras envie d'y retourner, pas pour t'incliner sur une tombe vide, mais parce que tu y seras enfin chez toi. Aujourd'hui, nous nous sentons prisonniers d'une impasse. Mais comme mon cher Henry aime à le dire, elles n'existent que dans notre regard effrayé. Je me souviens qu'un soir où nous refaisions le monde dans un troquet de la rue de Tournon, ton ami James Baldwin nous avait confié avec une tristesse amusée : "Je ne peux pas être pessimiste, parce que je suis vivant." Je crois que nous en sommes là. Tant que nous respirons, nous continuons à croire que nos pattes de fourmi peuvent infléchir les tragédies programmées, et qu'un peu d'amour et d'intelligence suffisent à éclairer la nuit.

Après la convention démocrate, un grand jury fédéral a inculpé sept leaders de la manifestation de Chicago pour "avoir orchestré un complot et traversé les frontières de plusieurs États avec l'intention d'inciter, organiser, promouvoir et encourager une émeute". En réponse, les *Chicago Seven* ont transformé ce procès attendu en tribune pacifiste et ont multiplié les provocations, pour notre plus grand plaisir. David Dellinger, Tom Hayden, Rennie Davis, Abbie Hoffman et Jerry Rubin ont été condamnés à cinq ans de prison, mais nous avons bon espoir que la cour d'appel annulera la sentence. D'après un procureur ami de Sam, la partialité du juge Julius Hoffman, qui a bafoué les droits des accusés à longueur d'audiences, devrait suffire à invalider ce jugement. Sans compter l'énorme dossier à charge, les milliers de témoignages, de photos et de films qui démontrent que l'émeute était policière. Fidèle à lui-même, le maire Daley a commis un lapsus révélateur, déclarant aux médias que sa police "n'était pas là pour créer le désordre mais pour le préserver". De ce point de vue, s'amuse Tim, la convention nationale démocrate a dépassé toutes les espérances.

Bien sûr, la victoire de Nixon nous laisse un goût d'amertume. La guerre du Vietnam s'éternise au rythme des avions militaires qui décollent vers Saigon et rentrent chargés de cercueils. Le mensonge et la haine gangrènent jusqu'au sommet de l'État, pourtant nous n'avons jamais senti autant d'énergie couler dans nos veines. L'adversité nous galvanise, nous fourmillons d'idées et de projets. Grâce à Tim, j'ai pu récupérer ma pellicule à l'intérieur

de mon appareil brisé. Suite au reportage qui a paru dans le *Daily News*, une galerie new-yorkaise m'a proposé d'exposer mes photos. J'ai déjà choisi l'affiche : une photo du poster guilleret du maire Daley, « *Hello Democrats! Welcome to Chicago* » sur fond de bottes, de fusils et de barbelés.

Sam et Tim ont décidé de se lancer dans l'organisation de communautés. Figure-toi que cette activité a été inventée ici, par un drôle de personnage nommé Saul Alinsky. Piquant et provocateur, il travaille à rassembler les énergies dispersées des quartiers pauvres pour les concentrer en une force de conflit efficace. Il est devenu la bête noire du maire et d'Edgar Hoover, et cela me le rend forcément sympathique. L'autre jour, nous avons dîné avec lui et je dois avouer que son humour décapant et sa clairvoyance m'ont conquise :

— Ma chère Violet, m'a-t-il dit en me servant un troisième whisky, nos amis libéraux se trompent : on ne mobilise pas les gens sur des principes abstraits ou des valeurs chrétiennes. Vous qui vous êtes fait gazer sur Michigan Avenue, je ne vais pas vous apprendre que la vie est une guerre ! C'est la lutte inlassable contre le statu quo qui revitalise la société. C'est elle qui renouvelle l'espoir de l'homme et lui permet de progresser. En elle-même, la lutte est une victoire. Regardez tous ces gens qui crèvent de désespoir tranquille. Nous allons les secouer. Nous allons leur rendre la vie foutrement excitante, et récupérer ce pays. Avez-vous mieux à faire de vos trente prochaines années ? Pour ma part, je ne vois rien de plus stimulant.

Passablement ivre, j'ai levé mon verre aux défis insensés de nos existences turbulentes. Alinsky tentait de persuader Henry de retourner sur le terrain, il protestait pour la forme et moi, je contemplais cette tablée joyeuse, j'étais consciente de la main de Sam sur la mienne, je le regardais rire avec mon fils retrouvé, et pour la première fois, je me sentais précisément à ma place. Mon voyage était terminé. Mes deux vies se rejoignaient ici, à Chicago.

Tu vois, j'aime cette ville parce que je sais qu'elle ne se résume pas à ce visage brutal. Ici, votre voisin peut vous traiter de tous les noms et vous sauver la vie le lendemain. La pire des crapules y devient sentimentale à certaines heures. Il arrive que la haine tombe comme un manteau poussiéreux et usé. Ce genre de miracle se produit tous les jours, au coin de Division Street ou dans une rue paisible de la Gold Coast. C'est une ville dure, bâtie sur le sang des bêtes et des hommes, sur le dernier espoir et la cupidité, le travail harassant, et sur le goût de ces batailles perdues que l'on remet en jeu, encore et encore, en leur espérant une fin plus heureuse. Cette ville n'est pas seulement celle d'Adam et du maire Daley, elle est aussi celle de Tim, d'Henry et de mes parents. Elle appartient à ceux qui l'ont rêvée et gagnée, à ceux qu'elle a obsédés jusqu'à l'anéantissement, ceux qui se sont dévoués corps et âme pour la rendre plus hospitalière. À ceux qu'elle a avilis ou relevés. À toutes ces vies brèves, éclairantes, mémorables ou insignifiantes, à ces mains sales et terreuses, ces fronts hauts et ces yeux sombres, à tous les Alvin Jones qui continuent à se cogner à ses murs invisibles. Et par

toutes les fibres de mon être, par ma colère et ma tendresse, je sens qu'elle m'appartient aussi.

Horatio, je sais que tu ne reviendras pas de sitôt, alors c'est moi qui viendrai à toi. Je veux faire découvrir à Tim la ville qui m'a accueillie quand j'avais froid, quand j'avais peur. J'aimerais longer avec lui les quais de la Seine, retourner à Montmartre et à Ménilmontant, nous perdre dans les caves de Saint-Germain-des-Prés et nous réchauffer à l'aube dans un troquet des Halles, lui présenter Robert, Brigitte et Rosa. Je lui montrerai une certaine lumière matinale sur le pont Neuf, lui ferai écouter le carillon de Saint-Germain-l'Auxerrois. Et quand nous serons transportés et fourbus, nous grimperons les marches de ta maison magique et je lui dirai : « Tu vois, c'est là que je t'ai attendu. C'est là que j'ai marché vers toi, en risquant, en aimant. Ici, j'ai appris à exposer ce que j'avais de plus personnel, et compris que pour avoir du sens, une photo devait engager celui qui la prend. Ici, je me suis libérée des dernières entraves qui me séparaient de toi. »

Je sais qu'il vous aimera, Thea et toi, et qu'il comprendra, en t'écoutant jouer, ce que je n'ai pas réussi à lui dire.

FIN

PLAYLIST

« Deep song », Billie Holiday
« Moi mon Paris », Boris Vian interprété par Renée Lebas
« Sweet and Be Bop », Jeffries interprété par Boris Vian
« Il n'y a plus d'après », Juliette Greco
« If I could be with you », Claude Luter & Humphrey Lyttelton
« In a sentimental mood », Duke Ellington & John Coltrane
« Menilmontant », Django Reinhardt & Stephane Grappelli
« Perhaps (take 1) », Miles Davis & Charlie Parker
« Love's away », Art Tatum & Ben Webster & Teddy Nelson & Ray Brown & Jo Jones
« L'amour a fait le reste », Cora Vaucaire
« The times they are a changin' », The Byrds
« Sweet home Chicago », Magic Sam & Mighty Joe Young & Stockholm Slim
« In the ghetto », Elvis Presley
« For what it's worth », Buffalo Springfield
« Don't think twice, it's allright », Bob Dylan
« It's my life », The Animals
« It's all your fault », Magic Sam & Eddie Shaw
« Chicago / we can change the world », Graham Nash

« Summertime », Janis Joplin
« Dance to the music », Sly & the Family stone
« Kick out the jams (Motherfucker!) » : MC5
« Those were the days », Mary Hopkins
« We shall overcome », Joan Baez
« Peace frog », The Doors
« Light one candle », Peter, Paul & Mary
« This land is your land », Sharon Jones & the Dap-kings
« Backlash blues », Nina Simone
« Blowin' in the wind », Joan Baez
« On pense à toi Paris », Cora Vaucaire

NOTE DE L'AUTEURE

S'il s'abreuve aux sources de l'Histoire, ce roman est une fiction. Comme les photographies de Violet, il exprime une vision du monde dont j'assume la part de subjectivité.

Pour ressusciter le Paris de 1950, je me suis nourrie des œuvres de Simone de Beauvoir et de Boris Vian, mais aussi des textes de Robert Giraud, fraternel ami des voyous, des prostituées et des clochards, et d'Henri Calet, dont l'humour et la tendresse pour les petites gens irrigue les livres et les archives radio. Et bien sûr, je me suis longuement promenée sur les pas des photographes humanistes, parmi lesquels Izis, Willy Ronis et Robert Doisneau, ont nourri le personnage de Robert Cermak.

Les souvenirs de Shusha Guppy, *A girl in Paris*, m'ont fait découvrir le foyer de jeunes filles des Feuillantines, sa directrice et son inflexible gardienne, qui prenait plaisir à claquer la porte aux nez des retardataires.

Pendant deux ans, Chicago a régné sur mon imaginaire. Je dois beaucoup à Studs Terkel, qui a créé pour la radio une bouleversante «histoire orale de l'Amérique» et m'a permis de rencontrer beaucoup de ces inconnus qui ont écrit l'histoire de la ville.

Dans *Chicago, le ciel et l'enfer*, Nelson Algren parle d'une «ville où la chaleur du cœur et une avidité glaçante battent d'un même rythme, comme le sang et le souffle». Cette phrase a donné sa couleur à mon roman. Même s'il m'a conduite à éclairer ses péchés les plus sombres, je suis tombée amoureuse de cette ville complexe et de ses héros, anonymes ou célèbres.

L'histoire d'Alvin Jones m'a été inspirée par celle de James Hickman, un locataire noir qui tua son propriétaire parce qu'il le soupçonnait d'avoir allumé l'incendie où avaient péri quatre de ses enfants. Le propriétaire était noir, et James Hickman bénéficia du soutien d'un collectif de militants et d'avocats engagés qui réussirent à le faire acquitter. Cette histoire a fait l'objet d'un article du *Harper's Magazine* en 1948 et d'une enquête plus récente et passionnante de Joe Allen, *People Wasn't Made to Burn : A True Story of Housing, Race, and Murder in Chicago*.

Pour comprendre l'histoire de Chicago et du ghetto noir, certains ouvrages m'ont été précieux : *Les Émeutes raciales de Chicago* de Carl Sandburg, *Making the second ghetto : Race and Housing in Chicago, 1940-1960* de Arnold R. Hirsch, *12 Millions Black voices* de Richard Wright, *Black Metropolis* de St. Clair Drake et Horace R Cayton, l'*Histoire de Chicago* de Andrew Diamond et Pap Ndiaye et *Chicago, a biography*, de Dominic A. Pacyga.

Les photos vibrantes d'humanité de Russel Lee ont inspiré les clichés et les rencontres qu'Eliza fait dans le ghetto.

En écrivant ce roman, j'ai relu les livres de James Baldwin et écouté sa voix. J'espère ne pas avoir simplifié la colère et le ressenti de ces Afro-américains qui ont fui le Sud pour trouver dans les villes du Nord une autre forme de ségrégation.

Pour aborder les événements houleux de la convention nationale démocrate, deux livres m'ont été particulièrement utiles :

Chicago'68 de David Farber et le récit caustique et émouvant qu'en fait Norman Mailer dans son *Miami and the siege of Chicago*. Son discours à Grant Park, à la fin du chapitre 32, est tiré de ce récit. Je suis reconnaissante à mon ami Mark MacLeod de m'avoir conseillé le livre *Boss : Richard J. Daley of Chicago*, écrit par le journaliste Mike Royko, portrait au vitriol de ce maire « *bigger than life* » et régal de lecture.

Les « Chicago Seven » – David Dellinger, Tom Hayden, Rennie Davis, Jerry Rubin, Abbie Hoffman, John Froines et Lee Weiner – furent jugés en mars 1969 au cours d'un procès épique. Le 18 février 1970, Dellinger, Hayden, Davis, Hoffman et Rubin furent reconnus coupables d'avoir franchi les frontières de l'État pour inciter à la révolte, et condamnés à une amende de 5 000 dollars et à cinq ans de prison. Le 21 novembre 1972, ces condamnations furent annulées en appel par la Cour d'appel des États-Unis pour le septième circuit.

Enfin, les propos que je prête à Saul Alinsky dans l'épilogue sont librement adaptés de l'interview savoureuse qu'il donna au magazine *Playboy* en 1972, que l'on trouve sur le Net et que je conseille pour son intelligence, son humour et son actualité.

REMERCIEMENTS

Écrire ce roman a été un voyage intimidant et passionnant qui n'aurait pas été aussi beau sans les personnes que je veux remercier ici :

Juliette Joste, pour ces conversations qui tenaient d'une maïeutique aussi fine que respectueuse, pour ses conseils pertinents, son attention à tous les détails, son enthousiasme et son investissement. Merci de m'avoir accompagnée et soutenue au long de cette épopée.

Mark, Alexandra et Galianne MacLeod m'ont accueillie sous leur toit et m'ont offert leur soutien généreux et leur amitié. Pour moi, Chicago évoquera à jamais des repas délicieux et des discussions à bâtons rompus. Merci à Mark pour ses éclairages sur l'histoire de cette « *tough city* » et à Alexandra pour ses reportages sur le terrain et ses attentions adorables. Pendant des mois, ils ont répondu aux milliers de questions que je me posais avec profondeur et humour. Grâce à eux, je me réveillais tous les matins le sourire aux lèvres en écoutant des messages vocaux bilingues.

Marie Boulic, Sophie Dagès, Roxane Defer, Jacques Fraenkel, Sarah Gastel, Letizia Goffi, Guy Peccoux, Alexia Stresi, Laurence Valentin et ma chère maman ont été les premiers lecteurs de ce roman et m'ont offert leurs retours précieux et attentifs. Ils m'ont galvanisée quand je perdais l'horizon de vue et rappelé que je n'avais pas d'autre choix que d'atteindre ma destination. Si mes Vendée Globe ne sont que littéraires, je me sens très privilégiée de vous avoir dans mon équipe.

Les proches et les amis qui m'offrent quelques provisions de réconfort dans mes retraites d'écriture : ma fratrie, mes belles-sœurs et beau-frère, Catherine Sirol, Laetitia Guillaud, Françoise Marneffe pour le coaching « d'auteure submergée par le doute » et ma précieuse Bérengère Pons, qui milite pour « le droit des personnages de roman à être heureux ».

Marion Riva, qui m'a dit un jour qu'il n'y avait pas de réelle impasse, parmi d'autres choses précieuses et prophétiques. Je lui dois beaucoup, et comme Violet Lee, « cette dette m'honore ».

Jennifer Richard, pour son aide documentaire et sa lecture.
Christophe Moussé, qui m'a offert ses lumières sur le jazz et conviée à quelques concerts inspirants.

Enfin, je remercie ma Ninnog de supporter sa mère dans tous les états de l'écriture – euphorique, découragée, fiévreuse, concentrée, angoissée, épuisée, euphorique, etc. – avec une tendresse et un second degré irrésistibles. J'espère avoir marqué quelques points en l'emmenant à Chicago et en lui faisant écouter une playlist plus dansante que celle de mes romans précédents. C'est aussi en pensant à elle que j'ai ajouté une histoire d'amour (et même deux) aux tribulations de Violet Lee.

Cet ouvrage a été achevé d'imprimer sur Roto-Page
par l'Imprimerie Floch à Mayenne
pour le compte des Éditions Grasset
en juillet 2020

Mise en page par Soft Office

Grasset s'engage pour
l'environnement en réduisant
l'empreinte carbone de ses livres.
Celle de cet exemplaire est de :
1,2 kg éq. CO$_2$
Rendez-vous sur
www.grasset-durable.fr

PAPIER À BASE DE
FIBRES CERTIFIÉES

N° d'édition : 21612 – N° d'impression : 96550
Première édition, dépôt légal : janvier 2020
Nouveau tirage, dépôt légal : juillet 2020
Imprimé en France